THIS BOOK
BELONGS TO

....

....

Peter Rabbit Series The Complete Tales

피터 래빗

시리즈 전집

"생쥐들이 쓸 어깨걸이나 모자 리본으로나 써야겠어. 생쥐들 말야!"
글로스터의 재봉사는 이렇게 말했죠.
– 「글로스터의 재봉사」 중에서

Peter Rabbit Series The Complete Tales

피터 래빗

시리즈 전집

베아트릭스 포터 지음 | **윤후남** 옮김

현대
지성

목 차

📖 작가의 미출간 작품들

 작가 소개

베아트릭스 포터

(Beatrix Potter, 1866-1943)

베아트릭스 포터는 1866년 런던의 부유한 가정에서 태어나, 경제적으로 어려움 없이 생활했다. 베아트릭스가 태어난 시기는 영국이 산업 혁명을 이룩하고 인도를 식민지화 하는 등 경제성장이 절정기에 달했던 빅토리아 시대였다. 이 시대 여성들이 그렇듯이 그녀는 주로 집에서 조용하게 자라며 가정교사에게 공부를 배웠다.

그녀의 집안은 조상 대대로 직물업으로 재산을 일군 런던의 부유한 집안이이었다. 그녀의 아버지는 실제 변론 활동보다는 당대의 저명한 인사들과의 사교활동에 주력했던 변호사였고, 그녀의 어머니는 빅토리아 시대의 전통적 여성상이 그렇듯이, 가정에 충실한 어머니이자 내조자였다. 가정의 수입은 아버지 루퍼트 포터의 활동보다는, 친할아버지 에드먼드 포터(훗날 정치인으로 활동)의 인쇄소 사업이 주수입이었다.

마차를 모는 베아트릭스.

남매로는 6살 아래인 남동생 버트램 포터가 있었는데, 버트램은 그녀가 들려주는 동물 이야기를 무척 좋아했다. 버트램이 학교에 가고 없을 때면, 그녀가 기르던 애완동물들을 친구삼아 놀았는데, 당시 상류층 여자 아이들은 학교에 다니지 않았기에 베아트릭스에게는 자기 방이 곧 교실이었다. 베아트릭스는 어려서부터 동물들을 자세히 관찰하고 그리는 것을 즐겼는데, 그림에 소질이 있는 점은 예술에 조예가 깊었던 아버지를 닮은 듯하다.

해마다 여름이면 베아트릭스의 아버지 루퍼트는 대도시인 런던과는 정반대의 느낌을 지닌 시골에 가서 3개월씩 지내곤 했다. 처음에는 스코틀랜드의 시골에서, 이후에는 잉글랜드 북서부의 호수가 있는 지역인 레이크 디스트릭트(Lake District)에서 지냈다. 시골에서 베아트릭스는 다양한 동식물들을 관찰할 수 있었다.

베아트릭스는 1890년, 자신이 그린 토끼 그림 6점을 당시 카드회사였던 '힐데샤이머 앤 포크너'에 팔아 크리스마스카드로 제작하였다. 카드 판매에 성공을 거둔 그녀는 이에 용기를 얻어 피터 래빗을 책으로 출판할 생각을 한다. 하지만 출판사들로부터 수없이 거절을 당했고, 그러던 중 1902년 프레더릭 원(Frederick Warne) 출판사에서 컬러 출간을 조건으로 『피터 래빗 이야기』가 출판되어 대단한 인기를 얻으면서 동화작가이자 삽화가로서의 길을 걷게 된다. 서른여섯의 나이에 작가로서의 첫발을 내딛게 된 것이다.

베아트릭스와 애완토끼 벤저민.

1905년 담당 편집자인 노먼 원(Norman Warne)과 비밀리에 약혼했으나, 노먼은 갑작스럽게 세상을 떠나고 만다. 이 일을 겪은 후, 어린 시절 추억이 깃든 레이크 디스트릭트에 힐탑 농장을 구매하고 부모로부터 독립하여 이 곳으로 이사한다. 이 때부터 이 농장과 지역 풍경이 사랑스러운 삽화들 속에 담기게 된다.

약혼식 날의 베아트릭스와 윌리엄 힐리스.

1913년 그녀를 도와주던 윌리엄 힐리스와 47세에 결혼을 하고, 힐탑 농장에 살림을 꾸렸다. 나이가 들수록 시력의 저하로 삽화를 그리는 일이 어려워졌고, 이에 따라 집필 활동보다 농장을 돌보고, 개발로부터 아름다운 호수를 영구 보존하는 일에 시간을 쏟았다. 1943년 세상을 떠나면서 그녀는 약500만 평의 땅과 농장 등을 환경보호단체에 기증했고, 그녀의 시신은 화장되어 레이크 디스트릭트에 뿌려졌다.

그녀는 살아생전에 23편의 동화를 출판하였는데, 출판된 책 이외에도 작가로 활동하는 동안에 여러 작품을 남겼으며 미완성작들과 미처 작품화하지 못한 수많은 아이디어들의 흔적이 남아 있다. 그녀의 삶을 그린 영화로 〈미스 포터〉(Miss Potter, 2006, 르네 젤위거 주연)가 있다.

1. 피터 래빗 이야기

The Tale of Peter Rabbit

1902

이 이야기에 관하여

맥그레거 씨네 정원에 숨어들었다가 생각지 못한 모험을 하게 된 개구쟁이 아기 토끼 피터 래빗 이야기. 피터 래빗은 작가 베아트릭스가 어렸을 적 자신에게 공부를 가르쳐 준 가정 교사 '애니 무어'의 5살 배기 아들 '노엘 무어'가 1893년 아팠을 때 노엘을 위로해 주고자 썼던 그림 편지에 처음 등장하였다. 몇 년 후 베아트릭스는 이를 출판해 보고자 열심히 알아보지만, 출판사들로부터 수없이 거절당한다. 베아트릭스는 좀 더 저렴한 책값으로 많은 아이들에게 읽히길 바라는 마음에서 처음엔 흑백 삽화를 생각했다. 그러던 중 1902년 프레더릭 원(Frederick Warne) 출판사에서 삽화를 컬러로 바꾸는 조건으로『피터 래빗 이야기』가 출판되었고, 나오자마자 큰 인기를 끌었다. 이후『피터 래빗 이야기』는 100년이 넘는 시간 동안 세계적으로 1억5천만 부 이상 판매되며, 많은 사랑을 받고 있다. 이 이야기는 나이에 상관없이 흥미를 주는 아동문학의 고전이 되었다.

옛날 옛날에
아기 토끼 네 마리가 살았어요.
이름이
플롭시, 몹시, 코튼테일,
그리고 피터라는 토끼였지요.
    그 토끼들은 엄마와 함께
아주 커다란 전나무 밑동에 있는
모래언덕에서 살았어요.

"얘들아," 어느 날 아침
엄마 토끼가 말했어요.
"들판이나 오솔길에서는 놀아도 되지만
절대로 맥그레거 아저씨네
정원에 들어가서는 안 된다.

아빠가 거기 갔다가 사고를 당했거든.
맥그레거 아저씨가 아빠를
파이로 만들어 버렸지 뭐니.

자, 어서 가서 놀렴.
심한 장난은 하지 말고.
엄마는 나간다."

그리고 나서 엄마 토끼는
바구니와 우산을 들고
숲을 지나 빵집으로 갔어요.
엄마 토끼는
갈색 빵 한 덩어리와
둥글납작한 건포도빵 다섯 개를 샀어요.

플롭시, 몹시, 코튼테일은
말을 잘 듣는 아기 토끼였어요.
오솔길을 내려가
블랙베리를 따 먹었지요.

하지만 피터는 정말이지
말을 안 듣는 토끼였어요.
쏜살같이 맥그레거 아저씨네
정원으로 달려갔지요.

그리고는 대문 아래 틈새로
몸을 비집고 들어갔어요!

먼저 피터는 상추를 따먹고
강낭콩을 먹은 다음
무를 와삭와삭 먹었어요.

그러다 속이 메스꺼워
파슬리를 찾아 나섰어요.

그런데 오이밭을 막 지났을 때
맥그레거 아저씨와
딱 마주쳤지 뭐예요!

쭈그리고 앉아 양배추 묘목을 심던
맥그레거 아저씨는
벌떡 일어서 피터를 쫓아왔어요.
갈퀴를 내저으며 소리쳤지요,
"거기 서라, 도둑놈아!"

피터는 기절할 듯이 겁이 났어요.
정신없이 온 정원을 뛰어다녔지요.
대문 쪽으로 가는 길을 잃어버렸거든요.
신발 한 짝은 양배추 밭에 잃어버리고

다른 한 짝은 감자밭에 잃어버렸어요.

맨발의 피터는 전속력으로
점점 더 빨리 달아났어요.
그렇게 계속 달렸다면 그곳에서
빠져나올 수 있었을 거예요.
그런데 불행히도
구스베리 나무에 쳐놓은 그물[1]에
부딪치는 바람에
재킷에 달린 커다란 단추가
그물에 걸리고 말았어요.
노란 황동 단추가 달린
푸른색 재킷이었어요.
아주 새 옷이었지요.

---

1. 새들이 구스베리 열매를 쪼아 먹지 못하도록 구스베리 나무에 쳐놓은 그물을 말한다.

피터는 이제는 죽었구나, 하고
포기하고는 펑펑 울었어요.
그 때 우연히 그 울음소리를 들은
다정한 참새들이 부산하게 날아와
힘을 내라고 응원했어요.

이번에는 맥그레거 아저씨가
체를 가지고 나타나 피터를
위에서 내리치려 했어요.
피터는 몸부림을 쳐서
재킷을 놔둔 채
가까스로 빠져나와

부리나케 창고로 달려가
물뿌리개 속으로 뛰어들었어요.
물이 가득 차 있지만 않았더라도
숨기에 딱 좋은
곳이었을 거예요.

맥그레거 아저씨는 피터가
분명히 창고 어딘가에 숨었을 거라고
확신했어요.
화분 밑에 숨었을지도 모른다고 생각했죠.
아저씨는 조심스럽게 화분을 하나하나
뒤집으면서 밑을 살폈어요.
그 순간 피터가 재채기를 하고 말았어요.
"에이취!"
맥그레거 아저씨는 놓칠세라
피터를 뒤쫓아와,

발로 피터를 밟으려 했지요.
피터는 화분을 세 개를 넘어뜨리며
창 밖으로 뛰어내렸어요.
창문은 맥그레거 아저씨가
빠져나오기엔
너무 작았지요.
아저씨는 지쳐서
피터를 쫓아다니는 것을
포기하고 일터로 돌아갔어요.

피터는 한숨을 돌리려고 앉았어요.
씨근벌떡 숨이 차고 두려워서
온몸이 바들바들 떨렸어요.
어느 쪽으로 가야 할지
전혀 감을 잡을 수가 없었지요.
게다가 물뿌리개 속에
숨어 있느라고
온몸이 흠뻑 젖어 있었어요.

잠시 후 피터는
강중강중[2] 뛰어서 여기저기를
살피기 시작했어요.
너무 빠르지 않게
주변을 살피면서.
그러다 담에 나 있는
문을 발견했어요. 하지만 문은
잠겨 있었어요. 문 밑으로도
통통한 아기 토끼가 비집고
빠져나갈 틈새가 없었어요.

2. 원문은 'lippity-lippity'이다. 원문의 느낌을 살리기 위해 '깡충깡충'보다 덜 힘차고 거센 느낌이 약화된 '강중강중'으로 번역하였다.

늙은 생쥐 한 마리가
문간 돌계단을 부지런히
들락거리며
숲 속에 있는 가족에게
완두콩과 잠두콩을
가져다 나르고 있었어요.
피터가 대문이 어디에 있는지를 물었지만,
생쥐는 입에 커다란 완두콩을 물고 있어
대답은 하지 못하고 고개만 저어 보였어요.
피터는 와락 울음을 터뜨렸어요.

그러다가 정원을 똑바로 가로질러
가는 길을 찾으려고 해봤지요.
그러나 더욱더 혼란스럽기만 했어요.
이윽고 피터는 연못에 다다랐어요.
그곳은 맥그레거 아저씨가
물을 긷는 곳이었지요.
흰 고양이 한 마리가 금붕어를 빤히
내려다보고 있었어요.
돌조각처럼 꼼짝 않고 앉아 있었어요.
하지만 꼬리 끝은 살아 있는 듯
가끔 씰룩거렸어요.
피터는 고양이에게 말을 걸지 않고
그냥 지나가는 게 좋겠다고 생각했어요.
사촌인 벤저민 버니한테
고양이들에 관해 들은 적이 있었거든요.

피터는 다시 창고 쪽으로 걸음을 옮겼어요.
그런데 갑자기 아주 가까이서
괭이질하는 소리가 들렸어요.
그르륵 타르륵,
타르륵, 그르륵.
피터는 황급히 덤불 속에
몸을 숨겼어요.

하지만 아무 일도 없자 곧
밖으로 나와 손수레로 올라가서
주위를 살폈어요.
맨 먼저 눈에 들어온 것은
양파를 캐고 있는 맥그레거 아저씨였어요.
아저씨는 피터 쪽으로 등을 돌리고 있었는데,
아저씨 너머에 바로 그 대문이 있지 뭐예요!

피터는 들키지 않도록 손수레에서 살짝 내려와
온힘을 다해 전속력으로 달리기 시작했어요.
블랙베리 나무들 뒤쪽으로
곧장 뻗은 길을 따라서. 모퉁이를 돌 때
맥그레거 아저씨가 피터를 발견하고
쫓아왔지만, 피터는 개의치 않았어요.
피터는 대문 아래 틈새로 빠져나와
드디어 정원 밖에 있는 안전한
숲속에 도착하게 되었어요.

맥그레거 아저씨는 피터의 작은 재킷과
신발을 허수아비에게 걸쳐놓아
새들을 쫓는데 사용했지요.

피터는 커다란 전나무 밑에 있는
집에 다다를 때까지
절대로 절대로
멈추지도, 뒤돌아보지도 않고
내리 달렸어요.

피터는 너무 지쳐서
토끼굴 바닥에 있는
포근하고 부드러운 모래 위에
벌러덩 쓰러져 눈을 감았어요.
엄마 토끼는 요리를 하느라 분주했어요.
엄마 토끼는 피터가 재킷을 어쩌다
잃어버렸는지 궁금해했어요.
2주 만에 벌써 두 번째였어요,
피터가 재킷과 신발을 잃어버린 게 말이죠.

안됐지만 피터는 저녁 내내
몸이 안 좋았어요.
엄마 토끼가 그를 침대에 누이고
카모마일 차를 끓였어요.
그리고는 피터에게는
한 모금밖에 주지 않았지요!
"잠자리에 들 때는
한 숟가락만 먹어야 해."

하지만 플롭시, 몹시,
그리고 코튼테일은 저녁으로
빵과 우유와 블랙베리를
맛있게 먹었답니다.

끝.

2. 다람쥐 넛킨 이야기

The Tale of Squirrel Nutkin

1903

이 이야기에 관하여

　1901년, 매해 그랬던 것처럼 베아트릭스 포터는 시골 지역인 레이크 디스트릭트에서 가족과 함께 여름을 보낸다. 이 때 그녀는 자신이 본 다람쥐에 관한 스케치와 이야기들을 옛 가정교사 '애니 무어'의 딸인 8살 된 '노라 무어'에게 편지로 써 보냈다. 이 편지가 『다람쥐 넛킨 이야기』로 이어지게 된다. 큰 성공을 거둔 첫 작품 『피터 래빗 이야기』에 이어 두 번째 출간한 이 다람쥐 이야기 역시 초판 인쇄했던 1만 부가 금방 판매되어 같은 해 또 1만 부를 재인쇄할 만큼 인기를 끌게 된다.

　이 이야기가 책으로 완성되자 베아트릭스는 이를 '노라'에게 헌정하였다. 이 책 속에는 오늘날까지도 거의 변함이 없는 레이크 디스트릭트 호수의 아름다운 모습들이 담겨져 있다.

이 이야기는
꼬리에 관한 이야기에요.
빨간 아기 다람쥐의 꼬리에 관한.
그 다람쥐 이름은
넛킨이랍니다.
넛킨에게는 트윙클베리란 형과
아주 많은 사촌들이 있었어요.
그들은 호숫가 숲에 살았지요.

호수 한가운데에는
여러 종류의 나무들과
도토리가 열리는 관목들로 뒤덮인
섬이 있답니다.
그 나무들 사이에
속이 텅 빈 떡갈나무 한 그루가
서 있는데, 이 곳은 바로
올빼미 브라운 할아버지의
집이랍니다.

도토리가 여물고 개암나무 잎들이
황금빛과 녹색으로 물든
어느 가을 날,
넛킨과 트윙클베리와
모든 아기 다람쥐들은
숲에서 나와 호숫가에 모였어요.

그들은 잔가지를 엮어
작은 뗏목을 만들어
도토리를 구하러 올빼미 섬으로
노를 저어갔어요.
다람쥐들은 저마다 작은 자루와
커다란 노를 가지고 있었고
꼬리를 돛으로 삼아
펼쳐 세우고 나아갔지요.

다람쥐들은 브라운 할아버지께
선물로 드릴 통통한 생쥐 세 마리도
가져갔어요.
다람쥐들은 생쥐를 문간에
내려놓았어요.
그런 다음 트윙클베리와
다른 아기 다람쥐들은
큰절을 하며
공손하게 부탁했어요.
　"브라운 할아버지,
할아버지네 섬에서
도토리를 딸 수 있게
허락해주세요."

하지만 넛킨은 버릇없기 짝이 없었어요.
작은 빨간 체리처럼 폴짝폴짝 뛰면서
노래를 불렀어요.

　"알아맞혀 봐, 알아맞혀 봐, 롯톳토!
　붉고 붉은 코트를 입고
　지팡이를 쥐고, 돌멩이를 물고
　아주 작은 이 사람은 누구일까요
　알아맞히면 은화 한 닢 주지."

이 수수께끼는
아주아주 오래된 것이었어요.
브라운 할아버지는 그러거나 말거나
넛킨에게 전혀 신경 쓰지 않았어요.
할아버지는 눈을 꾹 감고 잠이 들었어요.

다람쥐들은 자루에 도토리를 가득 채워
저녁에 다시 뗏목을 타고 집으로 돌아갔어요.

그리고 다음날 아침 다람쥐들은 다시
올빼미 섬으로 왔지요.
트윙클베리와 다른 다람쥐들은
이번에는 토실토실한 두더지를
가져다 브라운 할아버지네 문 앞에
내려놓으며 말했어요.
　"브라운 할아버지,
도토리를 좀 더 주워가도록
허락해 주시겠어요?"

그러나 존경심이라곤
눈곱만큼도 없는 넛킨은
쐐기풀로 할아버지를 간질이며
깡충깡충 춤을 추며 노래를 불렀어요.

"브라운 할아범! 알아맞혀 봐요!
담 안에도 히티 피티
담 밖에도 히티 피티
당신이 히티피티를 만지면,
히티피티가 당신을 물어버리지요!"

그 때 브라운 할아버지가
갑자기 일어나더니
두더지를 가지고
집 안으로 들어가 버렸어요.

할아버지는 넛킨의 눈 앞에서
문을 쾅 닫아 버렸지요.
곧이어 나무를 태우는
가느다란 푸른 *연기*가
나무 꼭대기로 피어올랐어요.
넛킨은 열쇠 구멍으로
안을 들여다보며
노래를 불렀어요.

"집 안에도 가득, 구멍에도 가득!
그릇에는 채울 수가 없다네!"

다람쥐들은 섬 구석구석을 돌아다니며
도토리를 주워 작은 자루에
가득 채웠어요.
하지만 넛킨은
노랗고 붉은
떡갈나무 옹이를 모아서
너도밤나무 그루터기에 앉아
구슬치기를 했지요.
브라운 할아버지네
문을 흘긋거리면서.

사흘째 되는 날
다람쥐들은 새벽부터 일어나
낚시를 갔어요.
브라운 할아버지께 선물할
토실토실한 피라미를
7마리 잡았지요.
다람쥐들은 호수로 노를 저어
올빼미 섬의 뒤틀려 자란
밤나무 아래 뗏목을 대었어요.

트윙클베리와 아기 다람쥐
여섯 마리는 토실토실한
피라미를 한 마리씩 가져갔어요.
하지만 예의 없는 넛킨은
아무것도 가져가지 않았어요.
넛킨은 앞장서 가며 노래를 불렀죠.

"황야에서 만난 그 사람이 내게 물었지,
'바다에는 얼마나 많은 딸기가 자라지?'
재치 있는 내 대답은
'숲 속에서 자라는 빨간 청어만큼 많지.'"

하지만 브라운 할아버지는
수수께끼 따위에는
아무런 관심이 없었어요.
답을 알려줘도 말이죠.

나흘째 되는 날,
다람쥐들은
딱정벌레 6마리를
선물로 가져갔어요.
브라운 할아버지가
자두 푸딩에 들어 있는
자두만큼 좋아하는 음식이었어요.
딱정벌레를 하나씩 정성스레
소리쟁이 잎에 싸서
솔잎으로 묶었어요.
하지만 넛킨은
여전히 무례하게
노래만 불렀죠.

"브라운 할아범! 알아맞혀 봐요!
영국산 밀가루와 스페인산 과일이
같이 소나기를 맞은 후,
끈으로 묶여서 봉지에 넣어지면,
무엇이 될까요?
알아맞히면 반지 하나 주지!"

반지도 없으면서 할아버지에게
반지를 준다니,
말도 안 되는 소리였죠.
다른 다람쥐들은
이리저리 관목들을 들추며
열심히 도토리를 찾았어요.
하지만 넛킨은
들장미 덤불에서 벌레혹[1]을 모아
소나무 잎들을 가득 꽂으며 놀았죠.

---

1. 식물의 잎, 줄기, 또는 뿌리에서 볼 수 있는 혹 모양의 불룩한 부분.

닷새째 되는 날,
다람쥐들은 벌꿀을
선물로 가져갔어요.
너무나도 달콤하고
끈적끈적 달라붙어
문 앞에다 내려놓고
손가락을 핥았지요.
아슬아슬한 산꼭대기에 있는
호박벌 벌집에서 훔쳐온 것이었어요.
하지만 넛킨은
팔짝팔짝 뛰면서 노래를 불렀어요.

"웅웅—윙윙! 붕! 붕! 웅웅—윙윙 붕!
티플타인에 갔다가
어여쁜 돼지 떼를 만났네.
목이 노란 것도 있고,
등이 노란 것도 있었네!
티플타인으로 간
가장 어여쁜 돼지들이었다네."

브라운 할아버지는
넌더리난 눈초리로
무례하기 짝이 없는
넛킨을 흘겨봤어요.
그리고는
벌꿀을 먹어치웠어요!

다람쥐들은 작은 자루에
도토리를 가득 담았어요.
하지만 넛킨은
커다랗고 평평한 바위 위에 앉아서
야생 능금과
초록빛 전나무 방울로
볼링을 치며 놀았어요.

엿새째 되는 날,
그날은 토요일이었어요.
다람쥐들은 마지막으로 올빼미 섬으로 갔어요.
골풀로 짠 작은 바구니에 갓 낳은 신선한 달걀을 넣어
브라운 할아버지와의 마지막 이별 선물로 가져갔지요.
하지만 넛킨은 깔깔깔 웃으며 앞장서 달리면서 소리쳤어요.

"험프티 덤프티 땅딸보
시내 속에 누워 있네,
새하얀 침대보를
목에 두르고.
의사가 40명, 수선공이 40명이어도
험프티 덤프티 땅딸보를
고칠 수가 없다네."

그 때 브라운 할아버지가
달걀에 관심을 보였어요.
한쪽 눈을 떴다가 다시
감았지요. 하지만 여전히
아무 말도 하지 않았어요.

넛킨은 더욱더 버릇없이 나댔어요.

"브라운 할아범! 브라운 할아범!
말고삐, 쇠고삐,
궁전 부엌문에 걸려 있네,
궁전 말들이 나서도
궁전 신하들이 나서도
말고삐, 쇠고삐
궁전 문에서 꼼짝 않네!"

넛킨은 햇살처럼
사부랑삽작 춤을 췄어요.
하지만 브라운 할아버지는
여전히 아무 말이 없었어요.

넛킨이 다시 시작했어요.

"보어의 아서 왕이 기사단과 나왔어요.
온 땅을 뒤흔들며 오네요!
스코틀랜드 왕이 온 힘을 다해도
아서 왕을 막을 수가 없네요!"

넛킨은 *바람* 부는 소리처럼
윙윙 소리를 내다가
브라운 할아버지 머리 위로
폴짝 뛰어 올라탔어요! …
  그리고 나서 갑자기
파닥파닥 푸득푸득
엉켜 부딪치는 소리가 나더니
"끽!" 하고 커다란 소리가 났어요.

다람쥐들은 허둥지둥
덤불 속으로 숨었어요.
  그러다 살금살금 덤불 속에서 나와
나무 주위를 살폈지요.
브라운 할아버지가
문간에 앉아 있었어요,
꼼짝 않고, 눈을 꼭 감은 채,
아무 일도 없었던 것처럼.

            *

*그런데 넛킨이 할아버지의
조끼 주머니에 들어 있지 뭐예요!*

이렇게 이야기가
끝나는 것 같지요?
하지만, 아니에요.

브라운 할아버지는
넛킨을 집 안으로 데려가
꼬리를 잡고 치켜들고는
가죽을 벗기려고 했어요.
하지만 넛킨이 빠져나오려고
안간힘을 쓰는 바람에
꼬리가 두 동강 나고 말았어요.
넛킨은 죽을 힘을 다해
계단으로 도망쳐
다락방 창문으로 탈출했어요.

그래서 지금도
나무 위에 있는 넛킨을 만났을 때
수수께끼를 낸다면
넛킨은 막대기를 던지며
발을 쿵쿵거리면서
성질내고 소리칠 거예요.
"쿡-쿡-쿡-쿠르르-쿡-크-크!"

끝.

3. 글로스터의 재봉사

The Tailor of Gloucester

1903

이 이야기에 관하여

글로스터의 시장이 결혼식 때 입을 조끼를 만들다가 마무리하지 못한 채 몸져누워 버린 할아버지 재봉사. 이 재봉사를 대신해, 생쥐들이 옷을 완성한다는 이 이야기는 실화를 바탕으로 한다. 베아트릭스가 1897년 그녀의 사촌인 '캐롤라인 허튼'을 만났을 때 캐롤라인이 들려준 이야기는 다음과 같다.

어느 날, 재봉사 '존 프리처드'가 글로스터에 새로 취임한 시장이 입을 조끼를 만들다가 마무리하지 않은 채 가게에 두고 나갔는데, 월요일 아침에 돌아와 보니 단 하나의 단춧구멍만 미완성인 채로 조끼가 완성되어 있었다. 바로 그 재봉사의 조수들이 몰래 조끼를 완성시켜 놓은 것이었다. 프리처드는 요정들이 도와준 일이라 하였고, 그리하여 이 이야기는 글로스터에서 전설 같은 이야기가 되었다.

『글로스터의 재봉사』에서 베아트릭스 포터는 조수 대신 갈색 생쥐들이 조끼를 완성하는 것으로 설정했고, 자신이 좋아하는 전래 동요들도 집어넣어 재미를 한층 더한다.

길다란 검(劍)을 사용하고, 남자들이 가발과 꽃무늬 레이스가 달린 풍성한 코트를 입고 다니던 시절이었어요. 신사들이 주름장식이 달린 블라우스를 입고 다니고, 금 레이스로 장식된, 번쩍번쩍 빛나는 두꺼운 비단 조끼를 입고 다니던 시절이었죠. 그 때 글로스터에 한 재봉사가 살았어요.

재봉사는 아침부터 날이 어두워질 때까지 웨스트게이트 거리에 있는 작은 가게의 창가에 있는 테이블 위에 책상다리를 하고 앉아 있었어요. 어두워지기 전까지는 하루 종일 가위질과 바느질을 하면서 부드러운 광택이 나는 비단, 꽃무늬 비단, 번쩍번쩍 빛이 나는 비단을 이어 붙였지요. 새틴, 퐁파두르, 루트스트링 등, 이름이 이상한 그 비단들은 글로스터의 재봉사가 살던 시절에는 값이 아주 비쌌어요.

재봉사는 이웃들을 위해 고운 비단을 바느질하는 일을 했지만, 너무나도 가난했어요. 파리한 얼굴에, 안경을 쓰고, 쭈글쭈글한 손가락은 굽어 있었고, 올이 다 드러난 낡은 옷을 입은, 몸집이 작은 할아버지였지요.

그는 자신의 분수에 맞게 사는 사람이었어요. 테이블 위에는 매우 작은 자투리 천 조각들이 놓여 있었지요. "폭이 너무 좁아 아무 데도 쓸 데가 없겠군. 생쥐들 조끼나 만들면 모를까." 하고 재봉사는 말했어요.

크리스마스가 가까운 어느 매섭게 추운 겨울날, 재봉사는 가장자리가 투명한 천과 녹색 털실로 장식된 코트를 만들기 시작했어요. 팬지와 장미꽃 무늬가 있고 가로로 골이 있는 체리빛 붉은 비단 코트와 우윳빛의 부드러운 비단 조끼였죠. 글로스터 시장님이 입을 코트였어요.

재봉사는 쉬지 않고 일을 하며 혼자 말을 하기도 했어요. 비단천 치수를 재고, 뱅그르르 돌리고 또 돌리고, 가위로 잘라 모양을 만들었지요. 테이블은 온통 체리빛 천 조각들로 어지러웠어요.

"폭이 안 맞아, 똑바르지도 않고. 폭이 안 맞아. 생쥐들이 쓸 어깨걸이나 모자 리본으로나 써야겠어. 생쥐들 말야!" 글로스터의 재봉사는 이렇게 말했죠.

눈송이들이 납틀로 된 작은 창유리에 휘날려 가게 안이 어두워지자 재봉사는 일과를 끝냈어요. 테이블 위에는 실크와 새틴 등 비단 천 조각들이 놓여 있었어요. 코트용 천 12조각, 조끼용 천 4조각, 주머니 덮개용 천, 소맷동, 그리고 단추

들, 모두 질서 있게 나란히 놓여 있었어요. 코트 안감으로 쓸 광택 있는 노란색의 고운 비단천과 조끼 단춧구멍을 만들 때 사용할 체리빛 꼬임실도 있었어요. 치수대로 모두 잘라도 놓았고, 천도 모두 준비가 되어서 아침이 되면 바느질만 하면 되었어요. 그런데 한 가지 부족한 것이 있었는데, 그것은 체리빛 비단 꼬임실 한 타래였어요.

재봉사는 어두워지자 가게를 나왔어요. 저녁에 자는 곳은 따로 있었거든

요. 재봉사는 창문을 걸어잠그고 문을 잠궜어요. 그리고 열쇠를 빼냈어요. 밤이 되면 그 거리에서는 사람들의 흔적을 찾아볼 수 없었어요. 작은 갈색 생쥐들만이 이곳저곳 열쇠구멍을 들락거렸지요.

글로스터의 모든 오래된 집들은 벽 밑부분이 나무로 되어 있었는데, 그 부분으로 작은 생쥐들이 드나드는 계단과 비밀문이 있었거든요. 생쥐들은 그 좁은 통로를 통해서 집에서 집으로 옮겨 다녔어요. 거리를 지나지 않고서도 도시 곳곳을 다닐 수가 있었지요.

하지만 재봉사는 가게를 나와 발을 질질 끌며 눈 속을 걸어 집으로 향했어요. 집은 바로 근처인 칼리지 코트에 있었어요. 칼리지 그린과 맞닿은 곳이었죠. 큰 집은 아니었지만, 재봉사는 너무 가난해서 그마저도 부엌만 세를 얻어 살고 있었어요.

그는 고양이와 단둘이 살았어요. 심킨이라는 고양이였지요.

재봉사가 하루 종일 가게에 나가 일하는 동안 심킨은 혼자서 집을 지켰어요. 심킨은 생쥐들에게 새틴 비단 코트를 만들어 주진 않았지만 생쥐들을 좋아했어요!

"야옹?" 재봉사가 문을 열자 고양이가 말했어요. "야옹?"

재봉사가 이렇게 대답했죠. "심킨, 이제 우린 큰 돈을 벌게 될 거야. 하지만 난 맥이 풀리고 녹초가 되어버렸어. 이 은화를 가져가. 이건 우리한테 마지막 남은 4펜스 은화야. 그리고 심킨, 도자기 주전자도 가져가거라. 가서 1페니어치 빵과, 1페니어치 우유와 1페니어치 소시지를 사오거라. 아, 그리고 심킨, 4펜스 중 나머지 1페니로는 체리색 꼬임실을 사오너라. 그 마지막 1페니를 잃어버려선 안 된다. 그랬다간 난 망해. 실타래 속의 종이 심지 같이 야위게 될 거야. 꼬임실이 다 떨어졌거든."

그러자 심킨이 다시 "야옹?" 하고는 은화와 도자기 주전자를 가지고 어둠 속으로 사라졌어요.

재봉사는 너무도 피곤하여 온몸이 아파오기 시작했어요. 그는 난로 옆에 앉아 자신이 만들 멋진 코트를 생각하며 중얼거렸어요.

"이제 난 부자가 될 거야 – 재단을 하고 – 글로스터 시장님이 크리스마스날 아침에 결혼할 거라서 코트와 수놓아진 조끼를 주문했지 – 노란색 고운 비단천으로 안감을 대고 – 비단천은 충분하고. 남은 자투리 천이라곤 생쥐들에게 목도리를 만들어 줄 정도뿐이지."

그러다가 재봉사는 소스라치게 놀랐어요. 갑자기 부엌 맞은편에 있는 찬장쪽에서 조그맣게 들려오는 소리에 생각이 뚝 끊겼어요.

툭, 탁, 툭, 탁, 툭, 탁, 툭!

"대체 무슨 소리지?" 재봉사는 의자에서 벌떡 일어나며 중얼거렸어요. 찬장은 그릇들과 주전자들과 버들무늬 접시들과 찻잔과 머그잔들로 가득했지요.

재봉사는 부엌을 가로질러 가 찬장 옆

에 서서 가만히 귀를 기울이며 안경을 통해 안을 들여다보았어요. 찻잔 밑에서 다시 그 우스운 작은 소리들이 들려왔지요.

툭, 탁, 툭, 탁, 툭, 탁, 툭!

"거 참, 희한하네," 하고 글로스터의 재봉사는 말했어요. 그리고는 엎어져 있는 찻잔을 들어올렸지요.

그러자 작은 숙녀 생쥐가 기어나와 재봉사에게 인사를 하는 것이 아니겠어요! 그리고 나서 생쥐는 찬장에서 폴짝 뛰어내리더니 벽 밑부분으로 사라졌어요. 재봉사는 다시 난로 옆에 앉아서 차가워진 초라한 손을 데우면서 중얼거렸어요.

"조끼는 복숭아색 새틴 비단천으로 재단하고, 한 땀 한 땀 정성스레 장식하고, 아름다운 자수용 비단실로 장미 꽃봉오리를 수놓고! 한데 마지막 남은 4펜스를 심킨에게 맡긴 게 잘한 짓일까? 체리색 꼬임실로 장식한 21개 단춧구멍이라!"

그 순간 갑자기 찬장 쪽에서 또다시 작은 소리가 들렸어요.

툭, 탁, 툭, 탁, 툭, 탁, 툭!

"참 기이하군!"

글로스터의 재봉사는 이렇게 말하고는 엎어져 있는 또 다른 찻잔을 뒤집었어요. 이번에는 작은 신사 생쥐가 나오더니 재봉사에게 절을 하는 게 아니겠어요!

그 때 찬장 여기저기에서 일제히 가볍게 탁탁 치는 소리가 들려왔어요.

좀먹은 오래된 창 덧문에서 빗살수염벌레들이 나무를 갉아먹으며 째깍째깍 소리를 내듯이, 일제히 탁탁 소리를 내며 서로에게 화답하는 듯했어요.

툭, 탁, 툭, 탁, 툭, 탁, 툭!

그러더니 찻잔들 밑에서, 우묵한 그릇들 밑에서, 그리고 양푼들 밑에서 또 다른 작은 생쥐들이 쪼르르 나오더니 찬장에서 폴짝 뛰어내려 벽 밑부분으로 사라졌어요.

재봉사는 난로에 바싹 붙어 앉으며 한탄했어요. "체리색 비단으로 된 21개의 단춧구멍이라! 토요일 정오까지 끝내야 하는데, 오늘이 화요일 저녁이니까. 한데 저 생쥐들을 풀어준 게 잘한 짓인가? 분명 심킨이 잡아놓은 것일 텐데? 어이쿠, 난 망했네, 꼬임실도 다 떨어졌는데!"

작은 생쥐들이 다시 나와 재봉사의 말을 유심히 들었어요. 생쥐들은 재봉사가 멋진 코트를 만들 본을 떠놓은 걸 알게 되었죠. 그들은 안감에 대해서, 그리고 작은 생쥐 목도리에 대해 서로 속닥거렸어요.

그러다가 갑자기 생쥐들이 일제히 벽 밑부분으로 난 통로를 따라 달려가기 시작했어요. 한 집을 지나 다음 집으로 달리면서 찍찍하고 서로서로 외쳐 불렀죠. 심킨이 주전자에 우유를 채워 돌아올 무렵에는 — 바로 그 때에는 재봉사의 부엌에는 생쥐가 한 마리도 남아 있지 않았어요!

심킨은 문을 벌컥 열고 뛰어들어왔어요. 약이 오른 고양이처럼 화가 나서 "그-르-렁- 야옹!" 하면서 말이죠. 심킨은 눈을 지독히도 싫어했거든요. 그런데 그의 귀에도 목 뒤 옷깃에도 눈이 소복소복 쌓여 있지 뭐예요. 심킨은 빵덩어리와 소시지를 찬장에 내려놓고 코를 쿵쿵댔어요.

"심킨," 하고 재봉사가 물었죠. "꼬임실은 어딨지?"

하지만 심킨은 우유가 든 주전자를
찬장에 내려놓은 다음 의심스러운 눈
으로 찻잔들을 유심히 살폈어요. 저녁
으로 토실토실한 작은 생쥐들을 먹을
참이었거든요!

"심킨," 하고 재봉사가 물었어요.
"꼬임실은 어디 있지?"

하지만 심킨은 작은 꾸러미를 찻주
전자 속에 몰래 감추고는 침을 흘리며
재봉사에게 그르렁거렸어요. 심킨이
말을 할 수 있었다면 "내 생쥐는 어디
있는 거야?" 하고 물었을 거예요.

"어이쿠, 망했네!" 하고 글로스터의 재봉사가 말하고는 침울하게 잠자리에
들었어요.

그날 저녁 내내 심킨은 부엌 구석구석을 샅샅이 살피고 뒤졌어요. 찬장 안쪽
도, 벽 밑부분도, 자신이 꼬임실을 숨겨놓은 찻주전자 속까지. 하지만 찾을 수가
없었지요, 생쥐 한 마리도!

재봉사가 중얼거리며 잠꼬대를 할
때마다 심킨은 "야옹, 그-르-르-우-
스-쉬!"하며 밤에 고양이들이 그렇듯
이 이상하고 무서운 소리를 냈어요.

가엾은 재봉사 할아버지는 열이 펄
펄 끓어 앓으면서 네 개의 기둥이 달
린 침대에서 밤새 뒤척였어요. 하지
만 꿈에서조차도 이렇게 중얼거렸죠.
"꼬임실이 다 떨어졌어! 꼬임실이 다
떨어졌어!"

재봉사는 그날 하루 종일 앓아 누

왔어요. 다음날도, 그 다음날도. 그런데 체리색 코트는 어떻게 되었을까요?

웨스트게이트 거리에 있는 재봉사의 가게에는 수놓인 비단과 새틴 비단이 테이블 위에 재단되어 있었어요. 21개 단춧구멍도. 누가 그걸 바느질하러 올까요? 창문에는 빗장이 걸려 있고 문은 굳게 잠겨 있는데 말이죠?

하지만 작은 갈색 생쥐들에게는 그런 것들이 전혀 문제가 되지 않았어요. 글로스터에 있는 오래된 집들이란 집들은 모두 열쇠가 없이도 들락거릴 수 있는 생쥐들이었으니까요!

거리에는 시장 사람들이 눈 속을 터벅터벅 걸어 거위와 칠면조를 사기 위해, 그리고 크리스마스 파이를 구우러 가고 있었어요. 하지만 심킨은 크리스마스 저녁을 굶어야 할 판이었지요. 가엾은 글로스터의 재봉사 할아버지도 말예요.

재봉사는 사흘 밤낮을 앓아 누워 있었어요. 그렇게 앓다가 깨어나니 크리스마스 이브였어요. 그것도 아주 늦은 한밤중이었지요. 달은 지붕과 굴뚝 위로 높이 솟아올라 칼리지 코트로 들어가는 마을 입구를 내려다보고 있었어요. 거리를 통해 나 있는 창문들은 모두 불이 꺼져 컴컴했고, 집들은 모두 정적에 휩싸여 있었지요. 글로스터의 도시는 온통 눈을 맞으며 곤히 잠들어 있었어요.

심킨은 아직까지도 생쥐들을 포기하지 않았어요. 네 개의 기둥이 달린 침대 옆에 서서 계속 그르렁거렸지요.

하지만 옛날 이야기에서는 모든 동물들이 말할 수 있잖아요. 크리스마스 아침이 되기 전, 크리스마스 이브 저녁에는 말예요. 동물들이 말하는 것을 들을 수 있거나 무슨 말을 하는지 알아들을 수 있는 사람은 아주 드물지만.

성당 시계가 12시를 치자, 마치 그 시계소리가 울려퍼지는 것처럼 대답하는 소리가 들렸어요. 심킨은 그 소리를 듣고 재봉사의 집 밖으로 나와 눈 속을 헤매 다녔지요.

글로스터에 있는 지붕마다, 처마마다, 그리고 나무로 된 오래된 집들마다 수많은 즐거운 목소리들이 오래된 크리스마스 노래를 부르는 소리가 울려 퍼졌어요. 내가 아는 모든 옛날 노래들이, 그리고 그 중에는 휘팅턴의 종소리와 같은, 내가 알지 못하는 노래도 있었어요.

제일 먼저 수탉들이 가장 큰 소리로 외쳤어요. "부인, 일어나요, 파이를 구워야죠!"

"오, 이런, 이런, 이런!" 심킨은 한숨을 쉬었어요.

이번에는 다락방에서 불이 켜지고 춤추는 소리가 들리더니 고양이들이 길 반대쪽에서 모습을 드러냈어요.

"오, 말도 안 돼, 말도 안 돼, 고양이가 바이올린을 켜다니! 글로스터에 있는 모든 고양이가. 나만 빼고 말야." 하고 심킨이 말했어요.

목조가옥 처마 밑에서는 찌르레기와 참새들이 크리스마스 파이에 관한 노래를 불렀고, 성당의 탑에서는 잠을 자던 갈까마귀들이 깨어났어요. 그리고 한밤중이긴 했지만 개똥지빠귀와 울새들이 노래를 불렀죠. 거리는 온통 작게 지저귀는 음악들로 충만했어요.

하지만 배가 고픈 가엾은 심킨으로서는 그 모든 것들에 심통이 나기만 했지요!

특히 격자문 뒤에서 나는 날카로운 작은 목소리들이 거슬렸어요. 아마도 박쥐들이었을 거예요. 박쥐들은 목소리가 늘 작으니까요. 특히 된서리가 내릴 때, 글로스터 재봉사처럼 잠꼬대를 할 때는 말예요.

박쥐들은 알쏭달쏭 알아들을 수 없는 말을 했는데, 이렇게 말하는 것 같았어요.

"윙윙, 하고 파란 파리가 말해요, 붕붕, 하고 벌이 말하죠.
윙윙 붕붕, 하고 그 둘이 외쳐요, 우리도 외쳐요!"

그러자 심킨은 생각에 파묻힌 듯 두 귀를 흔들며 사라졌어요.

웨스트게이트 거리에 있는 재봉사의 가게에서 불빛이 새어나왔어요. 심킨이 살금살금 창문으로 다가가 안을 들여다봤을 때는 가게가 촛불들로 환히 밝혀져

있었어요. 싹둑싹둑 가위질 소리, 쓰윽쓰윽 바느질 소리로 가득했지요. 그리고 작은 생쥐들이 명랑하고 큰 목소리로 노래를 부르고 있었어요.

"24명의 재봉사들이
달팽이를 잡으러 갔어요.
가장 뛰어난 재봉사도
달팽이 꼬리조차 못 잡네요.
달팽이가 뿔을 내미네요,
작은 소처럼.
도망가요, 재봉사님들, 도망가요!
안 그러면 달팽이가 당장 잡아먹을 거예요."

계속해서 작은 생쥐들의 노랫소리
가 이어졌어요.

"마나님의 오트밀을 체질해 줘요
마나님의 밀가루를 빻아줘요
밤 한 톨에 담아서 한 시간만 두어요."

"야옹! 야옹!" 하고 심킨이 방해를
하며 문을 할퀴었어요.
　하지만 열쇠는 재봉사의 베개 밑에
있었기 때문에 안으로 들어갈 수가 없
었어요. 작은 생쥐들은 웃음만 나왔어
요. 생쥐들은 또 노래를 불렀죠.

"꼬마 생쥐 세 마리가 앉아서 실을 잣네요
야옹이가 지나가다 안을 들여다봐요
뭘 하고 있니, 착한 꼬맹이들아?
신사분들이 입을 코트를 만들지.
나도 함께 실을 자를까?
오, 아니, 야옹님,
당신은 우리 머리를 잘라 먹겠지!"

"야옹! 야옹!" 하고 심킨이 울부짖
었어요. 그러자 "어이, 작고 작은 귀
염둥이 동물!" 하고 작은 생쥐들이 대
답했어요.

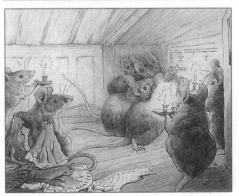

"어이, 작고 작은 귀염둥이 동물!
비단 옷깃과 황금색 옷단으로 된 다홍색 옷을 차려입은 런던의 상인들이 즐겁게 행군한다네!"

생쥐들은 바느질할 때 쓰는 골무를 딸각거리면서 행군하듯 제자리걸음을 했어요. 하지만 심킨은 그 어떤 노래를 들어도 기쁘지 않았어요. 심킨은 코를 쿵쿵 대며 가게 문에 대고 약한 소리로 야옹 하고 울어댔어요.

"그리고는 샀지 그 물통과 수저통을 그 식판과 스푼을 그걸 모두 1파딩에―

그리고 찬장 위에 올려놓았지!" 하고 무례한 작은 생쥐들은 덧붙였어요.
"야옹! 버억! 버억!" 심킨은 창문턱에 서서 몸부림을 쳤어요.
그 때 가게 안에 있던 작은 생쥐들이 벌떡 일어서더니 찍찍대는 작은 소리로 일제히 소리치기 시작했어요. "꼬임실이 다 떨어졌어! 꼬임실이 다 떨어졌어!" 그러더니 창 덧문을 완전히 닫아 심킨이 못 들어가게 했어요.
그래도 심킨은 덧문 틈새를 통해 골무가 딸각거리는 소리와 작은 생쥐들이 노래하는 소리를 들을 수가 있었어요.
"꼬임실이 다 떨어졌어! 꼬임실이 다 떨어졌어!"
심킨은 가게에서 물러나 생각에 잠겨 집으로 돌아왔어요. 가엾은 재봉사 할아 버지는 이제야 열이 내려 평화롭게 잠들어 있었지요.
심킨은 발끝으로 살금살금 걸어가서 찻주전자 속에 숨겨 두었던 작은 비단 꾸 러미를 꺼내더니 달빛에 비추어 보았어요. 착한 작은 생쥐들을 생각하자 자신의

못된 행동이 얼마나 부끄러웠는지!
아침이 되자 헝겊을 이어 만든 조각보 이불 속에서 잠이 깬 재봉사의 눈에 처음 들어온 것은 체리색 비단 꼬임실 뭉치였 어요. 그의 침대 옆에는 심킨이 서서 뉘 우치고 있었죠.
"어이쿠, 녹초가 되었었네." 하고 글로 스터의 재봉사가 말했어요. "하지만 이제 꼬임실이 있으니!"
재봉사가 일어나서 옷을 입고 심킨을 앞장세우고 거리로 나섰을 때는 해가 눈

위를 눈부시게 비추고 있었어요.

높다란 굴뚝 위에서는 찌르레기들이 휘파람을 불었고 개똥지빠귀와 울새들이 노래를 불렀지요. 하지만 그들이 부르는 노래는 지난밤에 했던 알아들을 수 있는 말들이 아니라 뜻을 알 수 없는 짹짹거리는 소리였어요.

"어이쿠," 하고 재봉사가 말했어요. "꼬임실이 있긴 한데, 더 이상 기력도, 시간도 없네. 단춧구멍 하나 완성할 힘밖에 없어. 오늘이 바로 크리스마스 아침이니 어쩜담! 글로스터 시장님은 낮 12시에 결혼할 텐데, 시장님이 입을 체리색 코트는 어떡하지?"

재봉사는 웨스트게이트 거리에 있는 그의 작은 가게문을 열었어요. 그러자 심킨이 달려들어갔죠. 뭔가를 기대하는 고양이처럼 말이에요. 하지만 거기엔 아무도 없지 뭐예요! 갈색 생쥐 한 마리도 눈에 띄지 않았어요!

가게 바닥은 청소를 하여 깨끗했어요. 자잘하게 바닥에 깔려 있던 실들과 비단천 자투리들이 말끔히 치워져 있었지요. 바닥에서 감쪽같이.

하지만 테이블 위에는 — "오, 기뻐라!" 하고 재봉사가 소리쳤어요. 거기에, 재봉사가 비단천들을 가위로 재단해 놓았던 바로 그 자리에, 세상에서 가장 아름다운 코트와 수놓인 새틴 조끼가 놓여 있지 않겠어요! 글로스터의 그 어느 시장님도 입어보지 못했던 코트와 조끼가 말이에요!

코트의 소매단과 목 부분에는 장미꽃과 제비꽃들이 수놓아져 있었고 조끼에는 양귀비와 수레국화꽃이 수놓아져 있었죠.

모든 것이 마무리되어 있었어요. 단 한

군데만 제외하고는. 체리색 단춧구멍 말이에요. 아직 마무리되지 않은 단춧구멍 자리에는 이런 글씨가 쓰인 종이 조각이 핀으로 꽂혀 있었어요. 아주 작디작은 글씨로 쓴.

꼬임실이 다 떨어졌어요

그 후 글로스터의 재봉사에게는 행운이 쏟아지기 시작했죠. 재봉사는 건강해지고 큰 부자가 되었어요.

그는 글로스터의 모든 부유한 상인들과 전국 방방곡곡에 있는 훌륭한 신사들을 위해 세상에서 가장 멋진 조끼를 만들었어요.

그토록 멋진 주름장식과 수를 놓은 소맷단과 레이스 장식은 일찍이 찾아볼 수가 없는 것이었죠. 하지만 무엇보다도 가장 근사한 것은 그가 만든 단춧구멍이었어요. 단춧구멍을 꿰맨 바느질이 너무도 뛰어나서 — 정말이지 뛰어났죠 — 안경을 쓴 할아버지가 쭈글쭈글한 굽은 손가락에 골무를 끼고 바느질을 한 것이라고는 상상할 수가 없었죠.

단춧구멍에 난 바늘땀들은 너무도 오밀조밀해서 — 정말이지 오밀조밀했어요 — 마치 작은 생쥐들이 바느질을 한 것처럼 보였거든요!

끝.

4. 벤저민 버니 이야기

The Tale of Benjamin Bunny

1904

이 이야기에 관하여

『벤저민 버니 이야기』는 1902년 출간하여 대성공을 거둔 베아트릭스의 대표작『피터 래빗 이야기』와 내용이 이어지는 속편이다. 이 이야기에서도 맥그레거 아저씨와 피터 래빗이 등장하는데, 피터 래빗은 벤저민 버니와 친구 같은 사촌 관계다.

현실에서 벤저민 버니는 베아트릭스 포터가 집에서 길렀던 애완토끼의 이름이었다. 베아트릭스는 레이크 디스트릭트 지역의 아름다운 정원이 있는 포웨 파크(Fawe Park)에서 가족과 함께 여름을 보낼 당시에 이 이야기의 배경이 되는 장면들을 스케치했다. 이후 그녀는 원(Warne) 출판사에 보낸 편지에 "토끼 이야기 배경으로 떠올렸던 다양한 스케치들을 거의 70장이나 완성했어요! 다소 난잡하긴 합니다만, 마음에 들었으면 좋겠네요."라고 썼다.

이 이야기가 정식 출간된 1904년 실존했던 애완토끼 벤저민은 세상을 떠났다.

어느 날 아침 한 작은 토끼가 강가에 앉아 있었어요. 토끼는 귀를 쫑긋 세우고 조랑말이 따가닥 따가닥 하고 다가오는 소리에 귀를 기울였어요.

2륜 마차가 길을 따라 오고 있었어요. 맥그레거 아저씨가 모는 마차였지요. 아저씨 옆에는 맥그레거 아줌마가 자신의 모자 중 제일 좋은 보닛 모자를 쓰고 앉아 있었어요.

마차가 지나가자마자 아기 토끼 벤저민 버니는 길을 따라 쪼르르 내려와 깡총깡총, 팔짝팔짝, 톨락톨락 뛰어서 맥그레거 아저씨네 정원 뒤편 숲 속에 사는 친척을 찾아갔어요. 숲 속 여기저기에는 토끼굴들이 아주 많았지요.

그 중에서 가장 깔끔하고 모래가 가득한 굴 속에 벤저민의 고모와 그의 사촌들이 살고 있었어요. 플롭시, 몹시, 코튼테일, 그리고 피터라는 사촌이었지요.

나이 든 래빗 고모는 고모부가 돌아가신 후 혼자 사셨어요. 고모는 토끼털로 벙어리장갑과 토시를 짜서 생계를 꾸려갔어요 (바자회에서 나도 토시 한 켤레를 산 적이 있지요). 고모는 허브와 로즈마리 차와 (우리가 라벤더라고 부르는) 토끼용 담배도 팔았어요.

아기 토끼 벤저민은 고모를 만나는 것이 별로 달갑지 않았어요.

그가 전나무 뒤쪽으로 돌아가자 사촌 피터의 쫑긋한 귀 끝이 살짝 보였어요.

피터는 혼자 앉아 있었는데, 몸이 좋지 않아 보였어요. 면으로 된 빨간색 손수건을 입고 있었지요.

"피터," 아기 토끼 벤저민이 속삭였어요. "네 옷은 누가 가져간 거야?"

"맥그레거 아저씨네 정원에 있는 허수아비가." 하고 피터가 대답했죠. 그리고는 어떻게 해서 온 정원을 쫓겨 다녔는지, 그리고 신발과 재킷을 왜 잃어버렸는지에 대해 얘기했어요.

벤저민은 피터 옆에 앉아 맥그레거 아저씨가 아줌마와 같이 2륜 마차를 타고 외출했다고 말해줬어요. 그리고 아줌마가 제일 좋은 보닛 모자를 쓰고 외출한 것으로 보아 하루 종일 집을 비울 게 틀림없다고 말해 줬지요.

피터는 비가 왔으면 좋겠다고 말했어요.

이 때, 토끼굴에서 래빗 고모가 외쳐 부르는 소리가 들렸어요. "코튼테일! 코튼테일! 카모마일을 좀 더 가져 오렴!"

피터는 산보를 하면 기분이 좋아질 것 같다고 말했어요.

피터와 벤저민은 손을 잡고 사라졌어요. 그들은 숲 속 기슭에 있는 평평한 담 꼭대기에 올라 맥그레거 아저씨네 정원을 내려다보았어요. 허수아비에 걸려 있는 피터의 재킷과 신발이 환히 보였어요. 허수아비 머리에는 맥그레거 아저씨의 오래된 빵모자가 씌워져 있었지요.

아기토끼 벤저민이 말했어요. "대문 밑 틈새로 비집고 들어가면 옷이 더러워져. 좋은 방법은 배나무를 타고 내려가는 거야."

피터는 거꾸로 떨어졌어요. 하지만 다친 데는 없었어요. 밭은 새로 갈퀴질을 하여 아주 부드러웠거든요.

그곳에는 상추가 심어져 있었어요.

그들은 밭 여기저기에 이상한 작은 발자국들을 남겼어요. 특히 아기 토끼 벤저민은 나막신을 신고 있어 발자국이 참으로 기묘했지요.

아기 토끼 벤저민이 제일 먼저 해야 할 일은 피터의 옷을 찾아오는 것이라고 했어요. 그래야 피터가 두르고 있는 손수건을 사용할 수 있을 테니까요.

두 토끼는 허수아비에 걸린 재킷을 벗겨냈어요. 밤새 비가 내렸던지라 신발에는 물이 흥건했고 재킷은 약간 줄어들어 있었어요.

벤저민은 빵모자를 써 보았어요. 그런데 너무 커서 맞지 않았죠.

이번에는 벤저민이 손수
건에 양파를 싸서 고모에게
조그만 선물로 가져가자고
제안했어요.

피터는 별로 즐거운 표정
이 아니었어요. 계속해서 무
슨 소리가 들리는지 신경이
쓰였거든요.

그렇지만 벤저민은 마치
자기 집인 양 느긋하게 상
추 잎을 뜯어 먹었어요. 그
는 일요일에 맛있는 저녁식
사로 먹으려고 아빠와 함께
이 정원에 와서 상추를 뜯
어가곤 한다고 했지요.

(아기 토끼 벤저민의 아
빠 이름은 벤저민 버니 아
저씨였어요.)

상추는 더할 나위 없이
싱싱하고 맛있었어요.

피터는 아무것도 먹지 않았
어요. 집에 가고 싶다고만 했지
요. 그러더니 양파 절반을 떨어
뜨렸어요.

아기토끼 벤저민은 야채를
한아름 안고 배나무로 올라
가는 것은 불가능하다고 말
했어요. 그러더니 대담하게
도 정원 다른 쪽에 있는 문으
로 앞장서 가지 않겠어요. 두
토끼는 햇살이 비치는 빨간
벽돌 담 아래에 있는 널빤지
위를 잠시 지나갔어요.
　생쥐들이 자기네집 문간
에 앉아 체리 씨를 깨고 있었
어요. 피터 래빗과 아기 토끼
벤저민 버니가 지나가자 윙
크를 했지요.

또 피터는 손수건을 놓쳐 양
파를 떨어뜨리고 말았어요.

그들이 화분들과 농기구
들과 커다란 통들 사이를 지
나고 있을 때였어요. 피터는
그 어느 때보다도 더 끔찍한
소리를 들었어요. 그의 두
눈이 눈깔사탕처럼 휘둥그
레졌지요!

벤저민보다 한두 발자국
앞서가던 피터는 갑자기 걸
음을 멈추었어요.

이 아기 토끼들이 모퉁이 근처에서 본 것은 무엇이었을까요!

아기 토끼 벤저민은 한 번 흘끗 보더니 순식간에 피터를 끌어당기며 커다란 바구니 밑으로 몸을 숨겼어요. 떨어진 양파들도 숨겼죠.

고양이가 일어서더니 몸을 쭉 늘이고는 다가와서 바구니에 코를 대고 킁킁거렸어요.

양파 냄새를 좋아하는 것일까요!

아무튼 고양이는 바구니 위에 주저앉았어요.

그리고는 거기서 다섯 시간 씩이나 앉아 있었지요.

*

바구니 밑에 숨어 있는 피터와 벤저민을 그릴 수가 없네요. 그 안은 너무 어두워서요. 그리고 양파 냄새가 끔찍해서 말이죠. 양파 냄새 때문에 피터와 아기토끼 벤저민은 눈물을 질질 흘렸답니다.

해가 숲 뒤로 몸을 감추었어요. 아주 늦은 오후였죠. 하지만 고양이는 여전히 바구니 위에 앉아 있었어요.

마침내 후드득 후드득 소리가 나더니 담 위쪽에서 벽돌가루가 쏟아져 내렸어요.

위쪽을 올려다본 고양이는 벤저민 버니 아저씨가 위쪽 테라스의 담 위를 경중경중 걷고 있는 것을 보았어요.

그는 담배 파이프를 피우며 손에는 작은 회초리를 들고 있었어요.

아들을 찾고 있는 중이었지요.

버니 아저씨는 고양이들이라면 탐탁지 않게 여겼어요.

아저씨는 담 위에서 고양이 위로 훌쩍 뛰어내려 바구니에서 밀쳐낸 다음, 한 움큼 털을 할퀴면서 온실 속으로 뻥 차 버렸어요.

고양이는 너무도 갑작스러운 공격에 손쓸 겨를이 없었지요.

고양이를 온실로 쫓아 버린 버니 아저씨는 문을 잠궜어요.

그리고는 바구니로 돌아와서 그의 아들인 아기 토끼 벤저민의 귀를 잡아 꺼내 작은 회초리로 때렸어요.

그리고는 조카인 피터도 꺼내 주었지요.

그리고 손수건에 싼 양파
도 꺼내 정원을 나섰답니다.

그로부터 30분 후에 집
으로 돌아온 맥그레거 아저
씨는 몇 가지 이해할 수 없
는 일들을 발견했어요.

누군가가 나막신을 신고
정원 여기저기를 걸어다닌
것 같은 발자국들이 있었어
요. 그런데 정말 신기한 것
은 발자국들이 정말 우스울
만큼 아주 작지 않겠어요!

또 고양이가 어떻게 해서
온실 안에 갇히게 되었는지
이해할 수 없었어요. 문을
밖에서 잠근 채 말이에요.

피터가 집에 도착하자 어머니는 그를 용서해 주었어요. 신발과
재킷을 찾아온 게 너무도 기특해서 말이에요. 코튼테일과 피터는
손수건을 반듯하게 접었어요. 엄마 토끼 래빗은 양파를 줄로 엮어
허브, 토끼용 담배 다발과 함께 부엌 천장에 매달아 놓았답니다.

끝.

5. 못된 생쥐 두 마리 이야기

The Tale of Two Bad Mice

1904

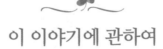

이 이야기에 관하여

베아트릭스 포터는 사촌 집에 방문했을 때 쥐덫으로 생쥐 두 마리를 잡았던 일, 그리고 자신의 담당 편집자이자 발행인인 '노먼 원(Norman Warne)'이 조카딸 '위니프레드'에게 크리스마스 선물로 인형의 집을 만들어 주는 것을 보고, 『못된 생쥐 두 마리 이야기』의 영감을 얻었다.

이 이야기를 집필하는 동안 베아트릭스와 노먼 두 사람은 점차 사랑에 빠져, 베아트릭스 부모님의 반대에도 불구하고 훗날 비밀리에 약혼하기에 이른다. 노먼은 베아트릭스가 쥐들을 더 쉽게 그릴 수 있도록 그녀가 기르는 애완용 생쥐, 톰썸과 헝카멍카를 위해 우리를 만들어주기도 했다.

이 이야기 속에는 베아트릭스의 감정 — 부모님으로부터 독립하고 싶으면서도, 한편으로는 독립에 대한 두려움 — 이 녹아 있다. 베아트릭스는 '위니프레드'에게 이 이야기를 헌정하였다.

옛날 아주 아름다운 인형집이 있었어요. 빨간 벽돌에 하얀 창문이 달린 집이었지요. 진짜 모슬린 커튼(예쁜 고급 커튼)도 달려 있었어요. 현관문도 있고 굴뚝도 있었지요.

그 집은 루신다와 제인이라는 두 인형이 사는 집이었어요. 적어도 루신다가 사는 집이었죠. 하지만 루신다는 식사를 주문한 적이 없었어요.

제인은 요리사였어요. 요리를 한 적은 없지만요. 식사는 대팻밥이 가득 든 상자에 든 조리된 음식을 사서 먹었으니까요.

상자 안에는 빨간 바닷가
재 두 마리, 햄, 생선, 푸딩,
그리고 배와 오렌지가 들어
있었어요. 접시에 찰싹 붙어
있었지만 말할 수 없이 아름
다웠죠.

어느 날 아침, 루신다와 제인
은 인형 유모차를 타고 드라이
브를 하러 나갔어요. 놀이방에
는 아무도 없었어요. 아주 조용
했죠. 조금 후 벽난로 근처 벽
밑부분에 있는 구멍에서 할퀴
고 긁는 소리가 들렸어요.

톰썸은 고개를 삐쭉 내밀었
다가 다시 숨었어요.

톰썸은 생쥐였지요.

잠시 후 톰썸의 아내인 헝카멍카도 고개를 내밀었어요. 헝카멍카는 놀이방에 아무도 없는 것을 알자 석탄통 밑에 있는 기름걸레 위로 쪼르르 달려 나갔어요.

인형집은 벽난로 맞은편에 있었지요. 톰썸과 헝카멍카는 살금살금 난로 앞에 깔려 있는 양탄자를 가로질러 갔어요. 그리고는 인형집 현관문을 밀었어요. 현관문은 잠겨 있지 않았지요.

톰썸과 헝카멍카는 위층으로 올라가 식당을 들여다 보았어요. 그리고는 기뻐서 찍찍 탄성을 질렀지요! 식탁에는 아주아주 먹음직스러운 근사한 식사가 차려져 있지 않겠어요! 철로 된 숟가락, 납으로 된 나이프와 포크, 그리고 인형 의자 2개 — 얼마나 근사한지!

톰썸은 단숨에 달려들어 햄을 자르기 시작했어요. 붉은 줄무늬가 있는 노란 햄은 아름답게 빛이 났지요.

나이프가 굽어지면서 톰썸이 다쳤어요. 톰썸은 다친 손가락을 입에 넣었어요.

"덜 익어서 딱딱하군. 당신이 한번 잘라 봐요, 헝카멍카."

형카멍카는 의자에서 일어서서 납으로 된 다른 나이프로 햄을 잘랐어요.
"치즈 장수가 파는 햄처럼 딱딱하네요." 하고 형카멍카가 말했어요.

햄이 갑자기 접시에서 홱 하고 떨어져나가며 식탁 아래로 굴러 떨어져 버렸어요.
"내버려 둬요." 하고 톰썸이 말했어요. "생선이나 줘요, 형카멍카!"

  헝카멍카는 철로 된 숟가락을 이것저것 사용해서 생선을 떼어내
려 했지만 생선은 접시에 붙어 옴짝달싹 안했어요.
  그러자 톰썸은 더 이상 참을 수가 없었어요. 그래서 햄을 바닥 한
가운데 놓고 집게로, 그리고 삽으로 팡팡팡, 탕탕탕, 하고 내려쳤지
뭐예요!
  햄이 산산조각이 나서 사방으로 튀겨 나갔어요. 번쩍번쩍한 노란
색 물감으로 칠해진 안쪽에는 석고가 들어 있었거든요!

톰썸과 헝카멍카는 화가 나고 실망스러워서 어쩔 줄을 몰라 했어요. 그들은 푸딩, 바닷가재, 배, 그리고 오렌지를 모두 부숴 버렸지요.

그리고는 생선이 접시에서 떨어지지 않자 부엌으로 가져가서 쪼글쪼글한 종이에 시뻘건 불을 붙여 불 속에 집어넣어 보기도 했어요. 하지만 불에도 타지 않았지요.

톰썸은 부엌 굴뚝을 타고 올라가 꼭대기를 살폈어요. 하지만 굴뚝이 검댕으로 막혀 있는 것도 아니었어요.

톰썸이 굴뚝에 올라가 있는
동안 헝카멍카는 또 한 번 실망
스러운 일을 당했어요. 찬장 선
반 위에 조그만 통들이 있었는
데, 통에는 쌀, 커피, 야자 전분
이라는 라벨이 붙어 있었어요.
하지만 통을 엎자 안에는 빨갛
고 파란 구슬 외에는 먹을 것이
아무것도 없었지요.

그러자 생쥐 부부는 약이 올라 온갖 못된 짓을 하기로 작정했어요. 특히 톰썸
이! 톰썸은 침실에 있는 서랍장에서 제인의 옷을 꺼내 꼭대기 층 창 밖으로 던져
버렸어요.

하지만 헝카멍카는 알뜰한 주부였어요. 루신다의 베개 받침에서 솜을 반쯤 뽑아 버렸을 때 자기에게 솜침대가 필요하다는 사실이 떠올랐어요.

헝카멍카는 톰썸의 도움을 받아 베개 받침을 아래층으로 내린 다음 난로 앞에 깔린 양탄자를 지나 끌고 갔어요. 쥐구멍 속으로 밀어넣기가 힘들었지만 가까스로 해냈지요.

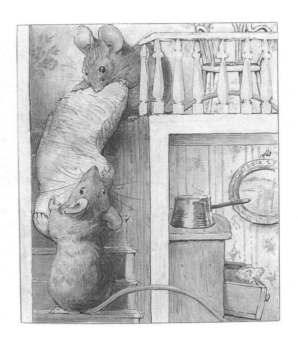

그런 다음 헝카멍카는 다시 인형집으로 가서 의자, 책장, 새장, 몇 가지 자질구레한 살림살이를 가져왔어요. 책장과 새장은 쥐구멍 속으로 들어가지 않았어요.

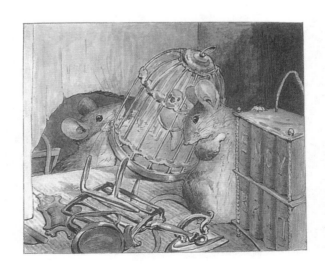

그래서 헝카멍카는 그것들을 석탄통 뒤에 팽개쳐 놓고 요람을 가지러 갔어요.

헝카멍카가 의자 하나를 더 가지고 돌아오고 있을 때, 갑자기 바깥 층계참에서 도란도란 말소리가 들렸어요. 생쥐들이 급히 쥐구멍으로 몸을 숨기자마자 인형들이 놀이방으로 들어섰어요.

제인과 루신다의 눈 앞에 펼쳐진 광경은 어땠을까요!

루신다는 엎어진 취사용 스토브 위에 앉아 물끄러미 바라보았어요. 그리고 제인은 찬장에 기대어 미소를 지었지요. 둘 다 그 어떤 말도 하지 않았어요.

책장과 새장은 석탄통 밑에서 구출해 냈지요. 하지만 요람과 루신다의 옷 몇 벌은 헝카멍카가 훔쳐가 버렸어요.

또 냄비와 팬과 몇 가지 다른 물건들도 같이 훔쳐갔어요.

인형집 주인인 어린 소녀가 말했어요. "경찰 옷을 입은 인형을 구해야겠어!"

하지만 유모는 이렇게 말했어요. "쥐덫을 놓아야겠군!"

이것이 못된 생쥐 두 마리 이야기에요. 하지만 그 생쥐 두 마리는 결국 이처럼 아주아주 못된 생쥐는 아니었어요. 톰썸은 자신이 깬 물건들에 대해 보상을 했으니까요.

톰썸은 난로 앞에 깔린 양탄자 밑에서 6펜스짜리 찌그러진 은화를 발견했는데, 크리스마스 이브에 형 카멍카와 함께 인형집으로 가서 루신다와 제인의 양말 한 짝에 은화를 넣어 주었답니다.

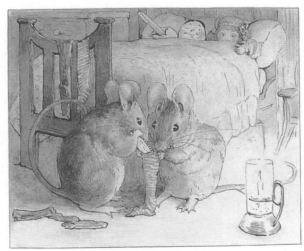

그리고 아직 아무도 잠에서 깨지 않은 아주
이른 새벽이면, 헝카멍카는 빗자루와 쓰레받기
를 가지고 와서 인형집을 청소해 준답니다.

끝.

6. 티기 윙클 아줌마 이야기

The Tale of Mrs. Tiggy-Winkle

1905

이 이야기에 관하여

이 이야기의 주인공 티기 윙클 아줌마 캐릭터는 베아트릭스가 자신이 기르던 애완고슴도치와 '키티 맥도널드'라는 이름의 스코틀랜드 출신 세탁부 할머니를 보고 영감을 얻었다. 이와 함께 이 작품의 배경이 되는 리틀 타운 지역의 교회 목사 딸 '루시 카'도 주인공으로 등장한다. 베아트릭스 포터의 이야기책에 나오는 동물들은 대부분 자신이 기르던 애완동물을 바탕으로 한 것들이 많다. 티기 윙클 아줌마는 베아트릭스가 창조한 캐릭터 중 가장 긍정적인 캐릭터라 볼 수 있다.

베아트릭스는 출판사에 보낸 편지에서 "티기 윙클 아줌마는 내 무릎에서 자는 걸 매우 좋아해요. 하지만 30분 정도 받쳐주면 처음에는 애절하게 하품을 하다가 나중에는 달려들어 물어요! 그래도 다정한 사람이에요."라고 말했다.

『티기 윙클 아줌마 이야기』는 1905년 발행한 초판 2만 부가 1달 만에 매진되며 인기를 얻었고, 한편 애완고슴도치 티기 윙클은 1906년에 세상을 떠났다.

옛날에 루시라는 어린 소녀가
리틀 타운이라는 농장에 살고 있
었어요. 루시는 착한 소녀였어요.
하지만 늘 손수건을 잃어버리곤
했죠!

어느 날 어린 루시가 엉엉 울면
서 농장 안마당으로 들어섰어요.
"손수건을 잃어버렸어! 손수건
세 장과 앞치마를! 그것들을 네가
보았니, 태비 키튼?"

고양이는 하얀 앞발만 핥고
있을 뿐이었어요. 그래서 루시는
얼룩무늬 암탉에게 다가가 물었
어요. "샐리 헤니페니, 혹시 네
가 손수건 세 장을 보았니?"

하지만 얼룩무늬 암탉은 "난
맨발로 다녀, 맨발, 맨발!"하고
꼬꼬댁거리면서 헛간으로 가 버
렸어요.

그러자 루시는 작은 나뭇가지에 앉아 있는 새 콕 로빈에게 물었어요.

콕 로빈은 반짝이는 검은 눈으로 루시를 흘끗 보더니 농장 울타리 너머로 훨훨 날아가 버렸어요.

루시는 울타리를 넘나드는 계단에 올라 리틀 타운 뒤쪽으로 솟아 있는 언덕을 올려다보았어요. 언덕은 구름 속으로 높이높이 솟아 있어 마치 꼭대기가 없는 듯 보였어요!

그런데 저 멀리 보이는 비탈길에 자란 풀들 위로 무언가 하얀 것들이 펼쳐져 있었어요.

루시는 작은 다리로 온 힘을 다해 빠르게 언덕을 올라갔어요. 가파른 길을 따라 계속해서 위로 위로 달렸어요. 바로 아래로 리틀 타운이 내려다보이는 곳까지. 아래로 보이는 굴뚝으로 조약돌이라도 던져 넣을 수 있을 것만 같았지요.

이윽고 루시는 언덕 비탈에서 졸졸 흘러나오는 샘물가에 다다랐어요. 물가에는 누군가가 물을 긷기 위해 돌 위에 얹어 놓은 양철통이 있었어요. 하지만 양철통에서는 이미 물이 넘쳐 흐르고 있었어요. 크기가 에그컵(삶은 달걀을 먹을 때 올려놓는 작은 컵)정도밖에 안되었거든요!

그리고 길 위의 모래는 젖어 있었어요. 그런데 그 모래에는 아주아주 작은 사람의 발자국들이 찍혀 있었어요.

루시는 달리고 또 달렸어요.

길은 커다란 바위 아래에서 끝이 나 있었어요. 그곳 풀들은 짧고 초록색이었

지요. 그곳에는 고사리 줄기를 잘라 만든 빨랫줄 기둥, 골풀을 땋아 만든 빨랫줄, 그리고 작은 빨래집게들이 있었어요. 하지만 손수건은 보이지 않았어요!

그런데 다른 뭔가가 있었어요. 바로 문이었죠! 언덕 안으로 바로 들어갈 수 있도록 난 문이었는데, 문 안쪽에서 누군가가 노래를 부르고 있었어요.

"백합처럼 희고 깨끗한, 오!
사이 사이 작은 주름장식들, 오!
매끄럽고 뜨거운 – 붉게 녹슨 얼룩
여기선 찾아볼 수 없다네, 오!"

루시는 노크를 했어요. 한 번, 두 번. 그러자 노랫소리가 그쳤어요.

"누구세요?"라고 약간 겁에 질린 목소리가 물었지요.

루시는 문을 열었어요.

언덕 안에는 무엇이 있었을까요? 눈앞에 나타난 것은 돌로 만든 바닥과 목조 기둥이 있는 근사하고 깨끗한 주방이었어요.

어느 농장에서나 흔히 볼 수 있는 주방이었죠. 다만 천장이 너무 낮아 루시의 머리가 닿을락 말락 했어요. 그리고 냄비와 팬 같은 조리 기구들은 아주아주 작았고 다른 모든 것들도 작았어요.

주방에서는 훈훈한 다림질 냄새가 기분 좋게 났어요. 테이블 앞에는 아주 땅딸막하고 작은 아줌마가 손에 다리미를 쥔 채 불안한 눈빛으로 루시를 바라보고 서 있었어요.

무늬 있는 가운은 끝이 접혀져 올라가 있었고 줄무늬 속치마 위에 커다란 앞치마를 걸치고 있었어요. 아줌마는 작고 검은 코를 연신 훌쩍훌쩍, 훌쩍훌쩍거렸고, 두 눈은 반짝반짝 빛나고 있었어요. 루시는 모자 아래로 노랑 곱슬머리가 내려와 있었는데, 이 작은 아줌마의 경우에는 가시들이 솟아나 있었어요.

"아줌마는 누구세요?" 하고 루시가 물었어요. "혹시 제 손수건 봤어요?"

작은 아줌마는 가볍게 고개를 숙여 인사를 했어요. "오호, 괜찮다면, 내 이름은 티기 윙클 아줌마란다. 오호, 괜찮다면, 나는 빳빳하게 옷을 다리는 일을 아주 뛰어나게 잘 하지!" 이렇게 말하고 아줌마는 세탁물 바구니에서 뭔가를 꺼내더니 다림질판 위에 펼쳤어요.

"그게 뭐예요?" 하고 루시가 물었죠. "내 손수건은 아니죠?"

"오호, 괜찮다면, 이건 붉은 색 작은 조끼란다. 콕 로빈 거지!"

그리고 아줌마는 다림질을 하더니 한쪽에 개 놓았어요.

이번에는 빨래 건조대에서 무언가를 가져왔어요. "내 앞치마 아니에요?" 하고 루시가 물었어요.

"오호, 괜찮다면, 이건 다마스크 무늬 식탁보란다. 제니 렌 것이란다. 포도주로 얼룩진 것 좀 봐! 세탁을 엉망으로 했네!" 하고 티기 윙클 아줌마가 말했어요.

티기 윙클 아줌마는 코를 훌쩍훌쩍, 훌쩍훌쩍거렸고, 두 눈은 반짝반짝 빛났어요. 아줌마는 난로에서 뜨겁게 달궈진 또 다른 다리미를 가져왔어요.

"내 손수건 하나가 여기 있네요!" 하고 루시는 외쳤어요. "그리고 내 앞치마도요!"

티기 윙클 아줌마는 다림질을 하여 주름을 잡아주고 주름 장식을 털어주었어요.

"어머, *정말* 예뻐요!" 하고 루시가 말했어요.

"그런데 장갑처럼 손가락들이 있는 길고 노란 저것들은 뭐예요?"

"오, 그건 암탉 샐리 헤니 페니의 스타킹이란다. 안마당을 돌아다니며 긁어대서 뒤꿈치가 해진 것 좀 보렴! 곧 맨발로 다녀야 할 걸!" 하고 티기 윙클 아줌마가 말했어요.

"어머, 여기 손수건이 하나 더 있네. 하지만 제 건 아니에요. 빨간색이네요?"

"오호, 괜찮다면, 그건 래빗 아줌마 거란다. 양파 냄새가 정말 지독했지! 다른 세탁물과 분리해서 따로 빨아야 했단다. 그런데도 냄새를 완전히 뺄 수가 없네."

"여기 제 손수건 하나가 더 있어요." 하고 루시가 말했어요.

"우습게 생긴 이 작고 흰 물건은 뭐예요?"

"태비 키튼의 벙어리장갑이란다. 난 다림질만 했단다. 세탁은 태비 키튼이 직접 했구."

"이건 제 마지막 손수건이에요." 하고 루시가 말했어요.

"세탁풀 속에 담그고 있는 건 뭐예요?"

"톰 팃 생쥐의 작은 셔츠란다. 가장 까다로운 것이야!"
하고 티기 윙클 아줌마가 말했어요. "이제 다림질을 다했으
니 빨래를 널어야겠다."

"부들부들 폭신폭신한 이 귀여운 것들은 뭐예요?" 루시가 물었어요.

"오, 그건 스켈길에 사는 아기 양들이 입는 양털 외투란다."

"양들이 털을 벗어요?" 루시가 물었어요.

"오호, 괜찮다면, 어깨에 있는 양 표시를 보렴. 게이츠가스에서 온 것도 하나 있지. 그리고 리틀 타운에서 온 것은 세 개나 되는 걸. 빨래를 할 때는 *항상* 표시를 한단다!" 하고 티기 윙클 아줌마가 말했어요.

그리고 나서 아줌마는 온갖 종류와 크기의 옷들을 빨랫줄에 널었어요. 생쥐들의 작은 갈색 코트들, 검정 두더지 모피로 만든 아주 부드러운 조끼 하나, 다람쥐 넛킨의 것인 꼬리 없는 빨간색 연미복, 피터 래빗의 팍 줄어들어 버린 파란 재킷, 그리고 빨랫감 속에서 잃어버렸던 아무런 표시가 없는 속치마 하나. 마침내 빨래 바구니가 비워졌어요!

이제 티기 윙클 아줌마는 차를 끓였어요. 자신을 위한 한 잔과 루시를 위한 한 잔을. 그들은 난로 앞쪽에 놓인 벤치에 앉아 서로를 흘끗 보았어요. 찻잔을 들고 있는 티기 윙클 아줌마의 손은 검고 검은 갈색에 쪼글쪼글했으며 비누 거품조차 묻어 있었어요. 그리고 입고 있는 가운과 모자 여기저기에는 *머리핀*이 거꾸로 삐져나와 있었어요. 그래서 루시는 아줌마와 너무 가까이 앉고 싶지 않았지요.

차를 마신 후 루시와 아줌마는 마른 옷들을 묶었어요. 루시의 손수건은 깨끗한 앞치마 안쪽에 접어 넣고 은색 안전핀을 단단히 채웠어요.

그리고 나서 그들은 난로에 석탄을 집어넣어 태우고 밖으로 나와 문을 잠근 다음 열쇠를 문지방 밑에 숨겼어요.

　루시와 티기 윙클 아줌마는 옷 꾸러미를 들고 언덕길을 총총히 내려왔어요!
　길을 따라 내려오는 내내 작은 동물들이 수풀 사이에서 나와 그들을 맞이했지요. 그들이 처음 만난 동물은 피터 래빗과 벤저민 버니였어요!

　티기 윙클 아줌마는 동물들에게 아주 깨끗한 옷을 나누어 주었어요. 그러자 동물들과 새들은 다정한 티기 윙클 아줌마에게 아주아주 고마워했지요.

언덕 기슭에 이르러 울타리
를 넘나드는 계단에 다다랐을
때는 루시의 작은 보따리 외에
는 남아 있는 옷들이 없었어요.

루시는 손에 보따리를 들고 계단을
기어 올라갔어요. 그리고는 세탁부
아줌마에게 "좋은 밤 되세요!"하며
고맙다는 인사를 하려고 뒤를 돌아봤
어요. 그런데 *이게 이게* 어쩌된 일일
까요!

티기 윙클 아줌마는 고맙다는 인사
를 듣기 위해 기다리지도 않았고 세
탁비를 받을 생각도 하지 않았어요.

아줌마는 언덕 위쪽으로 달리고 달
리고 또 달려가고 있었어요. 그런데
아줌마가 쓰고 있던 주름장식이 있는
하얀 모자는 어디에 있었을까요? 숄
은요? 가운은요? 그리고 아줌마가 입
었던 속치마는요?

아줌마는 *아주아주* 조그맣게 멀어져 갔어요. *아주* 짙은 갈색 몸과 따끔거리는 가시로 온통 뒤덮여 있는!

이런! 티기 윙클 아줌마는 다름 아닌 고슴도치였군요.

*

(어린 루시가 계단 위에서 잠을 잤었다고 말하는 사람들도 있어요. 하지만 그렇다면 어떻게 해서 깨끗한 손수건과 앞치마를 찾게 되었을까요? 그것도 은색 안전핀이 꽂힌 보따리를요?

게다가 난 캣 벨스라고 하는 언덕 뒤편으로 통하는 그 문을 본 적이 있어요. 그리고 난 다정한 티기 윙클 아줌마를 아주 잘 알고 있는걸요!)

끝.

7. 파이와 파이 틀 이야기

The Tale of The Pie and The Patty-Pan

1905

이 이야기에 관하여

『파이와 파이 틀 이야기』는 '리비'라는 이름의 고양이와 '더치스'라는 이름의 강아지가 주인공으로, 리비의 초대에는 응했으나 '쥐고기 파이'가 먹기 싫었던 더치스로 인해 한바탕 벌어지는 소동을 그린 이야기다. 리비는 소레이 마을의 고양이를, 더치스는 베아트릭스의 이웃집 부인이 키우던 포메라니안 강아지를, 타비타 트윗칫은 베아트릭스가 힐탑 농장에서 기른 고양이를, 그리고 까치 의사 마고티는 '런던 동물 정원'에 있는 까치를 모델로 삼았다.

이 이야기의 배경 그림은 베아트릭스가 레이크 디스트릭트 지역의 소레이 마을에 살기 전인 1902년 마을을 방문했을 때 마을의 오솔길들과 정원들을 스케치해 두었다. 원래 1903년에 집필했다가 다른 작품에 밀려 1905년에 출간하게 된 이 이야기 안에는 레이크 디스트릭트에 대한 베아트릭스의 애정이 담겨 있고, 그녀가 특별한 애정을 가졌던 작품 중 하나였다. 그녀는 "이 책이 출판된다면 『글로스터의 재봉사』 다음으로 내가 좋아하는 책이 될 거예요."라고 말했다.

옛날에 '리비'라는 야옹이가 살았어요. 야옹이는 강아지 '더치스'에게 차를 마시러 오라고 집에 초대했어요.

리비의 편지에는 이런 내용이 쓰여 있었어요. "일찍 와, 더치스야. 아주아주 근사한 걸 함께 먹자. 지금 파이 접시에 그걸 굽고 있어. 테두리가 분홍색인 파이 접시에. 그렇게 훌륭한 음식은 여태까지 먹어 본 적이 없을 걸! 네가 그걸 다 먹게 해줄게! 난 머핀만 먹을 거야, 내 친애하는 더치스야!" 하고 리비는 썼어요.

더치스는 편지를 읽고 답장을 썼어요. "4시 15분에 아주 기쁜 마음으로 갈게. 하지만 정말 묘하네. 나도 널 저녁식사에 초대하려고 했거든. 세상에서 가장 맛있는 음식을 대접하려고."

"시간에 꼭 맞게 갈게, 친애하는 리비야," 하고 더치스는 썼어요. 그리고는 마지막에 이렇게 덧붙였죠. "쥐는 아니겠지?"

그렇게 쓰고 보니 별로 정중하지 못한 것 같았어요. 그래서 "쥐는 아니겠지"란 말을 지우고 "근사한 음식이길 바래."라고 고친 다음 우체부에게 편지를 주었어요.

하지만 리비의 파이에 대한 생각을 떨쳐 버릴 수가 없었어요. 그래서 리비의 편지를 읽고 또 읽었죠.

"쥐일지도 몰라!" 하고 더치스는 중얼거렸어요. "쥐 파이는 먹을 수가 없었어, 없었다구. 그런데 초대니까 먹어야겠지. 난 송아지 고기와 햄을 넣어 파이를 구울 참이었는데. 분홍색과 흰색의 파이 접시라! 아니, 내 접시도 그렇잖아. 리

비의 접시와 똑같아. 둘 다
타비타 트윗칫의 가게에서
샀었지."

더치스는 식품 저장실
로 가서 선반에서 파이를
꺼내 바라보았어요. "이제
오븐에 넣기만 하면 되겠
군. 정말 근사한 파이 껍
질이야. 작은 금속 파이 틀
(파이 굽는 도구)에 넣어 껍
질 모양을 잡아주고 가운
데에 김이 빠져나가도록 포크로 공기구멍을 내 주었으니까 됐어. 오, 쥐고기로
만든 파이 대신 내가 만든 파이를 먹을 수 있다면 좋을 텐데!"

더치스는 생각에 생각을 거듭하면서 리비의 편지를 다시 읽었어요. "분홍색
과 흰색의 파이 접시 – *네가* 그걸 *다* 먹게 해줄게. '너'라면 나를 말하는 거잖아.
그렇다면 리비는 파이를 맛보지도 않을 건가? 분홍색과 흰색의 파이 접시라! 리
비는 틀림없이 머핀을 사러 나갈 거야… 오, 좋은 생각이 떠올랐어! 리비가 없는
동안 빨리 가서 내 파이를 리비의 오븐에 넣어두면 어떨까?"

더치스는 그런 꾀를 생각해 낸 것이 너무도 기뻤어요!

한편 리비는 더치스의 답장을 받았어요. 강아지
더치스가 초대에 응한 사실을 알자마자 리비는 *자
기가* 만든 파이를 오븐에 넣으러 갔어요. 다른 오
븐은 손잡이가 장식품마냥 고장이 나서, 위아래
나란히 두 개가 놓여 있는 오븐 앞으로 갔어요. 문
이 빡빡해서 잘 안 열리는 오븐이었지요. 리비는
힘을 줘서 아래쪽 오븐을 열고 파이를 그 안에 넣
었어요.

"위쪽 오븐은 너무 빨리 구워져." 하고 리비는

혼잣말을 했어요. "쥐고
기를 베이컨과 함께 갈아
만든 가장 은은하고 부드
러운 파이야. 뼈는 다 발
라냈지. 지난 파티 때 생
선뼈 때문에 더치스가 숨
이 막힐 뻔했으니까. 더
치스는 좀 급하게 먹는
경향이 있어. 입안 가득
음식을 넣고 말이야. 그
래도 아주 고상하고 우아
한 강아지지. 사촌 동생
타비타 트윗칫과 좋은 친
구가 될거야."

리비는 석탄을 좀 넣고
난로를 청소했어요. 그리
고는 물통을 가지고 우물
가로 가서 물을 길어다 주전자에 물을 채웠어요.

그리고 방을 정리하기 시작했어요. 부엌 겸 거실로 사용하는 방이었지요. 매
트를 현관 앞으로 가져다가 먼지를 털어 반듯하게 놓았어요. 난로 앞에 까는 깔

개는 토끼 가죽이었어요. 리
비는 벽난로 위 선반에 놓인
시계와 장식품들에 묻은 먼
지를 털어내고 식탁과 의자
를 문지르고 닦았어요.

그리고는 아주 깨끗한 새
하얀 식탁보를 깔고, 벽난로
옆에 있는 찬장에서 가장 좋

은 도자기 찻잔 세트를 꺼
내 식탁 위에 차려 놓았어
요. 새하얀 찻잔에는 핑크
색 장미꽃 무늬가 있었고,
정찬용 접시들은 흰색과
파란색이었어요. 식탁 준
비를 끝내자 리비는 주전
자와 흰색과 푸른색이 감
도는 접시를 가지고 우유
와 버터를 가지러 들판을
지나 농장으로 갔어요.

다시 집으로 돌아온 리
비는 아래쪽 오븐을 들여
다보았어요. 파이는 아주
풍족해 보였어요.

리비는 숄을 두르고 보
닛 모자를 쓰고서 바구니
를 가지고 마을에 있는 가게로 다시 나갔어요. 차와 각설탕과 오렌지 잼을 사기
위해서였어요.

바로 그 시간에 더치스는 마을 맞은편에 있는 *자기* 집에서 나왔어요.

리비와 더치스는 길 중간
에서 마주쳤어요. 더치스 또
한 천으로 덮인 바구니를 들
고 있었지요. 둘은 서로 머리
를 숙여 인사만 주고받고 말
은 하지 않았어요. 조금 있으
면 파티를 할 참이니까요.

리비가 모퉁이를 돌아 사라

지자마자 더치스는 마구
달렸어요! 곧장 리비의 집
으로 말이죠!

리비는 가게로 가서 필
요한 식품들을 사고, 사촌
동생 타비타 트윗칫과 즐
겁게 잡담을 나눈 후 가게
를 나섰어요.

사촌 동생 타비타는 잡담을 나눈
후 오만한 말을 내뱉었어요. "작은 강아지 주제에! 소레이에 고양이라곤 없는
듯이 행동한다니까! 그리고 오후 다과로 파이를 먹는다고? 발상하고는!" 하고
타비타 트윗칫이 말했어요.

리비는 티머시 베이커
네 빵집에 가서 머핀을
샀어요. 그리고 집으로
갔지요. 현관문 안으로
들어서는데 뒤쪽 통로에
서 슥슥 움직이는 소리
가 나는 것 같았어요.

"까치는 아닐 거야,
하지만 주방문은 잠궈져
있는데." 하고 리비는 말
했어요.

하지만 거기엔 아무도
없었어요. 리비는 아래
쪽 오븐 문을 힘겹게 열
고 파이를 돌려 방향을
바꾸었어요. 쥐고기가

구워지는 구수한 냄새가 나기 시작했죠!

한편 더치스는 슬그머니 뒷문으로 빠져나왔어요. "내 파이를 오븐에 넣을 때 리비의 파이가 오븐 속에 *없었는데*, 거참 참 이상하네. 어디에도 없으니 어떻게 된 거지. 집안 구석구석을 찾아도 없었어. *내* 파이는 뜨거운 *위쪽* 오븐에 넣었지. 다른 오븐 손잡이는 돌릴 수가 없었으니까. 그것들은 모두 망가졌나 보지." 하고 더치스는 말했어요. "하지만 쥐고기로 만든 파이를 치웠어야 했는데! 리비가 쥐고기 파이를 어디 둔 걸까? 리비가 오는 소리를 듣고 뒷문으로 급히 빠져나올 수밖에 없었어!"

더치스는 집으로 돌아와 아름다운 검은 털을 빗질하고는 리비에게 줄 꽃 한 다발을 정원에서 꺾고 4시가 될 때까지 시간을 보냈어요.

집안 구석구석을 살핀 리비는 찬장에도, 식품 저장실에도 아무도 숨어 있지 않은 것을 확인하고 위층으로 올라가 옷을 갈아입었어요.

리비는 파티를 하기 위해 연보라색 비단 가운을 차려 입고 수놓아진 앞치마와 목도리를 둘렀어요.

"정말 이상하네." 하고 리비가 말했어요. "서랍을 열어놓지 않은 것 같은데. 누가 내 벙어리장갑을 끼워봤나?"

리비는 다시 아래층으로 내려와 차를 끓여 찻주전자를 난로 옆 선반에 올려

놓았어요. 그리고는 아래쪽 오븐을 다시 들여다보았죠. 파이는 예쁜 갈색으로 구워지고 있었어요. 뜨거운 김이 모락모락 피어났어요.

리비는 난로 앞에 앉아 강아지를 기다렸어요. "*아래* 오븐을 사용하길 잘했어," 하고 리비가 말했어요. "위쪽 오븐은 너무 너무 뜨거웠을 거야. 근데 왜 저 찬장문이 열려 있지? 정말 누가 집 안에 들어왔었던 걸까?"

아주 정확히 4시에 더치스는 파티에 가기 위해 집을 나섰어요. 그런데 마을을 지나 아주 빨리 달리는 바람에 너무 일찍 도착했죠. 그래서 리비의 집으로 나 있는 오솔길에서 기다리며 시간을 좀 보내야 했어요.

"리비가 *내* 파이를 오븐에서 꺼냈을까?" 더치스가 중얼거렸어요. "쥐고기로

만든 다른 파이는 어떻게 될까?"

정확하게 4시 15분에 아주 고상하게 똑똑 하고 두드리는 작은 소리가 들렸어요. "리비 여사님, 집에 계세요?" 하고 더치스

는 현관에서 물었죠.

"어서와! 잘 지냈니? 친애하는 더치스." 하고 리비가 큰 소리로 말했어요. "얼굴이 좋아 보이는데?"

"아주 잘 지냈지, 고마워. 넌 잘 지내니? 내 친구 리비?" 하고 더치스가 말했어요. "너에게 주려고 꽃을 가져왔어. 아주 맛있는 파이 냄새가 나네!"

"어머, 정말 예쁜 꽃이네! 그래, 쥐고기와 베이컨을 넣어 만든 파이야!"

"음식에 대해선 말하지 않아도 돼, 리비" 하고 더치스가 말했어요. "차 탁자에 깔린 새하얀 식탁보가 정말 아름답네! … 파이 다 구워졌어? 아직 오븐 속에 있는 거야?"

"5분만 더 있으면 돼." 하고 리비가 말했어요. "금방 될 거야. 기다리는 동안 차 좀 따라 줄게. 차에 설탕 넣을까, 더치스?"

"응, 그래! 리비. 설탕 한 덩어리 줄 수 있어? 코로 좀 맡아 보려구."

"그럼, 되고 말고, 더치스, 부탁도 참 정중하게 하네! 정말 상냥하고 듣기 좋게 말야!"

더치스는 코 위에 설탕을 얹고 앉아서 코를 킁킁거렸어요.

"파이 냄새 정말 구수한데! 난 송아지고기와 햄이 좋더라, 아니 쥐고기와 베이컨 말이야."

더치스는 당황하여 설탕 덩어리를 떨어뜨리는 바람에 식탁 밑으로 들어가 찾아야 했어요. 그 바람에 리비가 어떤 오븐을 열어 파이를 꺼냈는지 보지 못했죠.

리비는 파이를 탁자 위에 올려 놓았어요. 아주 맛있는 냄새가 났어요.

더치스는 설탕을 우적우적 씹으면서 식탁보 밑에서 나와 의자에 앉았어요.

"내가 파이를 잘라 줄게. 난 머핀과 오렌지 잼을 먹을 거야." 하고 리비가 말했어요.

"정말 머핀을 더 좋아해? 파이 틀 조심해!"

"뭐라고?" 리비가 물었어요.

"오렌지 잼 줄까?" 하고 더치스가 얼른 말했죠.

파이는 기막히게 맛있었어요. 머핀은 담백하고 뜨거웠지요. 음식은 순식간에 없어졌어요, 특히 파이가!

'내 생각엔' 하고 더치스는 혼자 생각했어요. '내 *생각엔* 내가 직접 잘라먹는 게 낫겠어. 리비가 파이를 자를 때 전혀 눈치 채지 못한 것 같지만 말이야. 알갱이가 정말 잘게 요리 됐네! 그렇게 잘게 고기를 다진 기억이 없는데. 아마도 내 오븐보다 더 빨리 요리가 되는 오븐인가 보군.'

'더치스는 정말 빨리도 먹어 치우네!' 하고 리비는 다섯 번째 머핀에 버터를 바르면서 혼자 생각했어요.

파이 접시는 순식간에 비워졌어요!

더치스는 벌써 4번째 접시를 먹어 치우고는 숟가락을 만지작거리고 있었어요.

"베어컨 좀 더 줄까, 더치스?" 하고 리비가 물었어요.

"고마워, 리비. 파이 틀이 나오길 고대하고 있었을 뿐이야."

"무슨 파이 틀, 더치스?"

"파이 껍질을 고정하는 틀 말야." 하고 더치스가 검은 털을 붉히며 말했어요.

"어머, 파이 틀은 사용하지 않았어, 더치스." 하고 리비가 말했어요. "쥐고기 파이에는 파이 틀이 필요 없을 것 같아서 말야."

더치스는 숟가락을 만지작거렸어요. "찾을 수가 없네!" 하고 안절부절못하며 말했죠.

"파이 틀은 없다니까." 하고 리비가 어리둥절해하며 말했어요.

"그렇구나, 리비, 근데 어디 가 버렸을까?" 더치스가 말했어요.

"정말 없다니까, 더치스. 난 푸딩과 파이에 금속으로 만든 도구를 사용하는 걸 싫어해. 그건 바람직하지 않거든. (특히 사람들은 통째로 삼켜 버릴 수 있으니까!)" 하고 리비는 작은 목소리로 덧붙였어요.

더치스는 매우 불안한 표정을 지으며 계속해서 파이 접시 안쪽을 파냈어요.

"스퀸타나 고모할머니(타비타 트윗칫의 할머니)께서는 크리스마스 자두 푸딩 안에 든 골무를 삼키는 바람에 돌아가셨어. 그래서 난 푸딩이나 파이에 절대로 틀을 사용하지 않아."

더치스는 얼굴이 창백해져 파이 접시를 기울였어요.

"내겐 파이 틀이 네 개밖에 없어. 네 개 모두 찬장에 있는 걸."

더치스는 갑자기 비명을 지르기 시작했어요.

"나 죽네! 나 죽어! 파이 틀을 삼켰어! 오, 리비, 너무 아파!"

"말도 안 돼, 더치스, 파이 틀 같은 건 없어."

더치스는 신음하고 울부짖으며 뒹굴었어요.

"오, 정말 끔찍해, 파이 틀을 삼켰어!"

"파이 안에는 *아무것도* 없었다니까."리비가 단호하게 말했어요.

"아냐, 있었어, 리비. 분명히 내가 삼킨 거야!"

"베개에 기대봐, 더치스. 몸 안 어디쯤에 있는 것 같아?"

"오, 온몸이 아파, 리비. 가장자리가 날카로운 부채꼴 모양의 커다란 파이 틀을 삼켰단 말이야!"

"까치 의사를 데려 올까? 주방 문은 잠글게!"

"오, 그래, 그래! 마고티 박사님을 불러다줘, 리비. 그분도 파이[1]니까 이해하실 거야."

리비는 더치스를 난로 앞에 놓인 안락의자에 앉히고 밖으로 나와 서둘러 의사를 찾으러 마을로 갔어요.

마고티 의사는 대장간에 있었어요.

마고티 의사는 녹슨 못들을 잉크병에 담느라 여념이 없었어요. 우체국에서 가져온 잉크병이었죠.

"베이컨? 하! **하!**"하고 마고티는 고개를 한쪽으로 갸우뚱하며 말했어요.

리비는 자신이 초대한 손님이 파이 틀을 삼켰다

---

1. 마고티는 까치이다. 까치에 해당하는 영어가 pie라는 점에 착안한, 동음이의어를 이용한 언어유희.

고 설명해 주었죠.

"시금치? 하! **하**!" 이렇게 말하며 마고티 의사는 잽싸게 리비를 앞장서 갔어요.

너무 빨리 날아가는 바람에 리비는 달려야 했지요. 너무 요란스러워서 리비가 의사를 불렀다는 사실을 마을 모두가 알 수 있었어요.

"내 그럴 줄 알았어. 과식할 줄 알았다구!" 타비타 트윗칫이 말했어요.

하지만 리비가 의사를 찾으러 돌아다니는 동안 더치스에게

참으로 희한한 일이 일어났어요. 더치스는 혼자 남겨진 채 난로 앞에 앉아서 한숨을 쉬며 신음하고 있었어요. 매우 불행한 기분으로.

"어떻게 해서 내가 그걸 삼킬 수 있지! 파이 틀처럼 그렇게 커다란 것을 말이야!"

더치스는 벌떡 일어나서 탁자로 다가갔어요. 그리고는 숟가락으로 파이 접시를 더듬거렸죠.

"아냐, 파이 틀이 없어. 분명 파이 틀을 넣었는데, 나 말고는 아무도 파이를 먹진 않았고. 그러니 내가 삼켰음에 틀

림없어!"

더치스는 다시 주저앉아 벽난로의 쇠창살
을 구슬프게 바라보았어요. 불길이 탁탁 소리
를 내며 춤을 추었어요. 그때 뭔가가 지글지
글 소리를 내는 것이 아니겠어요!

더치스는 벌떡 일어섰어요! 그리고는 위쪽
오븐 문을 열어 제꼈어요. 자욱하게 피어오르
는 김과 더불어 송아지고기와 햄 냄새가 스며
나왔어요. 그리고 거기에 갈색으로 잘 구워진 파이가 있었어요. 그리고 파이 껍
질 위쪽 구멍을 통해서 작은 금속 파이 틀이 흘끗 보였어요!

더치스는 길게 숨을 내쉬었어요.

"그렇다면 내가 생쥐를 먹은 거네! … 그러나 아픈 게 당연해 … 아니, 진짜로
파이 틀을 삼켰더라면 더 아팠을지도 몰라!" 더치스는 생각에 잠겼어요. "리비
한테 어떻게 설명해야 할지 참 난감하네! 내 파이를 뒷마당에 숨겨 놓고 모른 척
해야지. 집에 갈 때 뒤쪽으로 돌아서 가져가야겠어."

더치스는 뒷문 밖에 파이를 놔두고 다시 난로 옆에 앉아서 눈을 감았어요. 리
비가 의사를 데리고 돌아왔을 때 더치스는 곤히 잠든 것처럼 보였지요.

"베이컨?" 하고 의사가 말했어요.

"이제 훨씬 더 나아졌어요." 하고 더치스가 후다닥 깨어나며 말했죠.

"정말 다행이야! 의사 선생님이 네게 줄 약
을 가져왔어, 더치스!"

"의사 선생님이 내 맥박을 짚어보면 내가
완전히 나았다는 걸 아실 거야." 하고 더치스
가 말했어요. 까치 마고티는 부리에 무언가를
물고서 쭈뼛쭈뼛 다가왔어요.

"빵으로 만든 알약일 뿐이야, 먹어야 해. 그
리고 우유 좀 마시고, 더치스!"

더치스가 기침을 하며 숨이 막혀 하자 "베

이컨? 베이컨?" 하고 의사가 말했어요.

"그만 좀 해요!" 하고 리비가 더 이상 참지 못하고 말했어요. "자, 이 잼 바른 빵 먹고 마당으로 나가요!"

"베이컨과 시금치라! 하! **하**!"[2] 하고 마고티 박사가 의기양양하게 뒷문 밖에서 외쳤어요.

"이제 훨씬 더 나아졌어, 리비." 하고 더치스가 말했어요. "날이 어두워지기 전에 집에 돌아가는 게 낫지 않을까?"

"그러는 게 좋겠어, 더치스. 아주 따뜻한 숄을 빌려 줄게. 내 팔을 잡아."

"폐를 끼치고 싶지 않아. 아주 좋아졌어. 마고티 박사의 알약 하나 덕분에."

"정말 대단하네, 파이 틀이 치료됐다니! 아침 먹자마자 너한테 갈게. 네가 잘 잤는지 보러 말이야."

리비와 더치스는 다정하게 작별 인사를 했어요. 더치스는 집을 향해 출발했지요. 도중에 더치스는 오솔길에서 걸음을 멈추고 뒤를 돌아보았어요. 리비는 문을 닫고 안으로 들어가 보이지 않았어요. 더치스는 슬며시 울타리 틈새로 비집고 들어가 달려서 리비네 집 뒤쪽으로 돌아가서 앞마당을 들여다봤어요.

돼지우리 지붕 위에 까치 마고티 박사와 갈까마귀 세 마리가 앉아 있었어요. 갈까마귀들은 파이 껍질을 쪼아먹고 있었고, 까치 마고티는 파이 틀에 남은 소스를 들이키고 있었죠.

"베이컨? 하! 하!" 하고 마고티가 귀퉁이에서 작고 검은 코를 삐죽이 내밀어 들여다보고 있는 더치스를 발견하자 소리쳤어요.

더치스는 완전히 우스운 꼴이 되어 버린 기분으로 집으로 달려갔지요!

찻잔을 씻으려고 물을 길러 밖으로 나온 리비는 마당 한가운데에 분홍색과 흰색으로 된 파이 접시가 박살나 있는 것을 발견했어요. 먹고 남은 파이 틀은 펌프 아래에 놓여 있었어요. 마고티 박사가 신중하게 놓아둔 곳이었지요.

---

2. 이야기의 내용과 상관없는 말. 까치는 작은 물건을 가지고 놀기를 좋아하며, 다른 새에 비해 지능이 높아, 앵무새처럼 사람들이 하는 간단한 말을 배워 사용할 줄 안다고 한다. 작가는 까치 마고티가 녹슨 못들을 잉크병에 담는 놀이를 즐기고, '베이컨'과 '시금치'라는 말을 할 줄 아는 것으로 설정하고 있다. 다만 마고티가 할 줄 아는 말은 '베이컨'과 '시금치'뿐이기 때문에 대화 내용과 상관없이 같은 말만 되풀이하고 있다.

리비는 놀란 표정으로 바라보았어요. "아니, 저것 좀 봐! 정말 파이 틀이 있었네! 하지만 내 파이 틀은 모두 부엌 찬장에 있는데. 이런! … 다음에 파티를 하고 싶을 땐 사촌 동생 타비타 트윗칫을 초대해야겠어!"

끝.

 - 파이 틀

8. 제레미 피셔 아저씨 이야기

The Tale of Mr. Jeremy Fisher

1906

이 이야기에 관하여

제레미 피셔 캐릭터는 베아트릭스가 자신의 가정 교사였던 '애니 무어'의 아들 '에릭 무어'에게 1893년 쓴 그림 편지 속에 처음 등장했다. 이는 피터 래빗 이야기를 에릭의 남동생 '노엘 무어'에게 보낸 다음날 쓴 편지였다. 편지 속 캐릭터를 바탕으로 1906년 베아트릭스는 이야기를 완성하였다. 이 이야기에는 레이크 디스트릭트 지역에 대한 그녀의 애정과 동시대 아동문학 일러스트의 거장 '랜돌프 칼데콧(Randolph Caldecott)'에 대한 존경심이 잘 녹아 있다.

이 작품을 진행하던 중 베아트릭스의 담당 편집자이자 연인이던 노먼이 1905년 사망하였고, 힘들어하던 그녀에게 레이크 디스트릭트의 고요한 풍경을 스케치하면서 보낸 시간들은 위안이 되었다.

1906년 『제레미 피셔 아저씨 이야기』 출간 후 한 어린이 팬은 베아트릭스에게 이런 편지를 보냈다고 한다. "제레미 아저씨에게 아내를 만들어 주면 어떨까요?"

옛날에 제레미 피셔 아저씨라는 개구리가 살았어요. 그는 연못가 미나리아재비에 둘러싸인 작고 눅눅한 집에 살았어요.

식품 저장실도 뒷길도 물기가 차 있어 온통 질벅질벅 절벅절벅했지요.

하지만 제레미 아저씨는 발이 젖는 것이 좋았어요. 그런다고 그를 나무라는 이도 없었고 그가 감기에 걸리는 법도 없었지요!

그는 커다란 빗방울이 연못에 물방울을 튀기며 떨어져 내리는 모습을 보는 것이 아주 즐거웠어요.

"낚시찌로 쓸 벌레를 잡아다 저녁 식사로 먹을 피라미 한 접시를 낚아야겠어." 하고 제레미 피셔 아저씨가 말했어요. "피라미를 다섯 마리 이상 잡으면 친구들을 초대해야지. 거북이 프톨레미 부시장과 아이작 뉴턴 경을. 참, 부시장은 샐러드를 먹지."

제레미 아저씨는 방수 외투를 입고 장화를 신었어요.

그는 길다란 막대와 바구니를 가지고 푸-울-쩍 뛰어서 그의 보트가 있는 곳으로 갔어요.

보트는 녹색의 둥근 모양으로 다른 수련 잎들과 다를 바가 없었지요. 보트는 연못 한가운데 있는 수초에 묶여 있었어요.

제레미 아저씨는 갈대 노를 가지고 물 한가운데로 보트를 저어 갔어요. "피라미들을 잡기 좋은 곳을 알지." 하고 제레미 피셔 아저씨가 말했어요.

제레미 아저씨는 노를 진흙 속에 찔러 넣고 보트를 노에 단단히 묶었어요. 그리고는 책상다리를 하고 앉아 낚시 도구를 꺼냈지요.

낚시찌는 아주아주 작고 빨겠어요. 그의 낚싯대는 식물 줄기였고, 낚싯줄은 아주 가늘고 긴 하얀 말털이었죠.

아저씨는 꿈틀대는 작은 벌레를 낚싯줄 끝에 묶었어요.

빗방울이 그의 등을 간질이며 떨어져 내렸어요. 그는 거의 한 시간 동안 낚시찌를 바라보고 있었어요.

"아유, 지루한데. 점심이나 먹어야겠다." 하고 제레미 피셔 아저씨가 말했어요.

　아저씨는 다시 수초들 사이로 보트를 저어가 바구니에서 점심을 꺼냈어요.

　"나비로 만든 샌드위치를 먹고 소나기가 그치길 기다려야겠어." 하고 제레미 피셔 아저씨가 말했어요.

수련 잎 아래서 아주 커다란 물방개 한 마리가 튀어나와 장화신은 아저씨의 발가락을 잡아당겼어요.

제레미 아저씨는 물방개가 못 잡도록 더욱더 책상다리를 조이고 계속해서 샌드위치를 먹었어요.

한 번, 아니 두 번 무언가가 바스락거리고 움직이더니 연못가 골풀들 사이에서 첨벙거리는 소리가 났어요.

"쥐는 아닐텐데," 하고 제레미 피셔 아저씨가 말했어요. "어쨌든 이 자리를 뜨는 게 낫겠어."

제레미 아저씨는 다시 보트를 좀 더 저어가서 미끼를 던졌어요. 그러자 곧바로 미끼를 무는 게 느껴졌죠. 낚시찌가 바르르르 떨리며 왕털갯지렁이 미끼가 떨리지 않겠어요!

"피라미다! 피라미! 피라미 코를 제대로 물었군!" 제레미 피셔 아저씨가 낚싯대를 홱 잡아 올리며 소리쳤어요.

그런데 끔찍한 일이 벌어졌어요! 제
레미 아저씨가 낚아 올린 것은 매끄럽
고 토실토실한 피라미가 아니라 몸이
가시로 덮인 잭 샤프 큰가시고기였거
든요!

큰가시고기는 보트를 숨이 차도록
찌르고 물어뜯으며 버둥거렸어요.

그러더니 물속으로
풍덩 뛰어들었죠.

다른 작은 물고기들이 고개를 내밀
고 제레미 피셔 아저씨를 비웃었어요.

제레미 아저씨는 실망하여 아픈 손
가락을 빨며 물속을 내려다보면서 보
트 가장자리에 앉아 있었어요.

그 때 그보다 *더* 끔찍한 일이 벌어
졌어요. 아저씨가 방수 외투를 입고 있
지 않았더라면 정말 너무나도 *무서운*
일을 당했을 거예요!

무시무시하게 거대한 송어가
물을 튀기면서 쿵-쿠-쿵 하고 뛰
어 올라왔지 뭐예요.

송어는 제레미 아저씨를 덥썩 물었
어요. "아야! 아야! 아야!" 그리고는
몸을 돌려 연못 바닥 깊숙이 뛰어들어
가 버렸지요!

하지만 송어는 방수 외투옷 맛이 너
무 지독해서 곧바로 옷을 뱉어냈어요.
그리하여 송어가 삼켜 버린 것은 제레
미 아저씨의 장화뿐이었지요.

제레미 아저씨는 물 위로 후다닥 몸
을 날렸어요. 탄산수 병을 흔들었다 열
었을 때 튕겨져 나가는 코르크와 거품
처럼. 제레미 아저씨는 죽을 힘을 다해
연못가로 헤엄쳐 갔지요.

그리고 가장 가까운 연못 기슭에 닿
자마자 허둥지둥 기어 올라가 풀밭을
지나 폴짝폴짝 집으로 향했어요. 너덜
너덜해진 외투를 입은 채.

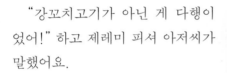

"강꼬치고기가 아닌 게 다행이
었어!"하고 제레미 피셔 아저씨가
말했어요.

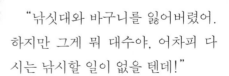

"낚싯대와 바구니를 잃어버렸어.
하지만 그게 뭐 대수야, 어차피 다
시는 낚시할 일이 없을 텐데!"

아저씨는 반창고를 손가락에 붙였
어요. 그의 두 친구가 저녁 식사를 하
러 왔지요. 친구들에게 물고기를 대접
할 수는 없었지만 식품 저장실에는 다
른 음식이 있었지요.

아이작 뉴턴 경은 황금색 바탕에
검은색 무늬가 있는 조끼를 입고 왔
어요.

거북이 프톨레미 부시장은 망태
기에 샐러드를 가지고 왔지요.

그들은 근사한 피라미 요리 대신에 무당벌레 소스
를 뿌린 구운 메뚜기를 먹었어요. 개구리들은 그걸 근
사한 요리라고 생각하죠. 하지만 *나*는 정말 역겨웠을
것 같아요!

끝.

9. 사납고 못된 토끼 이야기

The Story of A Fierce Bad Rabbit

1906

이 이야기에 관하여

　『사납고 못된 토끼 이야기』는 짤막한 이야기로, 어린이보다 더 나이 어린 유아들을 대상으로 만든 책이다.

　『사납고 못된 토끼 이야기』는 베아트릭스가 자신의 담당 편집자 '해롤드 원(Harold Warne)'의 어린 딸 '루이 원(Louie Warne)'을 위해 집필한 이야기다. 루이는 베아트릭스에게 피터 래빗이 너무 착한 토끼라면서, 정말 못된 토끼 이야기를 듣고 싶다고 한 것이 집필 동기가 되었다.

　이 책은 처음에 독특한 방식으로 제작되었는데, 책을 펴면 종이가 주욱 연결되어 마치 병풍처럼 길게 늘어지는 식이었다. 독자들은 이를 반겼으나, 서점에서는 관리의 어려움 때문에 이를 싫어했고, 나중에는 결국 일반적인 형태로 제작되었다.

이 토끼는 사납고 못된 토끼에요.
야만적인 수염 좀 보세요.
발톱과 치켜 올라간 꼬리는
또 어떻구요.

이 토끼는
아주 순한 토끼랍니다.
엄마토끼가
당근을 주었네요.

못된 토끼가
당근을 먹고 싶어해요.

하지만 "나도 좀 줘."
라는 말도 없이
뺏어가 버리네요!

그리고는 착한 토끼를
아주 사납게 할퀴네요.

착한 토끼는 슬금슬금 도망가서
구멍 속에 숨어요. 슬퍼하면서.

이 사람은 총을 가진 아저씨예요.

아저씨는 벤치 위에 뭔가 앉아
있는 것을 보아요. 아주 재미있
게 생긴 새라고 생각하지요!

아저씨는 살금살금
나무 뒤로 다가와요.

그리고 총을 쏘지요.
탕!

이렇게 되어 버렸네요.

하지만 총을 들고
급히 달려간 아저씨가
벤치에서 발견한 것은
바로 이거에요.

착한 토끼는 구멍에서
빼꼼히 밖을 내다보고 있어요.

그리고 못된 토끼가 혼이 나가
달려가는 모습을 보지요.
꼬리도 수염도 없이!

끝.

10. 모펫 양 이야기

The Story of Miss Moppet

1906

이 이야기에 관하여

새끼 고양이 모펫 양과 모펫 양을 무서워하지 않는 쥐 이야기를 다룬 『모펫 양 이야기』. 이 이야기는 미국의 유명 애니메이션 《톰과 제리》(Tom and Jerry)의 모티프가 된 걸로 보인다. 베아트릭스는 힐탑 농장에서 이 작품을 집필했는데, 이웃에게 빌린 새끼 고양이를 모델로 삼았다. 모펫 양은 바로 다음 이야기에 나오는 '톰 키튼'의 여동생으로, 베아트릭스는 이 책의 그림을 『톰 키튼 이야기』에도 활용했다.

『모펫 양 이야기』는 바로 앞에 출간된 『사납고 못된 토끼 이야기』와 마찬가지로, 책을 펴면 종이가 주욱 연결되어 마치 병풍처럼 길게 늘어지는 방식으로 제작되었고, 역시나 서점에서는 이를 싫어하여, 훗날 일반적인 방식으로 바뀌어 나온다.

여기는 모펫 양이라고 하는 야옹이에요.
모펫 양은 쥐 소리를 들은 것 같았어요.

여기는 찬장 뒤에서 엿보고 있
는 쥐에요. 모펫 양을 놀리고
있네요. 이 쥐는 새끼 고양이를
무서워하지 않아요.

모펫 양이 덮쳤는데 한 발 늦었
어요. 쥐를 놓치고 머리를 들이
박고 마네요.

모펫 양은 찬장이
아주 단단하다고 생각하죠.

쥐는 찬장 꼭대기에서
모펫 양을 지켜봐요.

모펫 양이 걸레로 머리를 감싸
고 난로 앞에 앉네요. 쥐는 모
펫 양이 몹시 아픈 모양이라고
생각해요.
　그래서 초인종 줄을 타고 쪼
르르 내려와요.

모펫 양은 점점 더 아파 보여요.
쥐는 좀 더 가까이 다가오지요.

모펫 양이 앞발로 가엾은 머리를
감싸쥐고 걸레 구멍으로 쥐를 보아요.
쥐는 아주 아주 가까이까지 왔어요.
그 때 갑자기 —
모펫 양이 쥐를 덮치네요!

쥐가 모펫 양을 놀렸기 때문에
모펫 양은 쥐를 놀려줘야겠다고
생각해요.
그러면 안 되는데 말이죠.

모펫 양은 걸레로 쥐를 묶어
공처럼 던져요.

하지만 걸레에 구멍이 나 있다
는 걸 깜빡 했네요. 걸레를 풀자
쥐가 없어져 버렸어요!

쥐는 요리조리 빠져나가 도망가고 말았어요.
지금은 찬장 위에서 신나게 춤을 추고 있네요.

끝.

11. 톰 키튼 이야기

The Tale of Tom Kitten

1907

이 이야기에 관하여

　　베아트릭스는 피터 래빗 시리즈로 벌게 된 돈으로 레이크 디스트릭트 지역에 위치한 힐 탑 농장을 1905년 구매한다. 그녀는 이 곳으로 이사한 지 1년 정도 후 바로 이『톰 키튼 이 야기』를 집필하기 시작했고, 이야기 속에는 자연스럽게 마을과 농장 풍경이 담겨 있다. 베 아트릭스는 전작『모펫 양 이야기』와 같은 새끼 고양이를 모델로 하였는데, 포터의 표현에 따르면 "그 고양이는 아주 어리고 예쁘고 정말 골치 아픈 말썽꾸러기"였다.

　　베아트릭스는『톰 키튼 이야기』가 출간된 후, 담당 편집자 해롤드 원에게 이렇게 말했다. "톰 키튼이 출간돼서 기뻐요. 몇몇 그림들은 아주 형편없지만, 다행히 오리 그림들이 도와 준 덕분에 전체적으로는 볼 만하네요."

옛날에 새끼 고양이 세 마리
가 살았어요. 이름이 미튼스,
톰 키튼, 모펫이라는 고양이였
지요.

그 고양이들은 태어날 때부
터 귀엽고 작은 털옷을 입고 있
었어요. 고양이들은 문간에서
뒹굴고 흙먼지를 쓰며 놀기를
좋아했지요.

어느 날 엄마 고양이 타비타
트윗칫이 친구들을 다과회에 초
대했어요. 그래서 친구들이 도
착하기 전에 새끼 고양이들을
집 안으로 데려다가 말끔히 씻
기고 옷을 입혔어요.

먼저 얼굴을 씻겼어요
(이 고양이는 모펫이에요).

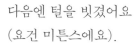

다음엔 털을 빗겼어요
(요건 미튼스에요).

그리고는 꼬리와 수염을 빗
질해 주었어요 (이 고양이는 톰
키튼이에요).
　장난꾸러기 톰은 가만있지
못하고 긁적거렸지요.

타비타 아줌마는 모펫과 미튼스에게 깨끗한 긴 앞치마를 입히고 깃장식을 해주었어요. 그리고는 장롱 서랍 속에서 불편하지만 우아한 온갖 종류의 옷들을 꺼냈어요. 아들 톰에게 입히려고 말이죠.

톰 키튼은 뚱뚱한데다 그동안 많이 자라 있어서, 단추들이 튕겨져 나가 버렸어요. 타비타 아줌마는 단추를 다시 기워야 했어요.

아이들을 모두 준비시키자 타비타 아줌마는 어리석게도 아이들을 정원으로 내보내는 실수를 하고 말았어요. 버터를 발라 토스트를 굽는 동안에 방해가 될까봐 그랬죠.

"애들아, 옷을 더럽히면 안 돼! 뒷다리로만 걸어다녀라.

더러운 잿구멍 가까이 가지 말고, 암탉 샐리 헤니페니 옆에도 가지 마렴. 그리고 돼지우리나 오리 옆에도 가지 말거라!"

모펫과 미튼스는 휘청거리며 정원 길을 따라 내려갔어요. 잠시 후 두 고양이는 긴 앞치마에 걸려 코를 박고 넘어졌어요. 몸을 일으키자 앞치마가 초록빛으로 얼룩투성이가 되어 있지 않겠어요!

"바위정원으로 올라가서 정원 담장을 타고 놀자."하고 모펫이 말했어요.

그들은 앞치마 등을 앞쪽으로 돌려 입고 폴짝폴짝 뛰어서 올라갔어요. 그 바람에 모펫의 하얀 깃 장식이 길가에 떨어졌어요.

톰 키튼은 바지를 입고 뒷발로 걸어야 했기 때문에 뛸 수가 없었어요. 그는 고사리들을 헤치면서 한걸음 한걸음 바위정원으로 올라갔어요. 도중에 단추가 하나 둘 툭툭 떨어져 버렸죠.

톰 키튼이 담장 위에 다다랐을 때는 완전히 기진맥진했지요.

모펫과 미튼스가 힘을 모아 끌어당겨 주었어요. 그 와중에 톰 키튼의 모자가 떨어져 버리고 남아 있던 단추들도 후두둑 하고 떨어져 나가 버렸어요.

이렇게 법석을 떨고 있는데 자박자박 뒤뚱뒤뚱! 오리 세 마리가 딱딱한 큰 길을 따라 올라오고 있었어요. 오리들은 일렬로 줄을 서서 오리 특유의 걸음걸이로 저벅저벅 어기적어기적! 저벅저벅 뒤뚱뒤뚱하며 행진을 하고 있었어요.

그러다가 걸음을 멈추고 나란히 서서 새끼 고양이들을 올려다보았어요. 아주 작은 눈에 놀란 표정이 가득했지요.

그 중 레베카와 오리 제미마가 모자와 깃 장식을 주워서 썼어요.

미튼스는 그 모습을 보고 깔깔대
고 웃다가 담장에서 떨어지고 말았어
요. 모펫과 톰이 뒤따라 내려왔어요.
도중에 모펫의 앞치마와 톰이 걸치고
있던 나머지 옷들이 모두 벗겨져 나
가고 말았죠.

"이리 좀 와 주세요! 드레이크 오리
아저씨." 하고 모펫이 말했어요. "와
서 톰 옷 입히는 걸 좀 도와주세요! 그
리고 톰 단추도 좀 채워 주세요!"

드레이크 오리 아저씨는 천천히 뒤
뚱거리며 다가와서 옷가지들을 주웠
어요.

그런데, 웬걸, 그것들을 *자신이* 입
어 버리지 뭐예요! 톰 키튼이 입었을
때보다 더 이상해 보였죠.

"참 좋은 아침이군!" 하고 드레이
크 오리 아저씨가 말했어요.

그리고는 제미마, 레베카와 나란히
저벅저벅, 어기적어기적! 저벅저벅
뒤뚱뒤뚱! 하면서 다시 길을 따라 걸
었어요.

그 때 타비타 트윗칫 아줌
마가 정원으로 나왔다가 새
끼 고양이들이 홀라당 벗은
채 담장 위에 있는 것을 발
견했어요.

아줌마는 새끼 고양이들을 담장에서 끌어내린 후 엉덩이를 찰싹 때리고는 집으로 데려갔어요.

"친구들이 곧 도착할거야. 엉망진창인 너희들 꼴을 친구들이 보면 안 돼. 창피하게시리." 하고 타비타 트윗칫 아줌마가 말했어요.

아줌마는 새끼 고양이들을 위층에서 내려오지 못하게 했어요. 그리고 친구들에게는 아이들이 홍역을 앓아눕고 있다고 말했어요. 물론 거짓말이었죠.

새끼 고양이들은 앓아눕기는커녕 힘이 넘쳐 났어요.

위층에서 쿠당탕탕 요란법석을 떠는 바람에 우아하고 평온한 다과회는 엉망이 되고 말았죠.

나중에 더 긴 이야기책을 써야겠
어요. 톰 키튼에 대해 할 이야기가
많거든요!

한편 오리들은 연못으로 갔어요.
입고 있던 옷들은 모두 벗겨져 나가
고 말았죠. 단추가 다 떨어져 나가고
없었으니까요.

드레이크 아저씨와 제미마와
레베카는 아직도 그 옷들을 찾고
있답니다.

끝.

12. 오리 제미마 이야기

The Tale of Jemima Puddle-Duck

1908

이 이야기에 관하여

　　베아트릭스는 자신이 구매한 힐탑 농장 운영자의 아내인 캐논 부인(Mrs. Cannon)이 조류들에게 먹이를 주는 모습을 『오리 제미마 이야기』에 담았다. 현실에서 제미마는 힐탑 농장에서 키우던 오리 이름이었는데, 캐논 부인은 오리들이 알을 잘 품지 못한다고 생각했고, 그래서 오리알도 닭들이 품어서 부화시켜야 한다고 했다. 아마 이 의견에서 포터는 영감을 얻은 것으로 보인다.

　　이야기 속에서 제미마를 도와주는 강아지 켑은 베아트릭스가 매우 아꼈던 콜리종 애완견 '켑'과 꼭 닮았다. 그녀는 어리숙하면서도 순진한 제미마와 자신이 닮은 점이 꽤 있는 캐릭터라 생각했다. 베아트릭스는 이 이야기가 독일의 '그림 형제'(Brother Grimm)가 펴낸 『작은 빨간 모자』 이야기에서 따온 것이라고 밝혔다.

아기 오리들이 암탉과 어울려서 모이를 쪼는 모습을 보세요. 정말 우습죠! 오리 제미마 이야기를 들어 보세요. 농부의 아내가 알을 품지 못하게 해서 화가 난 오리 제미마 이야기에요.

시누이인 오리 레베카 아줌마는 알을 품는 일을 다른 오리에게 맡겨야 된다고 완강하게 말했어요.

"난 참을성이 없어서 28일 동안이나 알을 품고 있지 못해요. 당신도 마찬가지에요, 제미마. 당신이 알을 품었다가는 알이 식어 버릴 거예요. 그건 스스로가 더 잘 알잖아요!"

"내 알은 내가 품고 싶어요. 내가 직접 알을 품어서 모두 부화하게 만들 거예요." 하고 제미마가 꽥꽥 하고 말했어요.

그래서 몰래 알을 숨겼지만 시누이는 어떻게 알아냈는지 그 때마다 찾아내서 가져가 버리곤 했어요.

제미마는 몹시 절박해졌어요. 농장에서 떨어진 곳에 당장 둥지를 만들어야겠다고 결심했죠.

어느 화창한 봄날, 제미마는 언덕 위로 뻗어 있는 손수레 길을 따라 나섰어요.

숄을 두르고
챙이 넓은 모자를 쓰고서.

언덕 꼭대기에 이르자 멀리 숲이 보였어요. 그곳은 안전하고 조용한 곳일 거 같았어요.

제미마는 날아다니는 습관이 몸에 배어 있지 않았어요. 그래서 숄을 펄럭거리며 언덕 아래로 달려 내려갔어요. 그러다가 공중으로 홱 하고 뛰어 올랐지요.

출발을 순조롭게 하여
아름답게 하늘을 날았어요.

제미마는 나무 꼭대기들을 지나 미끄러지듯 날았어요. 그러다가 숲 한가운데 있는 공터를 발견했지요. 그곳에는 나무들과 관목들이 베어지고 없었어요.

제미마는 묵직하게 날개를 접고 내려 앉아 편안하고 보송보송한 둥지를 찾아 뒤뚱거리며 돌아다녔어요.

키 큰 디기탈리스 풀들로 둘러싸인 나무 그루터기가 있으면 좋겠다고 생각했죠. 하지만 그루터기를 찾아냈을 때, 그 위에 점잖게 옷을 차려 입은 한 신사가 신문을 읽고 있는 것을 발견하고 깜짝 놀랐어요.

검은색의 쫑긋한 귀에 엷은 갈색 수염을 한 신사였어요.

"꽥?"하고 제미마가 모자 쓴 머리를 옆으로 갸우뚱하며 말했어요. "꽥?"

신사는 신문 위로 눈을 치켜뜨더니 호기심 어린 표정으로 제미마를 보았어요.

"부인, 길을 잃으셨나요?" 하고 그가 물었어요. 그루터기는 약간 눅눅했기 때문에 신사는 털이 복슬복슬한 긴 꼬리를 깔고 앉아 있었지요.

제미마는 그가 굉장히 공손하고 잘생겼다고 생각했어요. 길을 잃은 것이 아니라 편안하고 보송보송한 둥지를 찾고 있다고 설명했죠.

"아! 그래요? 그렇군요!" 하고 엷은 갈색 수염을 가진 그 신사가 호기심 어린 표정으로 제미마를 바라보며 말했어요. 그리고는 신문을 접어 웃옷 뒷자락 주머니에 집어넣었어요.

제미마는 오지랖이 넓은 암탉에 대해 불평을 늘어놓았어요.

"그래요? 거 참, 재미있군요!

그 닭을 한번 만나보고 싶구려. 그러면 자기 일에나 신경 쓰라고 따끔하게 충고해 줄 텐데 말이죠!

한데, 둥지로 말할 것 같으면, 찾는 게 어려울 것 없소. 내 장작헛간에 깃털이 한 부대 있소. 부인, 당신 때문에 방해받는 이는 없을 것이오. 한없이 거기 앉아 있어도 좋소." 하고 털이 복슬복슬한 긴 꼬리를 가진 신사가 말했어요.

신사는 디기탈리스 풀들 사이에 있는 아주 으슥하고 음산한 집으로 안내했어요. 나뭇단과 뗏장으로 지은 집이었는데, 깨진 들통 두 개를 위아래로 나란히 겹쳐놓아 굴뚝 대신 사용하고 있었어요.

"여기는 내 여름 별장이라오. 내 흙은, 그러니까 내 겨울 별장 말이오, 그곳은 부인한테 너무 불편할 것 같아서 말이오." 하고 친절한 신사가 말했어요.

집 뒤편으로는 금방이라도 무너져 내릴 듯한 헛간이 있었어요. 낡은 비누 상자로 지은 것이었죠. 신사는 그 문을 열고 제미마를 안으로 안내했어요.

헛간은 깃털들로 온통 꽉 차 있다시
피 했어요. 숨이 막힐 지경이었죠. 하지
만 편안하고 굉장히 폭신폭신했어요.

오리 제미마는 그처럼 엄청나게 많은
깃털을 보고 깜짝 놀랐어요. 하지만 정
말로 편안했어요. 제미마는 전혀 어려움
없이 둥지를 만들었어요.

제미마가 밖으로 나오자 옅은 갈색
수염을 한 신사는 통나무 위에 앉아 신
문을 읽고 있었어요. 적어도 신문을 펼
쳐들고 있었죠. 하지만 신문 너머로 쳐
다보지는 않았어요.

신사는 매우 예의가 발라서 그날 밤에 제미마가 집에 가야 하는 것에 대해 서운
하게 생각하는 것 같았어요. 그는 제미마가 다음날 돌아올 때까지 둥지를 잘 지켜
봐 주겠다고 약속했어요.

오리알과 새끼 오리들을 아주 좋
아한다고 말했죠. 그래서 자기 헛간
에 훌륭한 둥지가 들어차 있는 걸 지
켜보는 것이 자랑스러울 것이라 했
어요. 제미마는 매일 오후 찾아왔어
요. 9개의 알을 낳았죠. 초록빛을 띤
희고 아주 커다란 알이었어요. 교활
한 신사는 그 알들을 보며 감탄을 금
치 못했어요. 제미마가 집에 돌아가
고 없을 때면 알들을 뒤집어보며 수
를 세었어요.

마침내 제미마가 다음날부터 알을 품어야겠다고 신사에게 말했어요. "그리고 옥수수를 한 부대 가져와야겠어요. 알이 부화할 때까지 꼼짝 않고 둥지에 앉아 있어야 할 테니까요. 그렇지 않으면 알들이 감기 들지 몰라요." 하고 성실한 제미마가 말했어요.

"부인, 수고스럽게 옥수수를 가져오지 않아도 되오. 내가 귀리를 드리리다. 이제부터 지루하게 계속 앉아 있어야할 테니 그 전에 한턱 내겠소. 둘이서 만찬을 합시다! 농장 정원에서 허브 좀 따다주겠소? 근사한 오믈렛을 만들게 말이오. 허브, 백리향, 민트, 그리고 양파 두 개와 파슬리가 있으면 되겠소. 나는 음식에 들어갈, 그러니까 오믈렛에 사용할 돼지비계를 준비하겠소." 하고 엷은 갈색 수염을 가진 친절한 신사가 말했어요.

제미마는 숙맥이었어요.

허브와 양파 얘기를 했는데도 전혀 의심을 하지 않았어요. 제미마는 농장 정원을 돌아다니면서 오리를 구울 때 속에 채워 넣는 온갖 종류의 허브를 물어뜯어 땄어요.

그리고는 뒤뚱뒤뚱 부엌으로 들어가서 바구니에서 양파 두 개를 꺼냈어요.

콜리 개 켑이 부엌에서 나오는 제미마를 만났어요. "그 양파로 뭐 하려고? 날마다 오후가 되면 어딜 혼자 가는 거야, 제미마?"

제미마는 그 콜리 개에게 존경심을 가지고 있었어요. 그래서 이제까지 있었던 일들을 모두 얘기했어요.

켑은 똑똑한 머리를 한쪽으로 갸우뚱하면서 가만히 듣고 있었어요. 그러더니 제미마가 엷은 갈색 수염을 가진 예의 바른 신사의 생김새에 대해 얘기하자 씨익 웃었어요. 콜리 개는 숲에 대해 몇 가지 물은 다음 집과 헛간이 있는 정확한 위치에 대해 물었어요.

그리고는 농장을 나와 빠른 걸음으로 마을을 내려갔어요. 켑은 여우 사냥개인 폭스하운드 강아지 두 마리를 찾아 나섰어요. 강아지들은 마침 푸줏간 주인과 함께 산보를 하고 있었죠.

햇살이 밝게 비추는 어느 날 오후,
오리 제미마는 마지막으로 손수레 길
을 따라 올라갔어요. 허브 다발과 양
파 두 개가 든 자루 때문에 짐이 무거
웠어요.

제미마는 숲 위를 날아 털이 복슬복슬한 긴 꼬리가 달린 신사의 집 맞은편에 내
려 앉았어요.

신사는 통나무 위에 앉아 있었지요. 신사는 쿵쿵거리며 공기 냄새를 맡으며 안
절부절못하는 표정으로 연신 주변을 흘끔거렸어요. 제미마가 내려앉자 신사가 벌
떡 일어섰어요.

"알을 살핀 후 즉시 우리 집으로
오시오. 오믈렛 만들 허브를 주시
오. 즉시!"

신사는 다소 퉁명스러웠어요. 제
미마는 신사가 그렇게 말하는 것을
들어 본 적이 없었죠.

제미마는 놀랍고 마음이 불편했
어요.

제미마가 헛간 안에 있는데 헛간 뒷문 주변에서 후다다닥 하는 발소리가 들렸어요. 검은 코를 가진 누군가가 문 밑에 코를 대고 킁킁거리며 냄새를 맡더니 문을 잠갔어요.

제미마는 굉장히 두려웠어요. 잠시 후 아주아주 끔찍한 소리가 들렸어요. 짖고 으르렁거리고, 그르렁거리고 울부짖고, 비명을 지르고 신음하는 소리가 들렸죠.

그리고는 수염을 기른 신사 여우의 모습은 더 이상 볼 수 없었어요.

곧이어 켑이 헛간 문을 열고 제미마를 밖으로 내보내 주었어요.

불행히도 강아지들이 뛰어들어 미처 말리기도 전에 눈 깜짝할 사이에 알을 모두 먹어 치워 버렸어요.

켑은 한쪽 귀를 물렸고, 강아지들은 둘 다 절뚝거렸어요.

제미마는 알 때문에 눈물을 흘리며 호위를 받으면서 집으로
돌아왔어요.

　6월이 되자 제미마는 또 알을 낳았어요. 이번에는 알을 품
도록 허락을 받았으나 네 개만이 부화했어요.
　제미마는 신경이 예민해서 그랬다고 말했어요. 하지만 제
미마는 예전에도 알을 잘 품는 오리는 아니었죠.

끝.

13. 새뮤얼 위스커스 이야기

The Tale of Samuel Whiskers
or The Roly-Poly Pudding

1908

이 이야기에 관하여

1908년 처음 이 이야기가 출판되었을 당시 제목은 『롤리 폴리 푸딩』이었고, 1926년 재출간될 때 제목을 『새뮤얼 위스커스 이야기』로 변경했다.

이 이야기가 실제 쓰여진 때는 1906년으로, 베아트릭스가 레이크 디스트릭트 지역의 힐탑 농장을 사들인 후였다. 베아트릭스는 한 친구에게 보낸 편지에서 힐탑 농장 집에 대해 이렇게 썼다. "정말 마음에 드는 곳이야. 쥐들이 들락거리는 것을 막을 수만 있다면! 숨바꼭질하기에 이보다 더 좋은 곳은 본 적이 없어. 찬장이나 벽장은 정말 재미있게 생겼어." 베아트릭스가 이 이야기에 대한 영감을 얻은 곳은 바로 이곳이었다.

『톰 키튼 이야기』에서 등장했던 새끼고양이 톰 키튼이 이번 이야기에서도 나오는데, 여전히 엄마 고양이 타비타 트윗칫의 말을 듣지 않다가 곤경에 처한다.

옛날에 타비타 트윗칫 아줌마라고 하는 나이 든 고양이가 살았어요. 늘 걱정이 많은 부모였죠. 거듭해서 새끼 고양이들을 잃어버리곤 했는데, 그 때마다 새끼 고양이들이 장난을 친 거였지 뭐예요!

빵을 굽는 날, 아줌마는 새끼 고양이들을 찬장에 가둬놓기로 작정했어요.

그런데 모펫과 미튼스는 잡았는데 톰은 찾을 수가 없었어요.

타비타 아줌마는 야옹, 야옹하면서 톰 키튼을 찾느라 집안 구석구석을 뒤졌어요. 계단 밑 식료품 저장실도 찾아보고, 먼지막이 커버가 덮여 있는 가장 좋은 손님용 침실도 살펴보았어요. 위층도 찾아보고 다락방도 들여다보았지만 어디에도 없었어요.

그 집은 아주아주 오래된 집이어서 찬장도 많고, 통로도 여기저기 많았어요. 어떤 벽은 두께가 1미터가 넘는가 하면, 벽 속에서 기이한 소리가 나기도 했지요. 마치 그 안에 작은 비밀의 계단이 있기라도 한 것처럼 말이죠. 물론 떡갈나무 벽면에는 이상하게 생긴 들쭉날쭉한 작은 문들이 달려 있었고 밤에는 물건들이 사라지곤 했어요. 특히 치즈와 베이컨이.

타비타 아줌마는 점점 더 불안해져서 목청껏 야옹 하며 불렀어요.

타비타 아줌마가 온 집 안을 뒤지며
톰을 찾아다니는 동안 모펫과 미튼스
는 장난을 치고 있었어요.

　찬장 문이 잠겨 있지 않았기 때문에
두 고양이는 문을 열고 밖으로 나왔죠.

그리고는 불에 굽기 전에 부풀어 오르도록 준비해 둔 반죽으로 곧장 달려들어 작고 부드러운 발로 토닥거렸죠.

"우리 귀여운 머핀 만들까?" 하고 미튼스가 모펫에게 말했어요.

하지만 바로 그 순간 누군가가 현관문을 노크하는 소리가 들렸어요. 모펫은 겁을 먹고 밀가루 통으로 뛰어들었어요.

미튼스는 유제품이 있는 곳으로 달아나 우유 단지들이 놓여 있는 석조 선반 위의 비어 있는 단지 속으로 숨었어요.

방문객은 이웃에 사는 리비 아줌마였어요. 이스트를 빌리러 왔던 거였어요.

타비타 아줌마는 목청껏 야옹 하면서 아래층으로 내려왔어요.

"어서 와요, 리비 사촌, 어서 오세요. 앉으세요! 슬픈 일이 생겼어요, 리비 사촌." 하고 타비타가 눈물을 흘리며 말했어요. "애지중지하는 아들 톰을 잃어버렸어요. 쥐들이 잡아갔나 봐요." 타비타는 앞치마로 눈물을 훔쳤어요.

"그 애는 짓궂은 애예요, 타비타 사촌. 지난번에 내가 차 마시러 왔을 때 내가 가장 아끼는 챙모자로 고양이 요람을 만들어 버렸었잖아요. 어딜 찾아봤어요?"

"집 안 구석구석 다 봤어요! 내가 감
당하기엔 쥐들이 너무 많아요. 제멋대로
인 애가 있다는 게 얼마나 힘든지!" 하
고 타비타 트윗칫 아줌마가 말했어요.

"난 쥐가 무섭지 않아요. 그 애를
찾아서 회초리질을 해줘야겠어요! 이
난로망에 웬 그을음이 이렇게 많아요?"

"굴뚝 청소를 할 때가 됐어요. 오, 세상에. 리비 사촌, 이번엔 모펫과 미튼스가 사라져 버렸어요! 둘 다 찬장에서 빠져나가 버렸네!" 리비와 타비타는 다시 집안을 샅샅이 뒤지기 시작했어요.

그들은 리비의 우산으로 침대 아래를 찔러보기도 하고 찬장 안을 뒤지기도 했어요. 촛불을 가져와서 다락방에 있는 옷장 안을 들여다보기도 했지요. 하지만 아무것도 찾을 수 없었어요. 다만 한 번은 문이 쾅 닫히는 소리가 나더니 누군가 총총히 아래층으로 내려가는 소리가 들렸어요.

"그것 봐요, 쥐들이 들끓는다니까요." 하고 타비타가 눈물을 글썽이며 말했어요. "저번 주 토요일엔 부엌 뒤쪽 구멍 속에서 생쥐 일곱 마리를 잡아 저녁 식사를 했지요. 그리고 한 번은 늙은 아비 쥐를 봤어요. 아주 큰 늙은 쥐였지요, 리비 사촌. 내가 덮치려고 하니까 내게 누런 이를 드러내 보이더니 구멍 속으로 재빨리 숨어 버렸지요.

쥐들 때문에 신경이 쓰여요, 리비 사촌." 하고 타비타가 말했어요.

리비와 타비타는 온 집안을 샅샅이 뒤지고 또 뒤졌어요. 그 때 다락 바닥 밑에서 특이한 롤리 폴리 푸딩(잼과 과일을 둥글게 말아 구운 영국 디저트) 만드는 소리가 들려왔어요. 하지만 아무것도 보이지 않았어요.

리비와 타비타는 다시 부엌으로 갔어요.

"여기, 그래도 한 녀석은 찾았네요." 하고 리비가 밀가루 통에서 모펫을 끌어내며 말했어요!

그들은 모펫의 몸에 묻은 밀가루를 털어 내 주고 부엌 바닥에 내려놓았어요. 모펫은 몹시 겁에 질려 있는 것 같았어요.

"오! 엄마, 엄마." 하고 모펫이 말했어요. "부엌에 할머니 쥐가 있었어요, 반죽을 훔쳐갔어요!"

리비와 타비타는 부리나케 달려가 반죽 그릇을 살펴보았어요. 작은 손가락으로 할퀸 자국들이 선명했고 반죽 한 덩어리가 사라지고 없지 않겠어요!

"그 쥐가 어디로 갔지, 모펫?"

하지만 모펫은 너무 무서워서 밀가루 통 속에 숨어서 꼼짝 않고 있었기 때문에 알 수가 없었지요. 리비와 타비타는 계속해서 집 안을 뒤지는 동안에 모펫을 안전하게 지켜볼 수 있도록 옆에 데리고 다녔어요.

그들은 유제품이 있는 곳

으로 갔지요. 맨 처음 찾은 것은 빈 단지에 숨
어 있는 미튼스였어요.

　그들은 단지를 기울여 미튼스가 기어
나올 수 있게 해주었어요.

　"오! 엄마, 엄마." 하고 미튼스가
말했어요.

　"오! 엄마, 엄마, 유제품 저장실에
할아버지 쥐가 있었어요. 무시무시하
게 큰 쥐였어요, 엄마. 버터 한 덩어리
와 밀방망이를 훔쳐 달아났어요."

　리비와 타비타는 서로 얼굴을 바라
보았어요.

　"밀방망이와 버터라구! 오, 가엾은 내 아들, 톰!" 하고 타비타가 발톱을 비틀며
부르짖었어요.

　"밀방망이라구?" 리비가 말했어요. "우리가 그 궤짝 안을 살펴볼 때 다락방에
서 롤리 폴리 푸딩 만드는
소리가 들리지 않았어요?"

　리비와 타비타는 부리나
케 위층으로 다시 뛰어갔
어요. 다락방 바닥 밑에서
아직도 롤리 폴리 푸딩 만
드는 소리가 또렷하게 들
렸어요.

"큰일 났어요, 타비타 사촌." 하고 리비가 말했어요. "당장 존 조이너를 불러와야겠어요. 톱을 가지고 오라고 말예요."

*

　그렇다면 톰 키튼에게는 무슨 일이 일어나고 있었을까요? 지리에 밝지도 못하면서 굉장히 큰 쥐들이 사는, 아주아주 오래된 집 굴뚝으로 올라가는 것이 얼마나 바보 같은 짓인지 이제 알게 될 거에요.
　톰 키튼은 찬장 속에 갇혀 있고 싶지 않았어요. 엄마가 빵을 구우러 가자 톰은 숨어 있기로 작정했어요. 아늑하고 편안한 장소를 찾아 두리번거렸죠. 그러다가 굴뚝이 좋겠다는 생각을 했어요. 난로에 이제 막 불을 지핀 상태였기 때문에 뜨겁지 않았어요.

　하지만 녹색의 나뭇가지들이 타면서 하얀 연기가 피어올라 목이 메었지요. 톰 키튼은 난로망 위로 폴짝 뛰어올라가서 위를 쳐다보았어요. 그것은 아주 크고 오래된 벽난로였지요.
　굴뚝 안은 사람이 서서 걸어다닐 수 있을 정도로 폭이 넓었어요. 그러니까 작은 톰에게는 공간이 넉넉했지요.
　톰은 벽난로 안으로 폴짝 뛰어들었어요. 주전자가 걸려 있는 난간 위에 서서 몸의 균형을 잡았지요.

이번에는 난간에서 폴짝 뛰어서 굴뚝 안쪽에 있는 선반 위로 뛰어 올라갔어요.
그 바람에 검댕이가 난로망으로 떨어져 내렸어요.

톰 키튼은 연기 때문에 기침이 나고 목이 메었어요. 아래쪽 벽난로에서 나뭇가지들이 타다닥 소리를 내며 타기 시작했어요. 톰은 꼭대기까지 기어 올라가야겠다고 마음먹고, 굴뚝 바깥 쪽 슬레이트로 나와 참새들을 잡기로 했어요.

"다시 돌아가지 못하겠네. 여기서 미끄러지면 불 속으로 떨어져 내 아름다운 꼬리와 작은 청색 재킷이 타버릴 텐데."

굴뚝은 아주 크고 오래된 구식이었어요. 사람들이 난로에 장작을 사용하던 시절이었죠.

굴뚝은 작은 석조 탑처럼 지붕 위로 솟아 있었어요. 위쪽에서 쏟아지는 햇빛이 비를 막기 위해 비스듬하게 지은 슬레이트 아래까지 스며들었어요.

톰 키튼은 얼마나 겁이 났는지 몰라요!
계속해서 위로 위로 위로 기어 올라갔죠.

그러다가 수북이 쌓인 검댕이 속을 헤치며 옆으로 걸었어요. 마치 작은 굴뚝 청소부 같았죠.

어두워서 어디가 어딘지 분간을 할 수가 없었어요. 연통이 다른 연통으로 연결되어 있는 것 같았어요.

이제 연기는 덜했지만 톰 키튼은 어쩔할 바를 몰랐어요.

톰은 계속해서 위로 위로 기어 올라갔어요. 그런데 굴뚝 꼭대기에 미처 다다르기 전에 누군가가 굴뚝 벽에 있는 돌 하나를 빼 버렸지 뭐예요. 거기에는 양고기 뼈들이 뒹굴러 다니고 있었어요.

"괴상하군." 하고 톰 키튼이 말했어요. "누가 이렇게 높은 굴뚝에서 뼈를 갉아먹고 있는 걸까? 여기까지 오지 말았으면 좋았을걸! 이건 또 무슨 괴상한 냄새야? 쥐 냄새 같군. 한데 냄새가 지독해. 재채기가 나올 것 같아." 하고 톰 키튼이 말했어요.

톰은 벽에 난 구멍 속으로 비집고 들어가 몸을 제대로 펼 수가 없는 아주 좁디좁은 통로를 따라 발을 질질 끌며 들어갔어요. 안은 어두침침했지요.

톰은 더듬더듬 신중하게 몇 미터를 앞으로 나아갔어요. 톰이 도달한 곳은 다락방 벽 밑부분의 널빤지 뒤쪽이었어요. 옆 그림을 보면 바로 *표시가 있는 부분이에요.

갑자기 톰은 어둠 속에서 곤두박질치며 구멍 속을 굴러서 아주 더러운 헝겊조각들이 쌓여 있는 곳으로 떨어졌어요.

몸을 일으켜 세우고 주위를 둘러보자 전에 본 적이 없는 낯선 곳이었죠. 톰이 그 집에서 평생 살았지만 한 번도 와 본 적이 없는 곳이었어요.

굉장히 비좁고 탁하고 퀴퀴한 냄새가 나는 방이었어요. 판자들이며, 서까래와 거미줄이 뒤섞여 있었고 싸릿가지와 회반죽이 널려 있었어요.

톰의 맞은편에는, 그러니까 톰이 주저앉아 있는 곳에서 가장 멀리 떨어진 맞은편에는 거대한 쥐가 한 마리 있었어요.

"검댕이 투성이로 감히 내 침대로 굴러 떨어지다

니?" 하고 쥐가 이를 딱딱 부딪치며 말했어요.

"쥐님, 굴뚝이 더러워서 청소를 해야 해서요." 하고 가엾은 톰 키튼이 말했어요.

"안나 마리아! 안나 마리아!" 하고 쥐가 찍찍 소리를 질렀어요. 타다다닥 하는 소리가 나더니 할머니 쥐가 서까래 뒤에서 고개를 빼꼼히 내밀었어요. 그리고 느닷없이 톰 키튼을 덮치더니 미처 무슨 일이 일어나는지 알아차릴 겨를도 없이 눈 깜짝할 사이에…

톰은 털옷이 홀라당 벗겨지고 돌돌 말려 아주 단단한 끈으로 묶이고 말았어요.

안나 마리아가 끈으로 묶은 거지요. 늙은 쥐는 안나 마리아가 끈으로 묶는 것을 지켜보더니 코담배를 맡았어요. 끈을 다 묶자 두 마리 쥐는 입을 벌린 채 앉아서 톰을 가만히 바라보았어요.

"안나 마리아." 하고 할아버지 쥐가 말했어요 (그 쥐 이름은 새뮤얼 위스커스였죠).

"안나 마리아, 새끼 고양이 건더기가 있는 롤리 폴리 푸딩을 저녁식사로 요리해 줘요."

"그러려면 반죽과 버터 한 덩어리와 밀방망이가 있어야 해요." 하고 안나 마리아는 한쪽으로 고개를 갸우뚱하며 톰 키튼을 요리할 생각으로 말했어요.

"안 돼." 하고 새뮤얼 위스커스가 말했어요. "제대로 만들어요, 안나 마리아, 빵가루로."

"말도 안 돼요! 버터와 반죽으로 만들 거예요." 하고 안나 마리아가 대답했어요.

두 쥐는 잠시 상의를 하더니 사라졌어요.

새뮤얼 위스커스는 벽 아랫부분에 난 구멍 속으로 들어가 과감하게 앞 계단을 통해서 유제품 저장실로 버터를 가지러 갔어요. 도중에 아무에게도 들키지 않았지요. 이번에는 밀방망이를 가지러 갔어요. 양조업자가 술통을 앞에 놓고 굴리듯이 밀방망이를 앞에 놓고 발로 밀쳤지요.

도중에 리비와 타비타가 얘기하는 소리를 들었지만 그들은 촛불을 켜고 궤짝 안을 살피느라고 정신이 없었어요. 그래서 새뮤얼이 지나가는 것을 알아채지 못했죠.

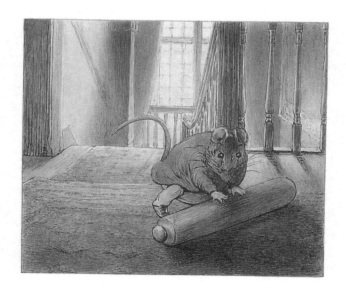

안나 마리아는 벽 아랫부분을 지나 창 덧
문을 통해서 반죽을 훔치러 부엌으로 갔어요.

안나는 작은 접시를 빌려 앞발로 반
죽을 푹 떴어요. 모펫이 있는 것을 알
아채지 못했지요.

한편 다락방 바닥 아래에 혼자 남겨진 톰 키튼은 몸부림을 치면서 도와 달라고 야
옹 하고 외치려고 했어요.

하지만 입이 검댕이와 거미줄 투성이인데다 끈으로 꽁꽁 묶여 있어서 소리를 제
대로 낼 수가 없었지요.

갈라진 천장 틈새에서 기어 나와 다치지 않도록 멀리 떨어져서 꽁꽁 묶인 매듭을
찬찬히 본 거미만이 그 소리를 들었어요.

거미는 매듭이 제대로 묶
였는지 감시했어요. 자신 또
한 불운한 파리를 묶는 습관
이 있었거든요. 하지만 톰을
도와주겠다고 하지는 않았어
요.

톰 키튼은 몸부림치며 버
둥거리다가 완전히 지쳐 버리
고 말았어요.

이윽고 쥐들이 돌아와서 톰을 만두로 만들기 시작했어요. 먼저 톰의 몸에 버터를 잔뜩 문지른 다음 반죽 속에 넣고 돌돌 말았어요.

"끈이 소화불량을 일으키지 않겠소, 안나 마리아?" 하고 새뮤얼 위스커스가 물었어요.

안나 마리아는 그건 대수로운 문제가 아닌 것 같다고 말했어요. 그보다는 톰 키튼이 머리를 움직이지 않았으면 했어요. 자꾸만 움직여서 반죽이 엉망이 되어 버렸거든요. 안나는 톰의 귀를 꽉 잡았어요.

톰 키튼은 물어뜯고 침을 뱉고 야옹 하며 몸부림을 쳤어요. 그러는 사이 밀방망이가 롤리 폴리 롤리, 롤리 폴리 롤리 하면서 계속 반죽을 밀었어요. 두 쥐가 각각 밀방망이 끝을 잡고 밀었죠.

"꼬리가 삐져 나와요! 반죽을 충분히 가져왔어야지, 안나 마리아."

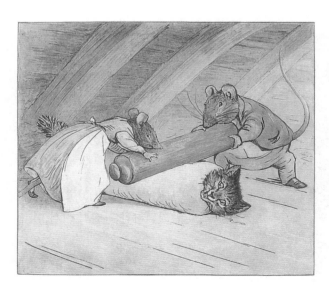

"가져올 수 있는 만큼 가져왔단 말예요." 하고 안나 마리아가 대답했어요.

"그런데," 하고 새뮤얼 위스커스가 밀기를 멈추고 톰 키튼을 찬찬히 보며 말했어요. "맛있는 푸딩이 되긴 *글렀어.* 검댕이 냄새가 나서 말이야."

안나 마리아가 그에 대

해 한 마디 하려고 하는 순간, 갑자기 위쪽에서 또 다른 소리가 들리기 시작했어요. 쓱싹쓱싹 톱질하는 소리, 작은 개 소리, 할퀴는 소리, 컹컹 짖는 소리가 들리지 않겠어요!

쥐들은 밀방망이를 떨어뜨리고 유심히 귀를 기울였죠.

"들켰어, 이제 잡혔다구, 안나 마리아. 우리 물건을, 아니 다른 사람들의 물건을 싸가지고 즉시 여길 뜹시다. 이 푸딩은 가지고 가지 못하겠군. 하지만 당신이 뭐라든 간에 어차피 끈 때문에 소화불량이 됐을 테니."

"얼른 이리 와서 침대보에 양고기 뼈 싸는 것 좀 도와줘요." 하고 안나 마리아가 재촉했어요. "훈제 햄 절반은 굴뚝 속에 숨겨 뒀어요."

이렇게 해서 존 조이너가 바닥 널빤지를 들어냈을 때는 바닥 밑에는

아무도 없었어요. 밀방망이와 아주 더러워진 만두 속에 톰 키튼만이 있었을 뿐!

하지만 고약한 쥐 냄새가 났지요. 존 조이너는 오전 내내 코를 킁킁 대고 낑낑 대고 꼬리를 흔들며 송곳처럼 구멍 속에 고개를 처박고 빙빙 돌았어요.

그리고 나서 널빤지를 다시 제자리에 박아 넣고는 연장을 가방에 넣어서 아래층으로 내려왔어요.

이제 하나도 빠짐없이 온전한 고양이 가족이 되었어요. 그들은 존 조이너를 저녁식사에 초대했죠.

반죽은 톰 키튼에게서 벗겨내 푸딩으로 만들었어요. 검댕이를 감추기 위해 속에 건포도를 넣고 말이죠.

톰 키튼은 온몸이 버터로 끈적거려서 뜨거운 물에 목욕을 시켜야 했지요.

존 조이너는 푸딩 요리하는 냄새를 맡았지만 저녁 식사를 하고 갈 시간이 없어서 유감스러워했어요. 포터 양이 주문한 외바퀴 손수레를 바로 전에 완성해 주었는데 이번에는 포터 양이 닭장 두 개를 만들어 달라고 주문했거든요.

나는 늦은 오후에 우체국에 갈 일이 있어서 길모퉁이를 지나다가 오솔길을 바라보았는데 새뮤얼 위스커스 씨와 그의 부인이 도망치는 모습이 보였어요. 그들은 작은 외바퀴 손수레에 커다란 보따리를 싣고 가고 있었는데, 그 손수레가 내 것과 정말 똑같았어요.

그들은 포테이토스 농부의 헛간 문 쪽으로 길을 들어섰어요.

새뮤얼 위스커스는 숨을 헉헉거리며 할래발딱했어요. 안나 마리아는 아직도 날카로운 목소리로 따지고 있었죠.

안나는 그곳 지리에 밝은 듯했어요. 그리고 짐이 많은 듯했어요.

그런데 난 안나에게 내 손수레를 빌려 준 적이 없어요!

그들은 헛간으로 들어가서 짐 보따리에 끈을 매달아서 건초더미 꼭대기로 끌어 올렸어요.

그 후, 오랫동안 타비타 트윗칫의 집에서는 쥐들이 더 이상 나타나지 않았답니다.

포테이토스 농부네 헛간은 어떨까요? 포테이토스 씨는 거의 정신이 나갈 지경이랍니다. 여기도 쥐, 저기도 쥐, 위에도 쥐, 아래도 쥐, 그의 헛간에는 사방에 쥐들이 들끓고 있거든요! 쥐들은 닭 모이도 먹어 치우고, 귀리와 겨를 훔쳐가기도 하고, 가마니에 구멍을 내 버리기도 한답니다.

그 쥐들은 모두 새뮤얼 위스커스 씨와 그 부인의 자손들이지요. 그들의 자식들, 손자들, 증손자들 말이에요.

쥐들은 정말 끝없이 불어나고 있어요!

모펫과 미튼스는 매우 의젓한 쥐잡이 고양이로 자랐답니다.

그들은 마을로 쥐잡이를 다니는데, 일거리가 많답니다. 돈벌이가 쏠쏠하여 편안하게 생계를 이어가고 있지요.

헛간 문 앞에 줄줄이 걸려 있는 쥐꼬리들 좀 보세요! 얼마나 많이 잡았는지 자랑하려고 걸어놓은 것이랍니다. 정말 수십 마리가 되네요.

하지만 톰 키튼은 아직까지도 쥐를 무서워한답니다.

그 어떤 것도 대적할 엄두를 못 내지요.

생쥐보다 크다면.

끝.

14. 플롭시의 아기 토끼들 이야기

The Tale of The Flopsy Bunnies

1909

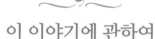

이 이야기에 관하여

『피터 래빗 이야기』,『벤저민 버니 이야기』에 이어『플롭시의 아기 토끼들 이야기』에서는 다시 사촌 지간인 두 주인공 피터 래빗과 벤저민 버니의 세상으로 돌아온다. 벤저민은 자신과는 사촌이자 피터의 친누나인 플롭시와 결혼하여 가정을 이루고 여섯 마리의 자식들이 태어난다.

피터 래빗 시리즈를 사랑하는 독자들이 많다는 점을 알고 있던 베아트릭스 포터는 이 책을 "맥그레거 아저씨, 피터, 그리고 벤저민을 사랑하는 모든 어린 친구들에게" 헌정하였다.

오늘날 이 책에 대한 몇 가지 비평이 있는데, 그 중 하나는 토끼들의 얼굴 표정이 너무 단조롭다는 지적이고, 또 다른 비평은 이 책이『피터 래빗 이야기』에 비해 생동감이 부족하다는 것이다. 그렇지만 베아트릭스가 이 책에 그린 삽화가 정교하고 아름답다는 점은 누구나 인정하고 있다.

상추를 너무 많이 먹으면 "졸음" 이 온다고 하죠. 난 상추를 먹어도 졸린 적이 없어요. 하긴 난 토끼가 아니니까. 하지만 플롭시의 아기 토끼들은 상추를 먹으면 졸렸답니다!

벤저민 버니는 어른이 되자 사촌이자 피터의 누나인 플롭시와 결혼을 했지요. 그들은 대가족을 일구었는데, 씀씀이가 헤프고 쾌활했어요.

플롭시의 아기 토끼들 이름을 하나하나 기억은 못하겠지만 대부분 그 토끼들을 "플롭시의 아기 토끼들"이라고 불렀답니다.

먹을 것이 항상 넉넉하지는 않았기 때문에 벤저민은 플롭시의 남동생인 피터 래빗에게서 양배추를 빌려오곤 했어요. 피터 래빗에게는 채소밭이 있었거든요.

가끔은 피터 래빗도 양배추가 넉넉
하지 않아서 나누어 줄 수 없을 때가
있었어요.

그럴 때면 플롭시의 아기 토끼들은
들판을 지나 쓰레기더미로 갔답니다.
맥그레거 아저씨네 정원 밖에 있는 도
랑으로 말이죠.

맥그레거 아저씨네가 버린 쓰레기
더미는 잡동사니들로 가득했어요. 잼
단지며, 종이 봉지며, 풀베는 기계로
베어낸 산더미 같은 풀들이며 (이런
풀에서는 늘 기름냄새가 났지요), 썩
은 서양호박, 그리고 낡은 부츠 한두
짝이 섞여 있곤 했어요. 그런데 어느
날, 야호! 너무 자라 꽃이 핀 상추가
무더기로 버려져 있지 않겠어요.

플롭시의 아기 토끼들은 상추로 잔뜩 배를 채웠어요. 서서히 토끼들은 하나 둘씩 졸음을 이기지 못하고 베어 버려진 풀 위에서 곯아떨어지고 말았어요.

벤저민은 아기 토끼들보다는 좀 더 오래 버텼어요. 그래서 파리들이 성가시게 하지 못하도록 잠들기 전에 종이 봉지를 머리 위에 썼지요.

플롭시의 아기 토끼들은 따스한 햇살을 받으며 달콤한 잠을 잤답니다. 정원 너머에 있는 잔디밭에서 짤깍짤깍 하는 풀을 깎는 기계 소리가 아득하게 들렸어요. 파리들이 담벼락 주위를 윙윙대며 날아다니고 늙은 쥐 한 마리가 잼 단지들 사이에서 빼꼼히 머리를 내밀고 쓰레기 더미를 살폈지요.

(난 그 쥐 이름을 알아요. 토마시나 티틀마우스라고 하는 꼬리가 긴 숲쥐였지요.)

그 숲쥐는 부스럭거리며 종이봉지 위로 지나가다가 벤저민 버니를 깨우고 말았어요. 쥐는 온갖 말로 사과를 하며 피터 래빗과 아는 사이라고 했지요.

숲쥐와 벤저민이 바로 담 밑에서 그렇게 애기를 하고 있는데 그들의 머리 위쪽에서 터벅터벅 발소리가 들렸어요. 그러더니 갑자기 맥그레거 아저씨가 잠들어 있는 플롭시의 아기 토끼들 바로 위로 베어낸 풀 한 자루를 쏟아 버리지 않겠어요! 벤저민은 종이봉지 아래로 몸을 움츠렸어요. 쥐는 잼 단지 속으로 숨었고요.

아기 토끼들은 풀 세례를 받으며 꿈속에서 달콤한 미소를 지었답니다. 상추에 취해서 그 때까지도 깨어나지 못했거든요.

아기 토끼들은 엄마 플롭시가 폭신한 건초 침대에 뉘어 주는 꿈을 꾸었어요.

맥그레거 아저씨는 풀을 비운 다음 아래를 내려다보았어요. 우습게 생긴 작은 갈색 귀들이 풀더미 사이로 빼죽이 나와 있었지요. 아저씨는 한참동안 찬찬히 살펴보았어요.

그 때 파리 한 마리가 그 귀 하나에 내려앉자 귀가 씰룩하며 움직였어요.

맥그레거 아저씨는 담을 타고 풀더미로 내려갔죠. "하나, 둘, 셋, 넷! 다섯! 여섯 마리 쬐끄만 토끼들이네!" 이렇게 말하며 아저씨는 토끼들을 자루에 담았어요.

그 순간 플롭시의 아기 토끼들은 엄마 토끼가 자신들을 침대에서 옆으로 돌려 뉘어 주는 꿈을 꾸었어요. 토끼들은 꿈결에 몸을 약간 뒤척였지만 여전히 잠에 취해 있었지요.

맥그레거 아저씨는 자루를 묶어서 담 위에 올려 놓았어요. 그리고는 풀 베는 기계를 치우러 갔지요.

아저씨가 자리를 비운 사이에(그 때까지 집에 남아 있었던) 엄마 토끼 플롭시 버니가 들판을 가로질러 왔어요.

플롭시는 자루를 수상쩍게 보면서, 다들 어디로 갔지? 하며 의아해했어요.

그때 숲쥐가 잼 단지에서 모습을 드러
냈고, 벤저민이 머리에서 종이 봉지를 벗
었어요. 그리고는 슬픈 얘기를 했어요.

벤저민과 플롭시는 절망적이었어요.
자루 끈을 풀 수가 없었거든요.

하지만 티틀마우스는 꾀가 많은 쥐였
어요. 자루 바닥을 야금야금 갉아먹어 구
멍을 냈지요.

아기 토끼들은, 자루에서 꺼내 꼬집자
그때서야 잠에서 깼어요.

벤저민과 플롭시는 썩은 서양호박 3개
와 검정 구두약을 바르는 낡은 솔 하나,
그리고 썩은 순무 2개를 빈 자루에 담았
어요.

그리고는 다같이 덤불 속에
숨어서 맥그레거 아저씨가 나타
나길 기다렸죠.

맥그레거 아저씨는 다시 돌아와서는
자루를 들고 떠났어요.

그는 무거운 듯 자루를 축 늘어뜨린 채
걸어갔지요. 플롭시의 아기 토끼들은 들
키지 않을 정도의 거리를 두고 아저씨를
따라갔어요.

아저씨는 집 안으로 들어갔지요.

그러자 아기 토끼들은 살금살금 창
문으로 기어 올라가 귀를 기울였어요.

맥그레거 아저씨는 자루를 돌바닥
에 쿵 하고 던졌어요. 아기 토끼들이
자루에 들어 있었더라면 너무너무 아
팠을 거예요.

돌로 된 바닥에 의자를 질질 끄는 소리와 낄낄대는 소리가 들렸어요.

"하나, 둘, 셋, 넷! 다섯! 여섯 마리 쬐끄만 토끼들이야!" 하고 맥그레거 아저씨가 말했어요.

"네? 그게 무슨 소리에요? 이제 그 토끼들이 무슨 말썽을 부리고 있는 거예요?" 하고 맥그레거 아줌마가 물었지요.

"하나, 둘, 셋, 넷! 다섯! 여섯 마리 쬐끄만 토실토실한 토끼들이야!" 하고 맥그레거 아저씨는 손가락을 꼽으며 되풀이해 말했어요. "하나, 둘, 셋…"

"무슨 잠꼬대 같은 소리에요? 무슨 말을 하는 거에요, 이 바보 같은 할아범아?"

"자루 속에 말이오! 하나, 둘, 셋, 넷, 다섯, 여섯!" 하고 맥그레거 아저씨가 대답했어요.

(막내둥이 아기 토끼는 창턱에 올라 앉아 있었어요.)

맥그레거 아줌마가 자루를 잡더니 더듬거렸어요. 그리고는 여섯 마리가 맞긴 하지만 아주 딱딱하고 모양이 제각각인 것으로 보아 늙디 늙은 토끼인가 보다고 말했어요.

"먹기엔 적당치 않아요. 하지만 가죽으로 내 낡은 망토 안감을 대면 좋겠네요."

"당신의 낡은 망토에 안감으로 쓴다고?" 하고 맥그레거 아저씨가 소리쳤어요. "가죽을 벗기고 머리를 잘라낸 후 그것들을 팔아서 내 담배를 살 거요!"

맥그레거 아줌마는 자루 끈을 풀고 손을 안으로 집어넣었어요.

그런데 만져지는 건 야채들뿐이었죠. 아줌마는 버럭버럭 화가 났어요. 맥그레거 아저씨가 일부러 그런 거라며 화를 냈죠.

맥그레거 아저씨도 불같이 화가 났어요. 썩은 서양호박 하나가 부엌 창문 밖으로 날아와 막내둥이 아기 토끼를 쳤어요. 그 바람에 아기 토끼가 다치고 말았죠.

벤저민과 플롭시는 이제 집에 갈 때가 되었다고 생각했어요.

　이렇게 해서 맥그레거 아저씨는 원하던 담배를 사지 못했고, 맥그레거 아줌마는 토끼 가죽을 갖지 못하게 되었답니다.

　한편 숲쥐 토마시나 티틀마우스는 그 해 크리스마스에 토끼 털실을 선물로 얻었답니다. 자신이 사용할 망토, 모자, 근사한 토시, 그리고 따뜻한 벙어리 장갑을 만들기에 충분한 양의 털실을요.

끝.

15. 진저와 피클 이야기

The Tale of Ginger and Pickles

1909

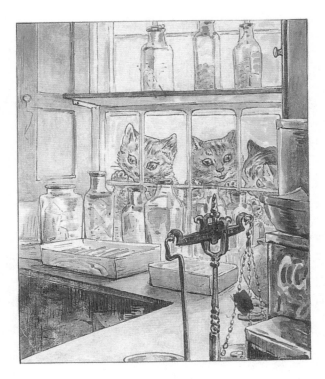

이 이야기에 관하여

베아트릭스는 자신이 런던에서 이사한 힐탑 농장 집이 있는 소레이 마을 안에 있던 한 가게에서 『진저와 피클 이야기』의 영감을 얻었는데, 마을 사람들이 방문해서 구매보다는 잡담을 주로 나누던 가게였다. 이 책은 마을의 대장장이 존 테일러에게 헌정되었는데, 테일러는 이전부터 포터의 책에 자신이 등장하기를 원했다. 실제 잠을 많이 자고 게을렀던 테일러는 이야기 속에서 '존 도마우스' 캐릭터로 등장한다.

베아트릭스는 자신의 옛 연인 노먼 원의 여동생이자 친한 친구였던 밀리 원(Millie Warne)에게 보낸 편지에 이렇게 썼다. "이 책에는 소레이 마을 사람들이 좋아하는 익숙한 풍경들이 아주 많이 나와요."

옛날에 한 마을가게가 있었어요. 가게 창문 위에는 "진저와 피클"이라는 간판이 붙어 있었죠.

인형들이나 드나들 만한 아주 작은 가게였어요. 루신다와 제인 요리사 인형은 진저와 피클 가게에서 항상 식료품을 샀답니다.

가게 안쪽에 있는 계산대는 토끼들이 이용하기 편리한 높이였어요. 진저와 피클은 얼룩덜룩한 빨간색 무늬가 있는 손수건을 3파딩에(옛날 영국에서 쓰던 화폐로서, ¼ 페니에 해당) 팔았어요. 설탕과 코담배와 덧신도 팔았죠.

사실, 아주 작은 가게이긴 했지만 없는 게 없었어요. 신발끈, 머리핀, 양의 갈비살과 같은 급히 필요한 것 몇 가지만 빼고는 말이죠.

그 작은 가게의 운영은 진저와 피클이 했어요. 진저는 노란색 수고양이였고, 피클은 테리어 개였어요.

토끼들은 늘 피클을 두려워하곤 했지요.

생쥐들 또한 그 가게를 애용했는데, 진저를

두려워하는 이들은 그 생쥐들뿐이었어요.

생쥐들이 물건을 사러 오면 진저는 피클에게 그들 시중을 들라고 부탁했어요. 자꾸 군침이 돌아서 말이에요.

"작은 보따리를 들고 가게 문을 나가는 생쥐들을 보고 있자면 당장 덮치고 싶단 말이야." 하고 진저는 말하곤 했지요.

"나도 쥐를 보면 그런 충동이 생겨."

하고 피클이 맞장구를 쳤어요. "하지만 손님들을 먹어 치우면 절대 안 되지. 그랬다간 우리 가게 근처엔 얼씬거리지도 않을 거야. 모두들 타비타 트윗칫의 가게로 가 버리겠지."

"아냐, 그와 정반대로 아무 데도 가지 않을 거야." 하고 진저가 침울하게 말했어요.

(그 마을에는 가게가 두 개 뿐이었는데, 다른 한 가게는 타비타 트윗칫의 가게였지요. 그녀는 물건을 외상으로 팔지 않았어요.)

진저와 피클은 외상을 무한정 줬지요.

그런데 외상이 뭔지 아세요? 손님이 비누 한 개를 사고 나서 지갑을 꺼내 돈을 지불하는 대신에 "나중에 갚아드릴게요"라고 말하는 것이 외상이에요.

　그러면 피클은 고개를 깊이 숙여 인사를 하면서 "그렇게 하세요, 부인."이라고 말하죠. 그리고는 장부에 기록해 놓는 거예요. 손님들은 진저와 피클이 두렵긴 하지만 가게를 드나들면서 물건을 많이 사간답니다.

　하지만 소위 "돈서랍" 속에는 돈이 한 푼도 없지 뭐예요.

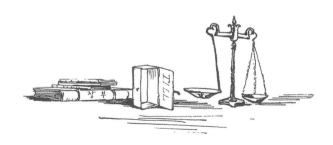

손님들은 매일 무더기로 몰려와서 물건을 왕창 사가곤 했어요. 특히 토피사탕을 사가는 손님들이 많았죠. 하지만 돈은 늘 없었어요. 손님들은 1페니 어치의 페퍼민트를 사도 돈을 내는 적이 없었으니까요.

그런데도 물건은 어마어마하게 팔렸죠. 타비타 트윗칫의 가게에서 팔리는 양의 열 배는 되었으니까요.

수중에 항상 돈이 없자 진저와 피클은 팔려고 가게에 진열해 놓은 상품을 먹을 수밖에 없었어요.

피클은 비스킷을 먹었고, 진저는 말린 대구(생선)를 먹었어요.

하루 일과를 마치고 가게 문을 닫은 후 촛불을 켜놓고 먹었지요.

1월 1일 새해가 밝았는데도 진저와 피클에게는 여전히 돈이 한 푼도 없었어요. 그래서 피클은 개 면허증을 살 수가 없었죠.

"기분이 정말 찝찝해. 경찰에게 들키면 어떡하지." 하고 피클이 말했어요.

"그러게 왜 하필 테리어 개가 됐어? 난 면허증이 필요 없잖아. 콜리 개인 켑도 면허증이 필요 없고."

"정말 찜찜해. 이러다 소환당하면 어쩌지? 우체국에서 외상으로 면허증을 사보려고도 했는데, 잘 안 됐어." 하고 피클이 말했어요. "우체국에 경찰들이 깔려 있었거든. 집으로 돌아오는 길에도 한 명 만났어.

새뮤얼 위스커스한테 청구서를 다시 한번 보내 보자, 진저. 베이컨 값으로 밀린 돈이 22실링 9펜스잖아."

"갚을 생각을 전혀 안 할걸." 하고 진저가 대답했어요.

"그리고 내 느낌에 안나 마리아가 슬쩍슬쩍 물건을 주머니에 넣어가는 거 같아. 그러지 않고서야 크림 크래커가 다 어디 갔겠어?"

"네가 다 먹었잖아." 하고 진저가 대답했어요.

진저와 피클은 뒷방으로 들어갔어요. 그리고는 장부 정리를 했지요. 그들은 액수를 더하고 더하고 더했어요.

"새뮤얼 위스커스는 외상 내역이 자기 꼬리만큼 기네. 지난 10월 이후로 코담배를 1온스 하고도 4분의 3온스 가져갔어.

7파운드 버터 값 1실링 3펜스와, 접착제 한 개와 성냥 네 개는 또 뭐지?"

"감사 인사와 함께 청구서를 모두에게 다 보내." 하고 진저가 대답했어요.

잠시 후 그들은 가게에서 나는 무슨 소리를 들었어요. 뭔가가 문 안쪽으로 밀쳐져 들어오는 듯한 소리였죠. 그들은 뒷방에서

나왔어요. 그런데 계산대 위에 봉투가 놓여 있고 한 경찰이 공책에 글씨를 쓰고 있는 게 아니겠어요!

피클은 발작을 일으키다시피 했어요. 연속해서 짖고 또 짖으며 조금씩 돌격해 갔지요.

"물어, 피클! 물어!" 하고 진저가 설탕 드럼통 뒤에서 씩씩거리며 소리쳤어요. "독일 인형에 지나지 않아!"

경찰은 그의 공책에 계속 글을 썼지요. 연필을 두 번 입에 집어넣었다가 빼서 한 번 검은색 당밀에 담궜지요.

피클은 목이 쉬도록 짖어댔어요. 하지만 경찰은 여전히 알아채지 못했어요. 그의 눈에는 구슬이 박혀 있었고, 스티치 모양뜨기로 바느질을 한 헬멧을 쓰고 있었지요.

마침내 피클이 가게 안으로 돌진해 나갔어요. 그런데 가게는 텅 비어 있었죠. 경찰은 이미 사라지고 없었어요.

하지만 거기엔 봉투가 하나 놓여 있었지요.

"그가 진짜 살아 있는 경찰을 부르러 간 걸까? 소환장이면 어떡하지?" 하고 피클이 말했어요.

"아냐," 하고 봉투를 열어본 진저가 대답했어요. "이자와 세금이야. 3파운드 19실링 11$\frac{3}{4}$펜스야."

"이제 막다른 곳까지 왔군." 하고 피클이 말했어요. "가게를 닫자."

그들은 덧문을 열고 그곳을 떠났어요. 하지만 인근에서 멀지 않은 곳으로 이사를 했지요. 일부 사람들은 그들이 더 멀리 가 버리길 바랐지만 말예요.

진저는 토끼 사육장에
서 살고 있답니다. 거기
에서 어떤 일을 하며 사
는지는 모르지만 토실토
실하고 아주 마음 편해
보이네요.

피클은 이제
사냥터지기에요.

그들 가게가 없어지자 불편한
점이 한두 가지가 아니었답니다.
타비타 트윗칫은 즉시 물건 값을
모두 반 페니씩 올렸지요. 여전히
외상은 거절하고 말예요.

물론 상인들의 마차
가 오가곤 하죠. 푸줏간
주인이라든지, 어부라
든지 티머시 베이커네
마차 말예요.

하지만 사람이 어찌
"씨앗빵"과 스폰지 케이
크와 버터빵으로만 살
수 있겠어요. 스폰지 케이크가 티머시네 케이크처럼 아주 훌륭하다고 해도 말이죠!

얼마 후 존 도마우스 아저씨와 그의 딸이 페퍼민트와 초를 팔기 시작했어요.

그렇지만 "6인치 고정용" 초는 팔지 않았어요. 7인치 초 한 개를 나르는 데 다
섯 마리 생쥐가 있어야 했죠.

게다가 그들이 파는 초는 날씨가 따뜻하면 아주 이상한 모양이 되어 버렸어요.

불평을 하며 물건을 반품하러 가면 도마우스 양은 반품 받지를 않았지요.

그리고 존 도마우스 아저씨한테 불평을 하면 아저씨는 침대에서 뒹굴면서 "아 포근해"라는 말밖에는 하지 않았죠. 가게를 운영하는 사람이 그러면 안 되는데 말예요.

그래서 암탉 샐리 헤니페니가 가게를 다시 연다는 포스터를 붙이자 모두들 기뻐했어요.

"헤니의 개점 세일!
대규모 잡화 세일!
페니의 초저가 세일!
와서 구경하고 사세요!"
포스터는 아주 매혹적이었어요.

개점을 한 날, 가게는 손님들로 문전성시를 이루었어요. 가게 안은 손님들로 북적북적했고 비스킷 통 위에는 생쥐들로 혼잡을 이루었어요.

샐리 헤니페니는 거스름돈을 셀 때면 허둥지둥하는 경향이 있답니다. 그리고 항상 현금으로 물건 값을 받으려고 하지요. 하지만 전혀 악의는 없어요.

그리고 아주 품질 좋은 값싼 물건들을 쌓아 두었답니다.

누구나 만족할 물건들을 말이죠.

끝.

16. 티틀마우스 아줌마 이야기

The Tale of Mrs. Tittlemouse

1910

이 이야기에 관하여

『티틀마우스 아줌마 이야기』의 주인공 티틀마우스는 『플롭시의 아기 토끼들 이야기』에서 벤저민을 도와주는 역할로 처음 등장한다. 이후 베아트릭스는 이 티틀마우스를 주인공으로 이야기를 쓰기로 결심한다.

처음 베아트릭스는 이 이야기에 여러 곤충들을 섬세하게 그려 넣었는데, 출판사에서는 이런 곤충 삽화들이 어린이 독자들에게 겁을 줄 수 있다고 생각했고 결국 넣지 않기로 한다. 대신 베아트릭스는 설탕을 먹는 나비 양의 아름다운 그림으로 대체했다.

베아트릭스는 완성된 책을 받아보고서는 출판사에게 이렇게 편지를 보냈다. "색상이 정말 예쁘네요. 계속 온전하게 유지될지는 모르겠지만. 제 생각에 이 이야기는 어린 여자 아이들에게 좋은 반응을 얻을 것 같아요."

옛날에 티틀마우스 아줌마라는 숲
쥐가 살고 있었어요. 산울타리 아래에
있는 강기슭에서 살았죠.

얼마나 기묘한 집인지!

몇 미터씩 길게 뻗어있는 모래로
뒤덮인 통로를 따라가다 보면 저장실
과 견과류 저장고와 씨앗 저장고가 나
왔죠. 이 모두가 산울타리 기슭에 있
었어요. 부엌과 거실과 식기실과 식품
저장실도 있었어요.

또 티틀마우스 아줌마의 침실도 있
었는데, 아줌마는 작은 상자로 된 침
대에서 잠을 잤지 뭐예요!

티틀마우스 아줌마는 엄청나게 깔끔하고 유별나게 작은 생쥐였어요. 모래로 된 폭신한 통로 바닥을 쉴 새 없이 쓸고 닦았죠. 가끔 딱정벌레가 길을 잃고 거기에서 헤맬 때가 있었어요.

"훠이! 훠이! 작고 더러운 발 같으니라구!" 티틀마우스 아줌마는 쓰레받기를 덜거덕거리며 소리쳤어요.

그리고 어느 날인가는 얼룩덜룩한 빨간색 무늬가 있는 망토를 입은 작은 할머니가 통로를 오르락내리락하면서 소리쳤어요.

"당신 집에 불이 났어요, 무당벌레 어멈! 어서어서 아이들한테 급히 가봐요!"

또 어느 날인가는 커다랗고 토실토실한 거미 한 마리가 비를 피하려고 그곳으로 오기도 했지요.

"죄송하지만, 여기가 머펫 양네 집 아닌가요?"

"저리 가, 이 못된 뻔뻔스러운 거미야! 청결하디 청결한 내 집에 온통 거미줄을 쳐놓다니!"

티틀마우스 아줌마는 거미를 서둘러 창밖으로 내쫓아 버렸어요. 거미는 가늘고 길다란 줄을 뽑으며 산울타리 밑으로 내려갔죠.

티틀마우스 아줌마는 멀리 떨어져 있는 저장실에 저녁거리로 먹을 버찌씨와 엉겅퀴 씨를 가지러 갔어요.

통로를 걸어가는 내내 아줌마는 코를 킁킁거리며 냄새를 맡으면서 바닥을 살폈어요. "꿀 냄새가 나는데. 산울타리에 있는 노란 야생화 냄새인가? 작고 더러운 발자국들이 역력하네."

갑자기 길모퉁이에서 티틀마우스 아줌마는 땅벌 배비티와 마주쳤어요. "붕붕, 윙, 위이잉!" 하고 땅벌이 말했어요. 티틀마우스 아줌마는 땅벌을 매서운 눈으로 바라보았어요. 빗자루가 있으면 좋겠다고 생각했죠.

"안녕하세요, 땅벌 배비티, 밀랍을 좀 사고 싶구려. 한데, 여기서 뭘 하시오?

왜 맨날 창가에 와서 붕붕, 윙, 위이잉 하는 거요?" 하고 티틀마우스 아줌마는 심술을 부리기 시작했어요.

"붕붕, 윙, 위이잉!" 하고 땅벌 배비티가 짜증스럽게 소리쳐 대답했어요. 그리고는 옆걸음질을 쳐서 도토리를 저장해 두었던 저장실로 사라졌어요.

티틀마우스 아줌마는 크리스마스가 되기 전에 도토리를 먹어 치웠기 때문에 지금쯤 저장실은 비어 있어야 했어요. 하지만 그곳에는 마른 이끼가 온통 어질러져 있었지요.

티틀마우스 아줌마는 이끼를 걷었어요. 그러자 서너 마리의 벌들이 고개를 내밀며 사납게 윙윙거렸어요.

"난 세를 놓는 법이 없는데, 이건 침입이야!" 하고 티틀마우스 아줌마가 말했어요. "요것들을 쫓아 버려야겠어."

"윙! 윙! 위잉!"

"누구한테 도와 달라고 하지?"

"윙! 윙! 위잉!"

"잭슨 씨한테는 부탁하지 않겠어. 발을 씻는 법이 없으니까."

티틀마우스 아줌마는 저녁을 먹고 나서 벌들을 내쫓기로 작정했어요. 거실로 돌아오자 누군가 두툼한 목소리로 기침을 하는 소리가 들렸어요. 그런데 거기에 잭슨 아저씨가 앉아 있지 뭐예요!

잭슨 아저씨는 자기 몸집보다 작은 흔들의자에 앉아서 엄지손가락을 빙빙 돌리며 미소를 짓고 있었어요. 두 발을 벽난로 앞에 세워진 난로망에 걸치고 말예요. 아저씨는 산울타리 아래쪽에 있는 배수로에 살고 있었어요. 아주 더럽고 축축한 곳이었지요.

"안녕하세요, 잭슨 씨? 세상에나, 몸이 완전히 젖었네!"

"고마워요, 고마워, 고맙소, 티틀마우스 부인! 좀 앉아 있으면 마르겠지요." 하고 잭슨 아저씨가 말했어요.

잭슨 아저씨는 앉아서 미소를 지었어요. 옷자락에서는 물이 뚝뚝 떨어져 내리고 있었지요. 티틀마우스 아줌마는 주위를 빙빙 돌며 대걸레로 계속 닦아냈지요. 잭슨 아저씨는 그렇게 아주 오랫동안 앉아 있었어요. 저녁을 먹겠느냐는 질문을 받을 정도로 날이 저물 때까지 말예요.

티틀마우스 아줌마는 먼저 그에게 버찌 씨를 차려 주었어요.

"고맙소, 고마워요, 티틀마우스 부인! 전 이가 없어요, 이가 없어요, 이가 없어!" 하고 잭슨 아저씨가 말했어요.

잭슨 아저씨는 필요 이상으로 입을 커다랗게 벌렸어요. 그의 머리에 이가 없는 게 확실했죠.

이번에는 엉겅퀴 씨를 대접했어요. "꾸워, 꾸우, 꾸우! 푸웁, 푸웁, 푸웁!" 잭슨 아저씨가 소리냈어요. 그리고는 엉겅퀴 씨를 방안 사방으로 불어 버렸지요.

"고마워요, 고마워, 고맙소, 티틀마우스 부인! 이제 정말로 — 정말로 꿀 한 접시만 먹었으면 하오!"

"꿀이 없는데 어떡하죠, 잭슨 씨!" 티틀마우스 아줌마가 말했어요.

"꾸워, 꾸우, 꾸우, 티틀마우스 부인!" 하고 미소를 지으며 잭슨 아저씨가 말했죠. "*냄새가* 나는걸요. 그래서 여기로 온 것이오."

잭슨 아저씨는 식탁에서 무겁게 몸을 일으켜 찬장으로 가서 안을 살펴보기 시작했어요. 티틀마우스 아줌마는 행주를 들고 뒤따라오면서 거실 바닥에 난 잭슨 아저씨의 축축하게 젖은 커다란 발자국을 닦아냈어요.

찬장에 꿀이 없다는 것을 직접 확인한 잭슨 아저씨는 통로를 따라 내려가기 시작했어요.

"저런, 저런, 척척 달라붙겠어요, 잭슨 씨!"

"꾸워, 꾸우, 꾸우, 티틀마우스 부인!"

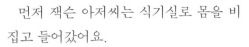
먼저 잭슨 아저씨는 식기실로 몸을 비집고 들어갔어요.

"꾸워, 꾸우, 꾸우? 꿀이 없나? 꿀이 없네요, 티틀마우스 부인?"

접시걸이에 기어다니는 손님들 셋이 숨어 있었어요. 둘은 도망가고 가장 어린 놈을 잭슨 아저씨가 잡았어요.

잭슨 아저씨는 이번에는 식료품 저장실로 몸을 비집고 들어갔어요. 나비 양이 설탕을 먹고 있다가 창 밖으로 날아갔어요.

"꾸워, 꾸우, 꾸우, 티틀마우스 부인! 방문객들이 참 많군요!"

"초대도 안 했는데 말예요!" 하고 토마시나 티틀마우스 아줌마가 말했어요.

그들은 모래로 덮인 통로를 따라 갔어요. "꾸워, 꾸우 —"

"윙! 윙! 위잉!" 잭슨 아저씨는 모퉁이에서 배비티를 만났어요. 아저씨는 배비티를 탁 위로 올려쳤다가 다시 아래로 내려쳤죠.

"땅벌들은 정말 싫어. 온몸에 털이 곤두서서 말이야." 하고 잭슨 아저씨가 옷소매로 입을 닦으며 말했어요.

"나가! 이 징그러운 늙은 두꺼비야!" 땅벌 배비티가 날카롭게 소리를 질렀어요.

"아휴, 정신없어!" 티틀마우스 아줌마가 꾸짖었죠.

그리고는 견과류 저장고로 피했어요. 그동안에 잭슨 아저씨는 벌들의 보금자리를 치웠지요. 벌침도 아랑곳하지 않고 말이에요.

티틀마우스 아줌마가 조심스럽게 밖으로 나왔을 때는 모두들 가고 아무도 없었어요.

하지만 엉망진창으로 어질러진 모습이라니, 정말 끔찍했죠. "난 이처럼 엉망인 것은 본 적도 없어. 여기저기 끈적끈적하게 들러붙는 꿀, 이끼, 그리고 엉겅퀴 씨. 게다가 커다랗고 작은 더러운 발자국들까지. 깨끗하고 청결한 내 집이 이렇게 엉망이 됐어!"

티틀마우스 아줌마는 이끼와 밀랍 부스러기들을 치웠어요. 그리고는 밖으로 나가 잔가지들을 가지고 와서는 현관문을 반쯤 막아 버렸어요.

"잭슨 씨가 드나들지 못하도록 문을 아주아주 작게 만들어 버려야겠어!"

티틀마우스 아줌마는 부드러운 비누와 걸레와 북북 문질러 씻는 솔을 창고에서 가져왔어요. 하지만 너무 피곤해서 아무것도 할 수가 없었지요.

티틀마우스 아줌마는 의자에서 곯아떨어져 자다가 침대로 들어갔어요.

"다시 깨끗하게 치울 수가 있으려나?" 하고 가엾은 티틀마우스 아줌마가 말했지요.

다음날 아침, 티틀마우스 아줌마는 아주 일찍 일어나서 대청소를 시작했어요. 청소는 2주일이나 걸렸지요.

아줌마는 열심히 쓸고 문지르고 닦았어요. 가구를 밀랍으로 문지르고, 주석으로 된 작은 수저를 광이 나도록 닦았어요.

사방이 아주 아름답게 반짝반짝 번쩍번쩍 청소가 끝나자 다섯 명의 다른 작은 생쥐들을 초대하여 파티를 열었죠. 잭슨 아저씨는 빼고 말예요. 잭슨 아저씨는 파티 냄새를 맡고 강기슭으로 찾아왔어요. 하지만 문이 작아서 비집고 들어갈 수가 없었지요.

그래서 그들은 창문으로 도토리 컵에 꿀을 가득 채워 건네 주었어요. 잭슨 아저씨는 전혀 기분 상해 하지 않았죠.

아저씨는 햇볕을 쬐며 바깥에 앉아 말했어요. "꾸워, 꾸우, 꾸우! 당신의 넘치는 건강을 위해, 티틀마우스 부인!"

끝.

17. 티미 팁토스 이야기

The Tale of Timmy Tiptoes

1911

이 이야기에 관하여

베아트릭스 포터의 작품들이 인기를 얻고 점점 더 많은 사람들에게 알려지면서, 영국뿐만 아니라 미국에도 그녀의 책이 유통되었다. 그래서 그녀는 미국의 열혈 독자들에게도 편지를 받게 되었고, 이에 착안한 출판사는 포터에게 미국 시장을 겨냥하여 북미 지역 동물들이 등장하는 이야기를 집필해 달라고 요청한다. 베아트릭스는 이에 따라 북미 지역이 고향인데 영국으로도 퍼진 회색다람쥐, 얼룩다람쥐, 그리고 리젠트 공원 안 런던 동물 정원에 있는 미국산 흑곰을 이야기에 등장시킨다.

이 책을 출간할 무렵인 1911년 베아트릭스는 농장일과 나이 든 부모님을 돌보는 일에 열중하던 때였고, 『티미 팁토스 이야기』는 그 해 출간된 유일한 책이었다.

옛날에 티미 팁토스라고 하는 토실토실하고 작은 회색 다람쥐가 풍족하게 살고 있었어요. 커다란 나무 꼭대기에 나뭇잎으로 엮은 둥지에서 구디라는 작은 아내 다람쥐와 함께 살고 있었지요.

티미 팁토스는 앉아서 솔솔 불어오는 산들바람을 즐겼어요. 그러다가 꼬리를 흔들면서 끽끽대며 말했어요. "여보, 구디, 도토리가 익었어요. 저장해 두었다가 겨울과 봄에 먹어야겠어요."

구디 팁토스는 분주하게 억새풀 아래로 난 이끼를 치우고 있었어요. "둥지가 아주 아늑해서 겨울잠을 푹 잘 수 있겠어요."

"그리고 나서 겨울잠에서 깨어나면 배가 고플 거요. 봄에 먹을 것이 남아 있지 않을 걸." 하고 신중한 티미 팁토스가 대답했어요.

티미와 구디 팁토스가 도토리 숲으로 가자 다른 다람쥐들이 벌써 와 있었어요.

티미는 재킷을 벗어 나뭇가지 위에 걸쳐 놓았어요. 두 다람쥐는 묵묵히 도토리를 주웠지요.

그들은 매일 몇 번씩 도토리 숲을 오가며 도토리를 가득 모았어요. 그들은 도토리를 자루에 담아서 그들의 둥지가 있는 나무 옆에 있는 여러 개의 텅 빈 그루터기에 쌓아 두었지요.

이 그루터기들이 꽉 차자 이번에는 나무 몸통에 난 구멍 속에 도토리를 채워 넣기 시작했어요. 딱따구리가 사는 구멍이었죠. 도토리들은 또르르 또르르 나무 몸통 속 아래로 아래로 아래로 쌓여갔지요.

"어떻게 다시 꺼내려고 그래요? 꼭 저금통 같네요!" 하고 구디가 말했어요.

"봄이 되면 지금보다 몸이 훨씬 더 홀쭉해질 거요, 여보." 하고 티미 팁토스가 구멍을 들여다보며 말했어요.

그들은 많은 도토리를 모았어요. 도토리를 하나도 잃어버리지 않았거든요!

하지만 도토리를 땅에 묻는 다람쥐들은 도토리를 절반 이상은 잃어버렸어요. 어디에 묻었는지 기억을 못해서 말이죠. 숲에서 가장 건망증이 심한 다람쥐는 실버테일이었어요. 실버테일은 구덩이를 파기 시작했는데 구덩이가 어디에 있는지 기억을 못했어요. 그래서 다시 구덩이를 파기 시작했는데, 다른 다람쥐가 넣어 놓은 도토리를 발견하게 되었지요. 그래서 싸움이 벌어졌어요. 다른 다람쥐

들도 구덩이를 파기 시작했어요. 그래서 숲 전체에 소동이 벌어졌지 뭐예요!

그런데 유감스럽게도 바로 그 때 한 무리의 작은 새들이 녹색 송충이와 거미들을 찾아 덤불에서 덤불로 날아가고 있었어요. 여러 종류의 작은 새들이 재잘거리며 서로 다른 노래를 부르면서 날아갔죠.

첫 번째 새가 노래했어요. "누가 *내* 도토리를 파내는 거야? 누가 *내* 도토리를 파내는 거야?"

다른 새는 이렇게 노래했어요. "빵 한 조각에 치즈는 *없네*! 빵 한 조각에 치즈는 *없네*!"

다람쥐들은 새들을 따라가며 귀를 기울였어요. 첫 번째 새가 숲으로 날아갔어요. 거기에서는 티미와 구디 팁토스가 말없이 자루를 묶고 있었지요. 새가 노래했어요.

"누가 *내* 도토리를 파내는 거야? 누가 *내* 도토리를 파내는 거야?"

티미 팁토스는 대답 없이 계속해서 일을 했어요. 사실 그 작은 새가 대답을 기대하고 그런 노래를 한 것은 아니었어요. 그저 평상시처럼 노래를 했을 뿐이고 노래에 무슨 뜻이 있는 것은 아니었거든요.

하지만 그 노랫소리를 들은 다른 다람쥐들은 티미 팁토스에게 달려들어 때리고 할퀴고는 그의 도토리 자루를 엎어 버렸어요. 그런 소동을 일으킨 순진한 새는 그 모습을 보고 겁이 나서 달아나 버렸지요!

티미는 쪼르르 구르고 굴러서 꽁무니를 빼며 둥지로 달아났어요. 그 뒤를 다람쥐들이 소리치며 쫓아왔죠. "누가 *내* 도토리를 파내는 거야?"라고 말이죠.

다람쥐들은 티미를 잡아 작은 둥근 구멍이 있던 바로 그 나무로 끌어올린 다음 구멍 속으로 밀어넣었어요. 구멍은 티미 팁토스 몸집이 들어가기엔 너무 작았죠. 다람쥐들은 구멍 속으로 세게 비집고 밀어넣었어요. 티미의 갈비뼈가 부러지지 않은 게 다행이었죠. "자백할 때까지 여기 가둬두자." 하고 실버테일 다람쥐가 말했어요. 그리고는 구멍에 대고 소리쳤어요. "누가 *내* 도토리를 파내는 거야?"

티미 팁토스는 아무런 대답을 하지
않았어요. 그는 나무 속에 있는 자신
이 모아둔 도토리 위로 굴러떨어졌어
요. 그는 완전히 정신을 잃은 채 가만
히 누워 있었어요.

구디 팁토스는 도토리 자루를 가지
고 집으로 돌아갔어요. 그리고 티미를
위해 차를 만들었지만 티미는 영영 돌
아오지 않았어요.

구디 팁토스는 외롭고 불행한
밤을 혼자 보냈지요. 다음날 아
침, 구디는 티미를 찾으러 조심스
럽게 도토리 숲으로 가보았어요.
하지만 다른 다람쥐들은 쌀쌀맞
게 구디를 쫓아 버렸지요.

구디는 온 숲을 헤매며 소리쳤
어요. "티미 팁토스! 티미 팁토
스! 오, 티미 팁토스, 어디 있는
거에요?"

그 시간에 티미 팁토스는 정신이 들었어요. 그는 자신이 작은 이끼 침대에 눕혀져 있는 것을 발견했어요. 사방은 칠흑처럼 아주 깜깜하고 온몸이 아팠어요. 땅 속인 듯했지요. 티미는 기침을 하며 신음을 내뱉었어요. 갈비뼈가 몹시 아팠거든요.

찍찍 하는 소리가 나더니 작은 줄무늬 다람쥐가 야간등을 가지고 나타나 몸이 더 낫기를 빌어 주었어요. 줄무늬 다람쥐는 티미 팁토스에게 아주아주 친절했어요. 티미 팁토스에게 잠잘 때 쓰는 모자도 빌려 주었어요. 집 안에는 식량이 가득했지요.

줄무늬 다람쥐는 나무 꼭대기에서 도토리가 비오듯 쏟아져 내렸다고 설명해 주었어요. "게다가, 몇 개는 땅에 묻혀 버렸죠!" 티미가 어떻게 된 사정인지를 얘기해 주자 줄무늬 다람쥐는 킥킥대며 웃어댔어요. 티미가 아파 누워 있는 동안 줄무늬 다람쥐는 도토리를 먹으라고 자꾸자꾸 권했어요. "하지만 몸이 홀쭉해지지 않으면 저 구멍 밖으로 못 나갈 텐데. 아내가 태산같이 걱정할 거요!"

"그냥 한두 개만 더 먹어요. 내가 껍질을 깨 줄게요." 하고 줄무늬 다람쥐가 말했어요. 그래서 티미 팁토스는 점점 더 뚱뚱해지게 되었답니다!

그즈음 구디 팁토스는 다시 혼자서 도토리 모으는 일을 시작했어요. 하지만 딱따구리 구멍 속에 도토리를 저장하지는 않았어요. 다시 꺼낼 일이 늘 걱정이 되었었거든요. 구디는 도토리를 나무 밑동 아래에 숨겨 두었어요. 도토리들은 떼구르르 떼구르르 아래로 굴러갔어요. 한 번은 구디가 또 커다란 자루 하나에 든 도토리를 쏟아부어 넣자 쩍쩍하는 소리가 분명하게 들려왔어요. 그리고 그 다음에 구디가 또 한 자루를 가져가자 작은 줄무늬 다람쥐가 부리나케 달려 나와 말했어요.

"나무 밑동이 완전히 꽉 찼어요. 거실에 발 디딜 곳이 없다구요. 통로까지 도토리들이 굴러다녀요. 그 바람에 내 남편 치피 해키가 날 두고 집을 나가 버렸어요. 도토리가 비 오듯 쏟아지니 이게 어찌 된 거예요?"

"정말 미안해요. 여기 누가 사는 줄 몰랐어요." 하고 구디 팁토스 아줌마가 말했어요. "그런데 치피 해키는 어디 간 걸까요? 내 남편 티미 팁토스도 달아나 버렸거든요."

"치피가 어디 있는지 난 알아요. 작은 새가 말해 주었거든요." 하고 치피 해키 부인이 말했어요.

그리고는 딱따구리가 사는 나무로 안내했어요. 그들은 나무에 난 구멍에 대고 귀를 기울였어요.

아래쪽에서 도토리 까는 소리와 함께 뚱뚱한 다람쥐와 홀쭉한 다람쥐가 함께 노래하는 목소리가 들렸지요.

"우리집 양반과 사이가 틀어졌다네,
이 일을 어떻게 해결할까?
최선을 다해봐야지.
저리 꺼져, 이 양반아!"

"당신은 저 작은 구멍을 비집고 들어갈 수 있지 않아요?"하고 구디 팁토스가 말했어요.

"네, 그럴 수는 있지만,"하고 치피 해키 부인이 대답했어요. "남편 치피 해키가 물어 뜯어요!"

아래쪽에서 도토리를 깨서 야금야금 먹는 소리가 났어요. 그리고는 뚱뚱한 다람쥐와 홀쭉한 다람쥐가 함께 노래하는 목소리가 들렸지요.

"흥청망청 하루하루를
마음껏 놀아봅세!
노세 노세 젊어서 노세!"

그 때 구디가 구멍 속을 들여다보며 소리쳤어요.

"티미 팁토스! 오, 저런, 티미 팁토스!"

그러자 티미 팁토스가 대답했어요. "당신이오, 구디 팁토스? 그렇군!"

그는 위로 올라와 구멍으로 머리를 내밀고 구디에게 키스를 했어요. 하지만 너무 뚱뚱해서 밖으로 나올 수는 없었지요.

치피 해키는 구멍 밖으로 못 나올 정도로 뚱뚱하진 않았지만 나오고 싶어하지 않았어요. 그는 구멍 속에서 나올 생각을 않고 키득거렸어요.

그렇게 2주일이 지나갔어요. 어느 날 엄청난 바람이 불어와 나무 꼭대기가 부러져 버리는 바람에 구멍이 드러났으며 그 안으로 빗물이 가득 찼어요.

그러자 티미 팁토스는 밖으로 나와 우산을 쓰고 집으로 돌아갔지요.

하지만 치피 해키는 그로부터
1주일을 더 그곳에서 지냈어요.
불편하긴 했지만요.

그러던 어느 날, 커다란 곰 한
마리가 어슬렁거리며 숲속에서 나
왔어요. 곰도 견과류를 찾고 있었
는지 몰라요. 코를 킁킁거리는 것
같았으니까요.

그래서 치피 해키는 급히 집으로 돌아갔어요!

집으로 돌아온 치피 해키는 머리가 지끈지끈 감기에 걸리고 말았지요. 정말이지 치피 해키에게 집은 훨씬 더 불편했어요.

이제 티미와 구디 팁토스는 작은 자물쇠로 도토리 저장고
를 꼭 잠궜어요.

그리고 그 작은 새는 줄무늬 다람쥐들을 볼 때면 이렇게 노래하곤 한답니다.

"누가 *내* 도토리를 파내는 거야? 누가 *내* 도토리를 파내는 거야?" 하지만 대답하는 이는 아무도 없답니다!

끝.

18. 토드 아저씨 이야기

The Tale of Mr. Tod

1912

이 이야기에 관하여

『토드 아저씨 이야기』는 포터의 작품 중 '가장 복잡하면서도 훌륭한 구조'로 짜여진 이야기로 평가받는다.

"착한 사람들에 대한 착한 이야기책"을 집필하는 일이 지겨워졌다고 한 베아트릭스는 그녀의 팬들에게 토드(여우를 뜻하는 고대 영어 이름) 아저씨와 토미 브록(오소리를 뜻하는 사투리)이라는 악당 캐릭터를 선보이고, 줄거리도 전보다 복잡하게 구성한다.

1912년 봄, 그녀는 아버지 루퍼트 포터의 건강 악화로 인해 힘든 시간을 보냈고, 그래서 이 책에는 컬러 삽화들이 많지 않다. 컬러 삽화를 그릴 시간 여유가 없었기 때문이다.

이제까지 나는 예의바른 사람들에 대해 많은 책을 써 왔어요. 이제, 분위기를 바꾸어 아주 불쾌하기 짝이 없는 두 인물에 대해 얘기해볼까 해요. 바로 오소리 토미 브록과 여우 토드 아저씨에 대해서 말이죠.

토드 아저씨를 "착하다"고 말하는 사람은 아무도 없었어요. 토끼들은 토드 아저씨를 정말이지 끔찍해했어요. 1킬로미터나 멀리 떨어진 곳에서도 그의 냄새를 맡을 수 있었죠. 여우 같은 수염을 기른 토드 아저씨는 정처 없이 이곳저곳 떠돌아다니는 버릇이 있었어요. 그래서 토드 아저씨가 다음에는 어디에서 갑자기 나타날지 토끼들은 전혀 짐작할 수가 없었어요.

언젠가는 수풀 속에서 나뭇가지로 집을 짓고 살면서 벤저민 바운서 할아버지네 가족을 공포에 떨게 했지요. 그런가 하면 호수 근처에 있는 윗가지를 잘라

낸 버드나무 밑동으로 이사를 하여 야생 오리들과 물쥐들을 겁먹게 한 적도 있어요.

토드 아저씨는 겨울과 초봄에는 불 뱅크스 맨 위쪽에 있는 바위들 틈새의 땅

속에서 주로 지내곤 했지요. 오트밀 크래그 (Oatmeal Crag) 지역 바로 아래쪽에 있는 곳 말이죠. 토드 아저씨에게는 집이 여섯 채가 있었지만, 한 집에서 지내는 경우는 별로 없었어요. 하지만 토드 아저씨가 이사를 **가도** 그 집들이 늘 비어 있는 것은 아니었어요.

가끔 토미 브록이 이사를 **왔으니까요**. (허락
도 없이 말이죠.)

토미 브록은 온몸에 뻣뻣한 털이 난 키가
작고 통통한 인물로, 싱긋싱긋 미소를 지으며
뒤뚱뒤뚱 걸어다녔어요. 얼굴 가득히 싱긋싱
긋 미소를 지으며 말이죠. 그는 버릇이 좋지
는 않았어요. 말벌들의 벌집을 먹어 치우는가
하면 개구리와 벌레들도 마구 잡아먹었죠. 그리고 달빛을 받으며 뒤뚱뒤뚱한 걸
음걸이로 땅을 파 헤집고 다니곤 했어요.

옷은 아주아주 더러운 데다 낮
에 잠을 잤기 때문에 항상 신발을
신은 채로 잠자리에 들었지요. 그
가 자는 침대는 대개는 토드 아저
씨가 사용하던 침대였어요. 게다
가 이제는 가끔 토끼 파이를 먹기까지 했어요. 다른 음식이 바닥이 났을 때 아주
어린 토끼만 먹었지만 말예요. 토미 브록은 바운서 할아버지에게 친절했어요.
둘은 못된 수달들과 토드 아저씨를 싫어하는데 있어서도 마음이 통했어요. 수달
과 토드 아저씨가 정말 싫다는 얘기를 종종 주고받았지요.

바운서 할아버지는 나이가 아주 많았어요. 어느 날 토끼굴 밖으로 나와 목도
리를 두르고 앉아서 봄볕을 쬐
고 있었어요. 토끼 담배를 피우
면서 말이죠.

바운서 할아버지는 결혼한
지 얼마 안 된 아들 벤저민 버
니와 며느리 플롭시와 함께 살
고 있었어요. 그날은 벤저민과 플롭시가 외출을 해서 바운서 할아버지가 어린
토끼들을 돌보게 되었죠.

작은 아기 토끼들은 태어난 지 얼마 안 돼서 이제 겨우 파란 눈을 뜨고 발차기

를 했어요. 아기 토끼들은 얕은 굴에 있는, 토끼털과 건초로 만든 폭신폭신한 침대에 누워 있었어요. 그 굴은 토끼굴 본채와는 떨어져 있었지요. 사실을 말하자면 바운서 할아버지는 아기 토끼들을 까맣게 잊어버리고 있었어요.

할아버지는 햇볕을 쬐면서 토미 브록과 다정하게 얘기를 나누었어요. 토미 브록은 자루와 구덩이를 파는 끌과 두더지 덫을 가지고 숲속을 지나다가 할아버지와 마주친 것이었지요.

바운서 할아버지는 꿩 알을 찾기가 정말 어렵다고 투덜거리면서 토드 아저씨가 모두 가로채서 그렇다며 비난을 해댔지요. 그리고 자신이 겨울잠을 자는 동안 수달들이 개구리들을 싹쓸이해 버렸다고 불평했어요.

"지난 2주 동안 제대로 된 식사를 해본 적이 없어요. 호두나무 열매로 끼니를 때우고 있다니까요. 야채만 먹는 채식주의자가 되든가 내 꼬리를 먹든가 해야 할 판이오!" 하고 토미 브록이 말했어요.

과장된 말은 아니었지만 바운서 할아버지는 정말이지 웃음이 나왔어요. 토미 브록은 아주 통통하고 땅땅한 데다 늘 싱긋거리며 다녔으니까요.

그래서 바운서 할아버지는 웃음을 터뜨렸어요. 그리고는 토미 브록에게 안으로 들어와서 씨앗 케이크 한 조각과 며느리 플롭시가 담근 '앵초주 한 잔'을 먹으라고 청했어요. 토미 브록은 민첩하게 토끼굴로 비집고 들어갔지요.

이번에는 바운서 할아버지가 파이프담배 한 대를 더 피우면서 토미 브록에게 양배추 잎으로 만든 담배를 권했어요. 양배추잎 담배는 아주 독해서 토미 브록의 얼굴을 더욱더 싱긋거리게 만들었지요. 토끼굴 안은 담배연기로 가득 찼어요. 바운서 할아버지는 기침을 해대며 웃었지요. 토미 브록은 담배를 뻐끔거리면서 싱긋거렸어요.

바운서 할아버지가 웃으면서 또 기침을 해대더니 눈이 스르르 감겼어요. 양배추잎 담배연기 때문에 말이죠…

바운서 할아버지는 플롭시와 벤저민이 집으로 돌아왔을 때에야 깨어났어요. 그런데 토미 브록과 아기 토끼들이 모두 감쪽같이 사라져 버리고 없지 않겠어요! 바운서 할아버지는 누군가를 토끼굴 안으로 들어오게 했다는 사실을 털어놓으려 하지 않았어요. 하지만 오소리 냄새 때문에 들키고 말았죠. 게다가 모래바닥에는 둥글고 굵직굵직한 발자국들이 또렷이 남아 있었거든요. 바운서 할아버지는 미안해서 얼굴을 들 수가 없었어요. 플롭시는 괴로운 얼굴로 자신의 귀를 비틀어 짜며 할아버지를 철썩 때렸어요.

벤저민 버니는 부리나케 토미 브록을 쫓아갔지요.

토미 브록을 뒤쫓는 일은 별로 어렵지 않았어요. 그는 발자국을 남기며 숲속으로 난 구불구불한 오솔길을 따라 천천히 가고 있었거든요. 그리고 오솔길에 난 이끼와 애기괭이밥을 뿌리째 뽑아내고 깊은 구덩이를 판 다음 독보리(독이 든 보리)를 넣고 두더지 덫을 설치해 놓았지요. 작은 개울이 오솔길을 가로질러 흐르고 있었어요. 벤저민은 발이 젖지 않게 가볍게 개울을 건넜어요. 그러나 토미 브록 오소리의 굵직한 발자국은 진흙 바닥에 역력하게 찍혀 있었지요.

오솔길을 따라가자 나무를 베어버린 잡목 숲이 나왔어요. 잎이 무성한 오크 나무 그루터기들이 있었고 푸른 히아신스로 온통 덮여 있었지요. 하지만 벤저민의 발걸음을 멈추게 한 냄새는 히아신스 꽃향기가 아니었어요! 나뭇가지로 엮어 만든 토드 아저씨의 집이 바로 눈 앞에 있었어요. 토드 아저씨는 이번 딱 한 번만은 집에 있었어요. 여우 냄새로 보아 토드 아저씨가 집에 있는 것이 분명했죠.

게다가 굴뚝으로 사용되는 깨진 들통에서 연기가 새어 나왔거든요.

벤저민 버니는 앉아서 그 집을 유심히 바라보았어요. 벤저민의 수염이 씰룩거렸어요. 나뭇가지로 엮은 집 안에서 누군가가 접시를 떨어뜨리고 뭐라고 말하는 소리가 들렸지요. 그

소리에 벤저민은 깡충거리며 급히 달아났어요.

　숲 맞은편까지 쉬지 않고 달려 달아났지요. 토미 브록도 벤저민처럼 그렇게 달
아났음이 분명했어요. 담 꼭대기에 오소리 발자국이 또 보였거든요. 자루에서 풀
려나온 실이 들장미 가지에 걸려 있었어요. 벤저민은 담 위로 기어 올라가 목초지
로 들어갔어요. 새로 놓은 또 다른 두더지 덫이 보였어요. 벤저민은 토미 브록을
제대로 쫓아가고 있었던 것이지요. 이제 오후가 저물어 가고 있었어요. 저녁 공기
를 쐬기 위해 다른 토끼들이 밖으로 나오고 있었어요. 그 중에 파란색 재킷을 입
고 혼자 나온 토끼가 있었는데, 그 토끼는 민들레를 열심히 찾아다녔어요.

　"피터! 피터 래빗, 피터 래빗!" 하고 벤저민 버니는 소리쳤어요.

　파란 재킷을 입은 토끼가 두 귀를 쫑긋하여 똑바로 앉았어요.

　"왜 그래, 벤저민? 고양이야? 아니면 흰족제비야?"

　"아냐, 아냐, 아냐! 그가, 그러니까 토미 브록이 우리 가족을 자루에 담아서

데려가 버렸어, 혹시 봤어?"

"토미 브록? 몇 명이나 데려갔는데, 벤저민?" "일곱이야, 피터, 쌍둥이들 모두! 혹시 이쪽으로 왔어? 빨리 말해봐!"

"그래, 그래. 10분도 안됐는데, 그러니까… 자루에 든 건 *애벌레*들이라고 하던데. 애벌레들치고는 발차기를 세게 한다고 생각했지."

"어느 쪽이야? 어느 쪽으로 갔어, 피터?"

"뭔가 살아 있는 것이 든 자루를 들고 있었어. 두더지 덫을 놓던걸. 잠깐 생각해 보고, 벤저민. 처음부터 얘기해봐."

벤저민은 지금까지 있었던 일을 얘기했어요.

"바운서 삼촌이 나이가 들어서 한심할 정도로 분별력이 없어졌군." 하고 피터가 생각에 잠겨 말했어요.

"하지만 두 가지 점에서 희망을 가질 수 있어. 네 가족은 아직 살아 있다는 거야. 발차기를 했으니까. 그리고 토미 브록이 음식을 먹은 지 얼마 안 됐다는 것이지. 그러니 이제 곧 잠을 잘 것이고 네 아기들은 아침식사용으로 보관해 둘 거야."

"어느 쪽으로 갔지?"

"벤저민, 좀 진정해. 어느 쪽으로 갔는지는 잘 알고 있어. 토드 아저씨가 나뭇가지로 엮은 집에서 지내고 있기 때문에 토미 브록은 토드 아저씨네 다른 집으로 간 거야. 불 뱅크스 꼭대기에 있는 집으로 말이야. 어느 정도는 알고 있어. 토미 브록은 코튼테일 누나네 집에 메시지를 남기겠다고 말했거든. 그곳을 지나갈 거라고 했어."(코튼테일은 검은 토끼와 결혼하여 언덕 위에서 살고 있었지요.)

피터는 자신의 민들레를 숨기고, 상심해 있는 벤저민을 따라갔어요. 벤저민은 몹시 흥분해 있었지요. 그들은 여러 개의 들판을 지나 언덕을 기어오르기 시작했어요. 토미 브록이 지나간 자국이 뚜렷이 남아 있었지요. 그는 몇 십 보마다 자루를 내려놓고 쉬어간 것 같았어요.

"아주 숨이 찼나 봐. 냄새가 나는 걸 보니 우리가 그를 바짝 따라붙은 거 같아. 정말 역겨운 녀석이야!" 하고 피터가 말했어요.

햇살은 여전히 따사로웠고 언덕 위의 목초지를 비스듬히 비추고 있었어요. 언덕을 반쯤 올라가자 코튼테일이 문간에 앉아 있었어요. 반쯤 자란 네다섯 마리의 어린 토끼들이 그녀의 주변에서 놀고 있었지요. 그 중 하나는 검은색이었고 나머지는 모두 갈색이었어요.

코튼테일은 토미 브록이 저 멀리 지나가는 모습을 보았었어요. 남편이 집에 있냐고 묻자 코튼테일은 토미 브록이 두 번 쉬어가는 걸 보았다고만 답했죠.[1]

토미 브록이 고개를 끄덕여 보이고 자루를 가리키고는 배를 그러안고 넘어질 정도로 웃어댔다고 했어요.

"어서 가자, 피터, 그 녀석이 아이들을 요리하겠어, 빨리빨리!" 하고 벤저민 버니가 말했어요.

그들은 계속해서 올라갔어요. "코튼테일 남편은 집에 있었어. 구멍 밖으로 검은 귀가 삐죽이 나온 걸 보았다니까." "그 부부는 바위 가까이 살기 때문에 이웃들을 화나게 할 일은 하지 않아, 빨리 와, 벤저민!"

불 뱅크스 꼭대기에 있는 숲 근처에 이르자 그들은 조심스럽게 걸었어요. 쌓아올린 바위들 사이로 나무들이 자라고 있었어요.

---

1. 벤저민은 코튼테일 남편에게 같이 아기 토끼들을 구하러 가자고 제안하려 물었는데, 이를 눈치 챈 코튼테일은 위험한 일에 끼고 싶지 않아 대답을 회피한 걸로 보인다.

바로 거기에, 험준한 바위 아래에 토드 아저씨가 만들어 놓은 집이 있었지요. 집은 가파른 둑 꼭대기에 있었어요. 바위들과 덤불들이 집 위로 드리워져 있었어요. 피터와 벤저민은 조심스럽게 바위 위로 기어올라가 귀를 쫑긋하고 엿보았어요.

그 집은 동굴 같기도 하고 감옥 같기도 하고 쓰러질 듯한 더러운 돼지우리 같기도 했지요. 튼튼한 문이 하나 있었는데, 굳게 잠겨 있었어요.

저무는 태양이 창유리를 타오르는 빨간 불꽃처럼 붉게 물들였어요. 하지만 아궁이에서는 불이 타오르지 않았지요. 피터와 벤저민이 창문을 통해 안을 들여다보자 마른 나뭇가지들이 아궁이에 가지런히 놓여 있었어요.

벤저민은 안도의 한숨을 내쉬었어요.

그런데 부엌에 있는 탁자 위에 아주 몸서리치게 끔찍한 물건들이 놓여 있지 않겠어요. 파란색 버드나무 무늬가 있는 굉장히 큰 빈 파이 접시와 고기를 저미는 커다란 칼과 포크와 고기를 써는 칼이 말이죠.

탁자 맞은편으로는 반쯤 펼쳐진 식탁보와 접시와 물병, 나이프와 포크, 소금단지, 겨자, 그리고 의자가 보였어요. 다시 말하자면, 한 사람이 저녁식사를 할 수 있는 준비가 되어 있었던 거지요.

하지만 부엌에는 아무도 보이지 않았어요. 어린 토끼들도 보이지 않았죠. 부엌은 텅빈 채 고요했어요. 시계는 멈추어 있었어요. 피터와 벤저민은 창문에 코를 납작 들이대고 어스름한 부엌 안을 계속 들여다보았어요.

그러다가 바위를 돌아서 집 맞은편으로 부리나케 달려갔어요. 그곳은 축축하고 악취가 심했으며 가시나무와 들장미가 무성하게 자라 있었어요.

피터와 벤저민은 겁이 나 와들와들 떨었어요.

"오, 가엾은 내 아기들! 정말 끔찍한 곳이야. 다시는 내 아기들을 볼 수 없을 거야!"하고 벤저민이 한숨을 쉬었어요.

그들은 침실 창문으로 기어 올라갔어요. 창문은 부엌 창문처럼 빗장으로 굳게 잠겨 있었어요. 하지만 최근에 열었던 흔적이 보였지요. 거미줄이 치워지고 창턱에는 이제 막 생긴 더러운 발자국들이 남아 있었거든요.

방안은 아주 어두워서 처음에는 아무것도 분간할 수가 없었어요. 하지만 소리가 들렸어요. 느리고 깊게, 그리고 규칙적으로 그르렁거리는 코 고는 소리였죠. 눈이 차츰 어둠에 익숙해지자 누군가가 이불을 덮고 몸을 웅크린 채 토드 아저씨의 침대에서 잠들어 있는 모습이 보였어요. "그가 신발을 신은 채 잠들었어." 하고 피터가 속삭였어요.

안절부절못하던 벤저민이 피터를 창턱에서 끌어당겼어요.

토미 브록이 토드 아저씨의 침대에 누워 그르렁거리며 규칙적으로 코 고는 소리는 계속되었지요. 그런데 아기 토끼들은 어디에도 보이지 않았어요.

이제 해가 지고 저녁이 되었어요. 숲속에서 부엉이가 울어대기 시작했어요. 여기저기에 불쾌한 것들이 널려 있었어요. 땅 속에 묻혔으면 더 좋았을 것들이. 토끼 뼈와 해골들, 닭 다리와 그 밖에 다른 공포스러운 것들이 말이죠. 참으로 끔찍한 곳이었어요. 게다가 아주 어두웠지요.

피터와 벤저민은 다시 집 정문 쪽으로 가서 부엌 창문에 걸린 빗장을 열려고 애를 썼어요.

창틀 사이로 녹슨 못을 밀어넣어 밀쳐보기도 했지요. 하지만 아무 소용이 없었어요. 특히 어두워서 어떻게 해볼 도리가 없었어요.

피터와 벤저민은 창 밖에 나란히 앉아 속삭이며 쫑긋하고 귀를 기울였어요.

30분이 지나자 숲 위로 달이 떠올랐어요. 달은 바위 사이에 있는 집 위를, 그리고 부엌 창문에도 차갑고 환하고 밝게 비추어 주었어요. 하지만 아아, 아기 토끼들은 여전히 보이지 않지 뭐예요!

달빛이 고기 저미는 칼과 파이 접시 위에서 반짝거렸고 더러운 바닥을 가로질러 한 줄기의 길을 만들었어요.

그 때 부엌 벽난로 옆에 있는 벽에 난 작은 문이 달빛에 드러나 보였어요. 나무로 불을 지피던 옛날식 벽돌 오븐에 달린 작은 쇠문이었지요.

바로 그 순간 피터와 벤저민은 그들이 창문을 흔들 때마다 그에 답하여 그 작은 문이 흔들렸던 사실을 알아차렸어요. 맞아요, 어린 토끼들은 살아 있었던 거예요, 바로 그 오븐에 갇혀 있었던 것이지요!

벤저민은 흥분한 나머지 토미 브록을 깨울 뻔했어요. 다행히도 토미 브록은 토드 아저씨의 침대에 누워 계속해서 깊이 코를 골아댔어요.

하지만 아기 토끼들을 찾았다고 해서 마음을 놓을 수가 없었어요, 창문을 열 수가 없었으니까요. 아기 토끼들은 아직 살아 있긴 했지만 문을 열고 밖으로 나올 수가 없었어요. 아직 어려서 기어다니지도 못했거든요.

한참을 속삭이던 피터와 벤저민은 굴을 파기로 작정했어요. 그들은 둑에서 1~2미터 깊이로 굴을 파기 시작했어요. 집 아래에 있는 커다란 돌들 사이로 굴이 뚫리기를 바라면서요. 부엌 바닥은 너무 더러워서 흙으로 만들었는지 돌로 만들었는지조차 구분할 수가 없었거든요.

그들은 몇 시간을 파고 또 팠어요. 돌들 때문에 굴을 똑바로 뚫을 수가 없었어요. 하지만 날이 밝아올 무렵에는 부엌 바닥까지 파 들어갔어요.

벤저민은 반듯이 누워 위쪽으로 모래를 긁어 파 들어갔어요. 피터의 발톱은 다 닳아 없어져 버렸어요. 그래서 터널 밖에서 모래를 치우는 일을 했어요. 피터는 아침이 밝았다고, 그리고 해가 떴다고 소리쳐 말했어요. 그리고 아래쪽 숲속에서 어치 새(까마귀 종류의 새)들이 짹짹거린다고 말했죠.

벤저민은 어두운 굴에서 나와 귀에 묻은 모래를 털었어요. 그리고 발톱으로 얼굴을 씻었지요. 시간이 지남에 따라 언덕 꼭대기를 비추는 해는 더욱더 밝고 따뜻해졌어요. 계곡으로는 하얀 안개가 바다를 이루고, 그 사이로 황금빛으로 물든 나무 꼭대기들이 언뜻언뜻 보였어요.

또다시 안개에 쌓인 아래쪽 들판에서 화가 난 어치 새의 소리가 들려왔어요. 뒤이어 날카롭게 짖는 여우 소리가 들렸지요.

그러자 피터와 벤저민은 당황하여 정신을 잃은 나머지 말도 안 되는 어리석은 일을 저지르고 말았어요. 자신들이 이제 막 파놓은 굴 속으로 부리나케 달려가 가장 깊숙한

 곳으로 숨었지 뭐예요. 바로 토드 아저씨네 부엌 바닥 밑으로.

토드 아저씨는 불 뱅크스를 올라 오고 있었어요. 그는 잔뜩 화가 나 있었어요. 첫째, 접시가 깨진 것에 화가 났어요. 물론 자신의 잘못이긴 했지만 그건 중국 도자기로 만든 접시인데 다가 빅슨 토드 할머니가 물려준 식기 세트 중 마지막 남은 것이었거든요.

또 날벌레들이 아주 못살게 구는 바람에 화가 났어요. 그리고 둥지에 있는 암 꿩을 잡지 못하고 놓쳐 버린 것도 화가 났지요. 게다가 꿩알이 다섯 개밖에 없었 는데 그 중 두 개가 썩어 있었던 거예요. 토드 아저씨는 정말이지 불쾌한 밤을 보냈어요.

화가 나면 늘 그래왔듯이 이번에도 토드 아저씨는 이사를 하기로 작정했어요.

그래서 윗가지들을 쳐낸 버드나무 밑동으로 이
사했어요. 하지만 너무 눅눅했죠. 게다가 수달들
이 집 근처에 죽은 물고기를 물어다놨지 뭐예요.
토드 아저씨는 자신의 것이 아닌, 다른 이들의
물건이 주변에 있는 것을 좋아하지 않았어요.

　그는 언덕을 올라왔어요. 오소리가 지나간 뚜
렷한 발자국을 발견하자 화가 더욱더 누그러지지 않았어요. 그렇게 제멋대로 이
끼를 파헤쳐 놓을 사람은 토미 브록 외에는 아무도 없었어요.

　토드 아저씨는 지팡이로 땅을 쾅쾅 내리치며 썩썩거렸어요. 토미 브록이 어디
로 갔는지 짐작이 갔거든요. 더구나 끈질기게 그를 따라오는 어치 새 때문에 더
욱더 화가 났어요.

　어치 새는 이 나무 저 나무 날아다니
며 그곳 농장으로 고양이나 여우가 올라오
면 근처에 있는 토끼들에게 찍찍거리며 경
고를 해댔지요. 어치 새가 머리 위에서 괴
성을 지르며 날아다니자 토드 아저씨는 달
려들어 짖어댔지요.

　토드 아저씨는 녹이 슨 커다란 열쇠를
쥐고서 아주 조심스럽게 집으로 다가갔어요. 그리고는 코를 쿵쿵대며 수염을 곤
두세웠어요. 문은 잠겨 있었지만 집이 비어 있을 것 같지는 않았어요. 토드 아저
씨는 녹슨 열쇠를 자물쇠에 넣고 돌렸어요. 바로 아래에 있는 피터와 벤저민은
그 소리를 들을 수가 있었지요. 토드 아저
씨는 조심스럽게 문을 열고 안으로 들어갔
어요.

　토드 아저씨네 부엌에서 맨 먼저 토드 아
저씨 눈에 들어온 광경은 아저씨를 몹시 화
나게 했어요. 거기에는 토드 아저씨의 의자
와, 토드 아저씨의 파이 접시, 나이프와 포

크와 겨자 단지와 소금 단지, 그리고 찬장에 접어 넣어두었던 식탁보가 차려져
있지 않겠어요? 저녁이나 아침식사를 먹을 수 있도록 말이에요. 의심할 여지 없
이 이 모두가 저 역겨운 토미 브록을 위해서 차려진 것이었어요.

부엌에서는 신선한 흙냄새와 더러운 오소리 냄새가 났어요. 다행히 이러한 냄
새에 가려서 토끼 냄새는 나지 않았지요.

그런데 토드 아저씨의 관심을 끈 것은 시끄러운 소리였어요. 자신의 침대에서
나는 깊고 느리고 규칙적으로 그르렁거리는 코 고는 소리 말이에요.

토드 아저씨는 반쯤 열린 침실 문틈 사이로 안을 엿보았어요. 그리고는 부리
나케 뒤돌아서 집을 나왔지요. 그는 몹시 화가 나서 수염이 곤두서고 털이 쭈빗
쭈빗 섰어요.

토드 아저씨는 20분 동안을 조심스레 집 안으로 기어들어갔다가 부리나케 다
시 나오기를 반복했어요. 그리고 집안으로 들어갈 때마다 조금씩 침실 안으로
더 깊숙이 들어갔지요. 아저씨는 집 밖에 있을 때는 화가 나서 땅을 긁어 파다가
도 막상 집 안으로 들어가면 토미 브록의 이빨들이 흉측해서 어쩌지 못했어
요.

토미 브록은 입을 벌린 채 활짝 웃으면서 똑바로 누워 있었어요. 평화롭고 규

칙적으로 코를 골면서. 하지만 한쪽 눈은 반쯤 뜬 상태였지요.

　토드 아저씨는 침실로 들어갔다 나오기를 반복했어요. 두 번은 지팡이를 가지고 들어갔고, 한 번은 석탄통을 가지고 갔어요. 하지만 생각을 바꾸어 그것들을 치웠지요.

　토드 아저씨가 석탄통을 치우고 다시 집 안으로 들어가자 토미 브록은 옆으로 누워 있었어요. 하지만 더 깊은 잠에 빠져 있는 것 같았어요. 그는 어찌 해 볼 도리가 없을 정도로 게으른 사람이었어요. 그는 토드 아저씨를 조금도 두려워하지 않았어요. 그저 너무 게으르고 너무 편해서 움직일 생각을 안했지요.

　토드 아저씨는 빨랫줄을 가지고 다시 침실로 들어갔어요. 그는 잠시 서서 토미 브록을 바라보며 코 고는 소리를 유심히 들었지요. 정말이지 코 고는 소리는 아주 컸지만 아주 자연스러운 것 같았어요.

　토드 아저씨는 침대에서 돌아서서 창문 빗장을 열었어요. 삐걱거리는 소리가 났지요. 그러자 토드 아저씨는 놀라서 후다닥 뒤를 돌아보았어요. 한쪽 눈을 떴던 토미 브록은 급히 다시 감았어요. 코 고는 소리가 계속 되었지요.

　토드 아저씨의 행동은 괴상하고도 다소 부자연스러웠어요. 침대는 창문과 침실문 사이에 있었어요. 그는 창문을 살짝 열고 빨랫줄을 창턱으로 밀어넣었어요. 그리고 끝에 고리가 달린 나머지 짧은 부분은 손에 쥐고 있었지요.

　토미 브록은 진지하게 코를 골았어요. 토드 아저씨는 서서 잠시 그를 내려다보다가는 다시 방을 나갔어요.

　토미 브록은 두 눈을 뜨고 빨랫줄을 보고는 빙긋이 웃었어요. 창문 밖에서 요란한 소리가 들렸어요. 그러자 토미 브록은 얼른 두 눈을 감았지요.

　토드 아저씨는 앞문으로 나가 집 뒤쪽으로 돌아갔어요. 가는 도중에 토끼 굴에 걸려

넘어졌지요. 그 토끼굴 안에 누가 있는지 알았
다면 당장에 끌어냈을 거예요.

토드 아저씨의 발이 굴 속까지 파고드는 바
람에 피터 래빗과 벤저민의 머리에 닿을 뻔했
어요. 하지만 다행히도 토드 아저씨는 토끼굴
도 토미 브록이 파놓은 것이라고 생각했어요.

토드 아저씨는 창턱에 걸린 빨랫줄을 잡아당
긴 후 잠시 귀를 기울이다가 줄을 나무에 묶었어요.

토미 브록은 한 쪽 눈을 뜨고 창문을 통해 그 모습을 지켜보았어요. 그는 어리
둥절했지요.

토드 아저씨는 샘에서 커다란 물통에 한가득 물을 길러와 물통을 들고 휘청거
리며 부엌을 지나 침실로 들어갔어요.

토미 브록은 콧소리를 내면서 열심히 코를 골았어요.

토드 아저씨는 물통을 침대 옆에 내려놓고 고리가 달린 빨랫줄 끝을 잡더니 토미 브록을 바라보았어요. 코 고는 소리는 거의 발작적이었어요. 하지만 웃음은 그리 환하지는 않았어요.

토드 아저씨는 침대 머리맡에 있는 의자 위로 조심조심 올라갔어요. 그의 다리가 토미 브록의 이빨에 닿을 뻔했지요.

그는 손을 뻗어 고리가 달린 빨랫줄 끝을 캐노피[2] 위쪽으로 집어넣어 침대 머리맡 위쪽으로 늘어뜨렸어요. 그 캐노피에는 원래 커튼이 달려 있었어요.

(토드 아저씨는 집을 비우는 동안 커튼을 접어 다른 곳에 치워두었던 것이죠. 침대보도 치워 두었어요. 그래서 토미 브록은 이불만 덮고 있었지요.) 토드 아저씨는 불안정한 의자 위에 서서 토미 브록을 유심히 내려다 보았어요. 세상모르고 깊이 잠을 자는 사람들에게 주는 상이 있었다면 그는 1등상을 받았을 거예요!

그 어느 것도 그를 깨울 수 없을 것 같았어요. 침대 위로 출렁거리는 빨랫줄조차도 말이죠.

토드 아저씨는 의자에서 조심조심 내려와 이번에는 물통을 들어 올리려고 애썼어요. 물통을 고리에 묶어 토미 브록의 머리 위쪽에 매단 다음 창 밖에서 줄을 흔들어 물벼락을 내려 줄 생각이었지요.

하지만 (복수심이 강하고 엷은 갈색의 구렛나루 수염이 나긴 했지만) 타고날 때부터 다리가 가늘어서 무거운 물통을 매단 줄과 고리까지 들어 올릴 수가 없었어요. 그래서 균형을 잃고 쓰러질 뻔했지요.

코 고는 소리는 점점 더 발작적으로 변했어요. 토미 브록의 뒷다리 하나가 이불 속에서 경련을 일으켰어요. 하지만 그는 여전히 평화롭게 잠을 잤어요.

토드 아저씨는 물통을 들고 의자에서 무사히 내려왔어요. 아저씨는 한참을 생

---

2. 침대 위쪽에 설치한 지붕과 같은 덮개

각하더니 물을 세면기와 주전자에 담았어요. 이제 물을 비우자 물통은 그리 무겁지 않았어요. 토드 아저씨는 토미 브록의 머리 위쪽에 물통이 흔들리도록 매달았어요.

물론, 그것도 모르고 세상모른 채 잘 사람은 없었어요! 토드 아저씨는 의자 위를 오르락내리락했어요.

한 번에 물 한 통을 통째로 들어 올릴 수가 없었기 때문에 우유 주전자를 가져와서 물을 조금씩 물통에 떠다 부었어요. 물통은 점점 더 차올라 추처럼 흔들거렸어요.

가끔씩 물방울이 튀겼어요. 하지만 토미 브록은 여전히 규칙적으로 코를 골며 꼼짝도 하지 않았어요. 한쪽 눈만 제외하고는.

마침내 토드 아저씨는 준비를 끝냈어요. 물통에는 물이 가득 찼지요. 줄은 침대 머리 맡 위쪽에서 창턱을 지나 밖에 있는 나무로 팽팽히 당겨져 연결되었어요.

"내 침실이 엉망이 되겠지, 하지만 대청소를 하지 않고서는 도저히 저 침대에서 잘 수가 없어." 하고 토드 아저씨가 말했어요.

토드 아저씨는 오소리를 마지막으로 본 다음 살며시 방을 나갔어요. 그는 집을 나와 앞문을 닫았죠. 피터와 벤저민은 굴 위로 그가 지나가는 발자국 소리를 들었어요.

토드 아저씨는 집 뒤편으로 달려갔어요. 줄을 풀어 토미 브록 위로 물이 왈칵 쏟아지도록 할 작정이었죠.

"불쾌한 선물로 깨워 줘야지." 하고 토드 아저씨는 말했어요.

한편 토미 브록은 그가 나가자마자 자리에서 벌떡 일어났어요.

그는 토드 아저씨의 옷을 돌돌 말아서 물통 아래쪽 침대 속에 집어넣었어요. 바로 자기가 누워 있었던 자리에. 그리고는 방을 나왔어요. 활짝 웃으면서.

토미 브록은 부엌으로 가서 불을 지피고 주전자에 물을 끓였어요. 당장은 아기 토끼들을 요리할 생각이 없었어요.

한편 나무에 도착한 토드 아저씨는 무게와 압력 때문에 줄이 너무 팽팽하게 당겨져서 매듭을 풀 수가 없다는 걸 알게 되었어요. 그래서 이빨로 물어뜯을 수밖에 없었지요. 그는 20분이 넘도록 물어뜯고 갉았어요. 마침내 줄이 획 하고 떨어지는 바람에 그의 이빨이 빠지고 뒤로 나자빠질

뻔했어요.

집 안에서 쿵, 철썩! 하는 커다란 소리가 나고 물통이 요란하게 구르는 소리가 났어요.

하지만 비명소리는 들리지 않았어요. 토드 아저씨는 어리둥절했어요. 그는 조용히 앉아서 주의 깊게 귀를 기울였어요. 그러다가 창문을 통해 안을 살짝 들여다보았어요. 물이 침대에서 뚝뚝 떨어지고 있었고 물통은 구석으로 굴러가 있었지요.

이불이 덮인 침대 가운데에는 납작하게 젖은 무언가가 있었어요.

물통이 들이받은 가운데 부분(토미의 배 부분이라 생각한)이 움푹 들어가 있었어요. 머리는 젖은 이불로 덮여 있었는데 *이제는 더 이상 코를 골지 않았어요.*

동요하는 흔적도 없었고 아무런 소리도 들리지 않았어요. 뚝, 뚝, 똑, 똑 하고 매트리스에서 물이 떨어지는 소리뿐.

토드 아저씨는 30분 동안을 지켜보았어요. 그의 눈이 반짝였지요.

이번에는 풀쩍풀쩍 뛰다가 대담하게도 창문을 두드려보기까지 했어요. 하지만 침대 위에 있는 물체는 꿈쩍도 하지 않았어요.

맞아요, 틀림없어요, 그가 계획했던 것보다 훨씬 더 잘된 것이에요. 물통이 비열한 늙은 토미 브록을 쳐서 죽이고 만 거예요!

"저 역겨운 놈을 자신이 판 구덩이에 묻어 줘야겠군. 그리고 내 침구를 꺼내 햇볕에 말려야겠어." 하고 토드 아저씨가 말했어요.

"식탁보를 빨아서 풀밭 위에 펼쳐놓고 새하얗게 말려야겠어. 그리고 이불은 널어서 바람에 말리고, 침대는 철저히 소독해서 다림질을 한 후 뜨거운 물주머니[3]로 데워야지."

"부드러운 비누와 원숭이 상표 비누[4] 등 온갖 비누를 준비하고 세탁용 소다와 세탁용 브러시, 살충제, 냄새를 제거할 석탄산을 가져와야겠어. 소독액이 필요해. 유황을 태워 그 연기로 소독해야 할지도 모르겠어."

토드 아저씨는 삽을 가지러 집을 빙 돌아서 급히 부엌으로 갔어요. "먼저 구덩이를 메우고, 그 다음에는 이불을 덮어쓰고 있는 그 놈을 끌어내야겠어…"

그는 부엌문을 열었어요…

그런데 토미 브록이 토드 아저씨의 찻주전자에서 토드 아저씨의 찻잔에 차를 따르면서 토드 아저씨의 부엌 식탁에 앉아 있지 않겠어요. 그는 젖은 흔적이 전혀 없이 말짱한 상태로 빙그레 웃고 있었어요. 그러다가 토드 아저씨가 나타나자 뜨거운 차가 든 찻잔을 토드 아저씨한테 던졌어요.

---

3. 겨울에 침대 안을 따뜻하게 하는데 사용하는 고무로 만든 주머니
4. 1900년대 초 벤저민 브룩(Benjamin Brooke) 회사의 원숭이 상표 비누는 옷을 제외한 거의 모든 것을 깨끗이 씻을 수 있는 다용도 비누였다. 일종의 강철 솜 수세미와 같은 기능을 가진 비누

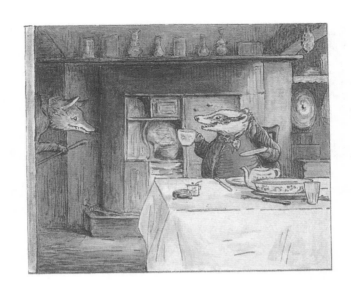

토드 아저씨는 토미 브록에게 덤볐지요. 깨진 그릇 조각들이 흩어진 가운데 토미 브록은 토드 아저씨와 한판 붙었어요. 둘은 온 부엌을 난장판으로 만들며 격투를 벌였어요.

부엌 아래쪽에 있는 피터와 벤저민에게는 그릇이나 가구가 떨어져 부서질 때마다 부엌 바닥이 내려앉는 것만 같았지요.

피터와 벤저민은 굴에서 기어 나와 바위와 덤불들 사이에 매달려 불안한 표정으로 귀를 기울였어요.

집 안에 울려 퍼지는 요란한 소리는 끔찍했어요. 오븐 속에 갇혀 있던 아기 토끼들은 귀를 쫑긋하고 벌벌 떨고 있었어요. 차라리 오븐 속에 갇혀 있는 것이 다행인지도 몰랐어요. 식탁을 제외한 모든 것이 엉망이 되었어요.

벽난로 위 선반과 벽난로 앞의 난로망을

제외하고는 부서지지 않은 것이 없었어요. 그릇들은 산산조각으로 박살이 났어
요.

의자들은 부서지고, 창문도 부서지고, 시계는 요란한 소리를 내며 떨어져 버
렸고, 토드 아저씨의 갈색 수염은 한 웅큼 뽑혀서 나뒹굴었어요.

벽난로 선반에서 꽃병들이 떨어져 깨지고, 차를 넣은 유리병들이 선반에서 굴
러 떨어지고, 불판에 올려 놓았던 뜨거운 주전자
가 아래로 굴렀어요. 토미 브록은 라즈베리 잼통
속에 발을 집어넣었어요. 주전자 속의 끓는 물이
토드 아저씨의 꼬리로 왈칵 쏟아졌지요.

주전자가 굴러 떨어질 때 여전히 빙그레 웃고
있던 토미 브록은 마침 가장 위쪽에 있었어요.
그는 통나무가 굴러가듯 토드 아저씨 위로 떼구

르르 굴러서 문을 빠져나갔지요.

밖으로 나온 그들은 으르렁거리며 물고 당기기를 계속했어요. 그들은 제방 위를 굴러서 바위에 부딪히면서 언덕 아래로 굴렀어요.

토미 브록과 토드 아저씨는 영원히 서로를 싫어하고 미워하겠죠.

붙잡힐 위험이 사라지자 피터 래빗과 벤저민 버니는 즉시 덤불숲에서 나왔어요.

"지금이 기회야! 뛰어 벤저민! 얼른 뛰어가서 아기들을 구해와. 내가 문 밖에서 망을 볼게."

하지만 벤저민은 무서웠어요.

"오, 오! 그들이 돌아올 텐데!"

"아냐, 그렇지 않아."

"아냐, 그래!"

"말도 안 되는 소리! 아마 돌밭으로 굴러 떨어졌을걸."

그래도 벤저민은 주저했어요. 피터는 그를 계속 떠밀며 말했죠. "서둘러, 안전해. 돌아올 땐 오븐 문을 꼭 닫아, 벤저민. 그래야 그가 눈치 채지 못할 테니까."

이렇게 해서 토드 아저씨네 부엌에서는 바쁘게 구조 활동이 벌어졌어요!

한편 토끼굴 집은 불안과 걱정으로 가득했어요.

저녁 식탁에서 말다툼을 벌인 플롭시와 바운서 할아버지는 밤새 한숨도 못 잤어요. 그리고 아침이 되자 식탁에서 또 티격태격했어요. 바운서 할아버지는 토끼굴로 손님을 초대했던 사실을 더 이상 부인할 수 없었어요. 하지만 플롭시가 질문과 책망을 하자 그에 대해서는 대꾸를 하지 않았어요. 무겁고 침울한 분위기 속에서 하루가 지나갔어요.

바운서 할아버지는 매우 시무룩한 표정으로

구석에서 의자로 방어벽을 친 채 웅크리고 있
었어요. 플롭시가 그의 담배 파이프와 담배를
숨겨 버렸거든요.

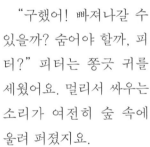

플롭시는 불안감을 진정시키기 위해 집 안
을 완전히 헤집어 놓고 대청소를 하던 중이었
는데 이제 막 청소를 끝낸 참이었어요.

의자 뒤에 웅크리고 있던 바운서 할아버지
는 플롭시가 다음에는 무슨 일을 할지 몹시 불안했어요.

한편 토드 아저씨네 부엌에서는 벤저민 버니가 부서진 가구들과 식기 조각들
사이를 헤치고 조마조마한 마음으로 오븐에 다가갔어요. 구름처럼 두텁게 인 먼
지를 뒤집어쓰면서. 그는 오븐 문을 열고 안을 더듬거렸어요. 따뜻하고 꼼지락
거리는 무언가가 손에 잡혔어요. 그는 조심스럽게 그것을 들어올려 밖으로 꺼내
서 피터 래빗에게 갔어요.

"구했어! 빠져나갈 수
있을까? 숨어야 할까, 피
터?" 피터는 쫑긋 귀를
세웠어요. 멀리서 싸우는
소리가 여전히 숲 속에
울려 퍼졌지요.

그로부터 5분 후에 피
터와 벤저민은 숨을 헐떡
이며 불 뱅크스를 허둥
지둥 내려왔어요. 둘이서
자루를 풀밭 위로 털털털
끌다시피 하면서.

그들은 안전하게 집에
도착하여 토끼굴로 뛰어
들었어요. 피터와 벤저민

이 아기 토끼들을 데리고 의기양양하게 도착하자 바운서 할아버지는 크게 안도했고, 플롭시는 몹시 기뻐했어요.

아기 토끼들은 지치고 몹시 배가 고팠어요. 아기 토끼들은 밥을 먹고 잠자리에 들었지요. 하지만 곧 기운을 회복했답니다.

바운서 할아버지에게는 길다란 새 담배 파이프와 막 가져온 토끼 담배를 주었지요. 바운서 할아버지는 근엄한 태도를 보였지만 거절하지는 않았죠. 바운서 할아버지는 용서를 받고 모두 함께 둘러앉아 저녁식사를 했어요. 그러고 나서 피터와 벤저민은 그들이 겪은 이야기를 했어요. 하지만 성급하게도 토미 브록과 토드 아저씨의 싸움이 어떻게 끝났는지부터 얘기를 했지요.

끝.

19. 피글링 블랜드 이야기

The Tale of Pigling Bland

1913

이 이야기에 관하여

1913년은 베아트릭스 포터에게 상당히 바쁜 한 해였다. 그녀는 아픈 와중에도 다가오는 '윌리엄 힐리스(William Heelis)'와의 결혼 준비를 해야 했고, 새 집인 캐슬 코티지로 이사 가는 일을 해야 했다. 같은 해 그녀는 『피글링 블랜드 이야기』를 간신히 끝내 출판하게 되었는데, 한 친구에게 이렇게 쓰고 있다. "너무 서둘러서 허겁지겁 끝내 버린 게 아닌가 싶어."라고.

『피글링 블랜드 이야기』에는 소울 메이트를 만나 인생이 바뀌는 돼지의 모험이 담겨 있는데, 비평가들은 이 이야기에 결혼을 통해 완전히 새로운 삶을 살기 시작한 베아트릭스 자신의 상황이 녹아 있는 것으로 보고 있다.

작품 속에 등장하는 피그위그 캐릭터 또한 실재하던 동물로서, '타운리'라는 농부에게 받아 베아트릭스가 애완용으로 기르던 검은 돼지였다.

옛날 페티토스('돼지 족발'을 의미) 아줌마라고 불리는 나이 많은 돼지가 살고 있었답니다. 아줌마에게는 크로스 패치('잘 삐지는 아이'를 의미), 서크 서크('빨아먹음'을 의미), 요크 요크('역겨움'을 의미), 그리고 스폿('얼룩'을 의미)이라는 네 명의 딸과 알렉산더, 피글링 블랜드('특징 없는 아기 돼지'를 의미), 친친('함부로 지껄임'을 의미), 그리고 스텀피('뭉툭함'을 의미)라는 네 명의

아들, 이렇게 여덟 명의 아이들이 있었어요. 스텀피는 사고를 당해 꼬리가 뭉툭했지요.

여덟 명의 아이들은 식욕이 아주 대단했어요. "네, 네, 그래요! 아이들은 먹고 또 **먹어대죠!**" 하고 페티토스 아줌마는 뿌듯하게 아이들을 바라보며 말했어요.

갑자기 꽤액 하고 겁에 질린 소리가 들렸어요. 알렉산더가 돼지 먹이통으로 비집고 들어갔다가 꼼짝달싹 할 수 없이 끼어버린 거예요.

페티토스 아줌마와 나는 알렉산더의 뒷다리를 잡고 끌어당겨 구해냈답니다.

친친은 벌써 총애를 잃고 있네요. 세탁하는 날 비누를 먹어치웠지 뭐예요. 이번엔 눈을 돌리자 깨끗하게 세탁을

한 옷 바구니 속에 또 다른 더러운 아기 돼지가 보이네요. "쯧, 쯧, 쯧! 이건 또 누구야?"하고 페티토스 아줌마는 혀를 차며 꿀꿀거렸어요.

이 돼지 가족은 모두 핑크색이 거나 핑크색에 검은 점이 있었어요. 하지만 이 아기 돼지는 온몸이 지저분한 검은색이었지요. 그래서 목욕통 속에 넣어 놓으면 금방 요크 요크라는 걸 알아볼 수 있었어요.

난 정원으로 갔어요. 그런데 거기에서 크로스 패치와 서크 서크가 당근을 파헤치고 있네요. 난 그 아이들을 찰싹 때리고는 귀를 잡고 끌어냈어요. 크로스 패치는 날 물려고 했어요.

"페티토스 아줌마, 페티토스 아줌마! 당신은 정말 훌륭한 사람이지만 당신 아이들은 예의범절이 없이 자란 거 같네요. 스폿과 피글링 블랜드 외에는 하나 같이 짓궂다니까요."

"네, 네!"하고 페티토스 아줌마가 한숨을 내쉬었어요. "게다가 우유를 양동이째 엄청 마신다니까요. 소를 또 구해야겠어요! 착한 스폿은 집안일을 하도록 집에 두고, 다른 아이들은 다른 데로 보내야겠어요. 사내아이 넷과 여자아이 넷이 한 집에 살기에는 너무 많아요. 네, 네, 네."하고 페티토스 아줌마가 말했어요. "아이들을 다른 데로 보내면 먹을 것이 좀 더 남겠지요."

그래서 친친과 서크 서크는 외바퀴 손수레를 타고 떠났고, 스텀피, 요크 요크, 크로스 패치는 마차를 타고 떠났어요.

그리고 다른 두 사내아이들인 피글링 블랜드와 알렉산더는 시장으로 갔어요.

우리는 아이들의 털을 빗어주고, 꼬리를 꼬아주고, 작은 얼굴을 씻긴 후 마당에서 작별인사를 했답니다.

페티토스 아줌마는 커다란 손수건으로 눈물을 훔치고는, 피글링 블랜드의 코를 닦아주며 눈물을 흘렸고, 알렉산더의 코를 닦아주며 눈물을 흘렸죠. 그리고는 그 손수건을 스폿에게 건넸어요. 페티토스 아줌마는 한숨을 내쉬고 꿀꿀거리면서 아이들에게 이렇게 말했어요.

"피글링 블랜드, 내 아들 피글링 블랜드, 넌 시장으로 가야 한단다. 동생 알렉산더 손을 꼭 잡고 가렴. 외출복을 더럽히지 않도록 하고 코를 잘 풀어라."— (페티토스 아줌마는 손수건으로 눈물을 닦고 다시 건네 주었어요) —"덫을 조심하고 닭장과 베이컨과 달걀을 조심하렴. 항상 뒷다리로 걷도록 하고."

조용하고 차분한 아기 돼지 피글링 블랜드는 진지한 얼굴로 엄마를 바라보았어요. 뺨 위로 눈물이 흘러내렸지요.

페티토스 아줌마는 이번에는 다
른 아이를 돌아보았어요. "자, 내
아들 알렉산더, 손을 잡으렴."–"꿀,
꿀, 꿀!"하고 알렉산더가 키득거렸
어요. –"피글링 블랜드 형의 손을
꼭 잡으렴. 이제 시장에 가야 하니
까. 명심해.""꿀, 꿀, 꿀!"하고 알

렉산더가 또 끼어들었어요. "계속 그러면 화낸다." 하고 페티토스 아줌마가 말
했어요. "표지판과 이정표를 잘 봐. 청어 뼈다귀를 먹어대지 말고.""그리고 기
억하렴." 하고 나는 근엄하게 말했어요. "일단 다른 지방으로 가게 되면 돌아올

수 없단다. 알렉산더, 듣지 않고 있
구나. 자, 너희 둘이 랭커셔 지방
에 있는 시장으로 갈 수 있는 허가
증 두 장이야. 잘 들어, 알렉산더.
경찰에게 이 허가증들을 얻기 위해
얼마나 애썼는지 몰라." 피글링 블
랜드는 진지한 표정으로 들었어요.
하지만 알렉산더는 산만하기가 그
지없었어요.

나는 안전하게 허가증을 그들의 조끼 주머니에 핀으로 꽂아 주었어요. 페티토
스 아줌마는 아이들에게 작은 보따리 하나씩을 주었어요. 그리고 어떻게 처신해
야 하는지를 일러주면서 구불구불
한 종이에 싼 입가심용 박하사탕 여
덟 개를 주었어요. 그러고 나서 그
들은 출발했어요.

피글링 블랜드와 알렉산더는 빠
른 걸음으로 1~2킬로미터를 계속

걸어갔어요. 적어도 피글링 블랜드는 그랬
죠. 알렉산더는 절반은 좌우로 깡충깡충 뛰
면서 걸어갔어요. 그는 덩실덩실 춤을 추며
형을 꼬집으면서 노래를 불렀어요.

"이 돼지는 시장으로 가고, 이 돼지는 집에 있고,
이 돼지는 고기 한 점을 먹었죠 ―"

"우리한테 식사로 뭘 싸줬는지 볼까, 피글링 형?"

피글링 블랜드와 알렉산더는 앉아서 각자 보따리를 풀었어요. 알렉산더는 눈
깜짝할 사이에 게걸스럽게 식사를 먹어 치웠지요. 박하사탕은 이미 먹어 치운
상태였어요. "형 것 하나만 줘, 응?" "하지만 아주 필요할 때를 대비해 아껴두고
싶은걸." 하고 피글링 블랜드는 망설이며 말했죠. 알렉산더는 꾸억꾸억 소리를

내며 웃음을 터뜨렸어요. 그리고는 돼지 허가증을 꽂아두었던 핀을 뽑아 피글링을 찔러댔어요. 피글링이 그를 때리자 핀을 떨어뜨리고는 이번에는 피글링의 핀을 가져가려 했어요. 그 바람에 허가증들이 뒤섞여 버렸어요. 피글링 블랜드는 알렉산더를 나무랐어요.

하지만 그들은 이내 화해를 하고는 함께 노래를 부르면서 걸음을 재촉했어요.

"톰, 톰, 백파이프 연주자 아들, 돼지를 훔쳐 달아났다네!
하지만 그가 연주할 줄 아는 곡은 '언덕 너머 저 멀리'뿐이라네!"

"그게 무슨 말이지, 어린 신사들? 돼지를 훔쳐? 허가증은 가지고 있나?" 하고 경찰이 말했어요. 피글링과 알렉산더는 모퉁이를 돌다가 경찰과 부딪칠 뻔했던 거죠. 피글링 블랜드는 허가증을 꺼냈어요. 알렉산더는 잠시 더듬거리더니 구깃구깃한 무언가를 건네 주었어요.

"박하사탕에 돈 3파딩. 이게 뭐지? 허가증이 아니잖아?" 알렉산더가 풀이 죽어 말했어요. "허가증이 있었어요. 정말이에요, 경찰관 아저씨!"

"허가증이 없으면 이 지역을 떠나지 못하게 되어 있어. 마침 농장을 지나가는 중인데, 내가 데려다 주지." "나도 같이 가도 될까요?" 하고 피글링 블랜드가 물었어요. "그럴 필요 없어, 네 허가증은 문제없으니까." 피글링 블랜드는 알렉산더를 두고 혼자 가고 싶지 않았어요. 게다가 비까지 내리기 시작했거든요.

하지만 경찰과 승강이를 벌이는 것은 현명하지 못한 일이지요. 그래서 피글링은 동생에게 박하사탕을 주고 동생이 멀리 사라져가는 모습을 지켜봤어요.

알렉산더의 모험에 대해 마저 얘기하죠. 경찰은 오후 늦은 시각에 느긋하게 집으로 향했어요. 그 뒤를 축축하게 젖은 아기 돼지가

숨죽이며 따라갔어요. 나는 알렉산더를 이웃에게 주었지요. 알렉산더는 일단 그곳 생활이 익숙해지자 아주 잘 지냈어요.

피글링 블랜드는 풀이 죽은 채 맥없이 혼자서 길을 갔어요. 그는 여러 개의 길을 지나고 이정표를 지났어요. "시장이 서는 마을까지 8킬로미터." "언덕 너머 6킬로미터." "페티토스 농장까지 5킬로미터."

피글링 블랜드는 깜짝 놀랐어요. 시장이 열리는 마켓 타운에서 잠잘 여유가 없지 뭐예요. 내일이 바로 돼지를 고용하는 시장이 열리는 날이었거든요. 알렉산더의 경솔한 행동 때문에 얼마나 많은 시간을 허비해 버렸는지를 생각하자 한숨이 나왔어요.

피글링 블랜드는 생각에 잠겨 언덕을 향해 뻗어 있는 길을 바라보았어요. 그리고는 쏟아지는 비를 피해 재킷 단추를 채우면서 조용히 다른 길로 돌아섰어요.

그는 절대로 가고 싶지 않았어요. 사람들이 북적대는 시장 한가운데에서 온갖 시선을 받으며 떠밀리면서 혼자 서 있다가 거구의 낯선 농부에게 고용되는 장면은 생각만 해도 정말이지 불쾌했어요.

"작은 정원이 있어서 감자를 재배할 수 있으면 좋을 텐데." 하고 피글링 블랜드는 중얼거렸어요.

그는 차가운 손을 포켓에 찔러 넣고 허가증을 만지작거렸어요. 그리고 다른 손을 반대쪽 주머니에 찔러 넣자 종이가 만져졌어요. "알렉산더 것이야!" 피글링이 소리를 질렀어요. 그리고는 되돌아서서 미친 듯이 뛰기 시작했어요. 알렉산더와 경찰을 따라잡을 수 있기를 바라면서.

그런데 길을 잘못 들어섰지 뭐예요. 그것도 몇 번이나 말예요. 그래서 길을 잃고 말았죠. 날이 어두워지고 바람이 불고 나무들은 삐걱거리며 신음소리를 냈어요.

피글링 블랜드는 무서워서 소리를 질렀어요. "꿀, 꿀, 꿀! 집으로 돌아가는 길을 못 찾겠어!"

피글링은 한 시간을 헤맨 끝에 숲을 벗어났어요. 구름 사이로 달빛이 빛을 뿌렸어요. 그 때 지금껏 보지 못했던 낯선 시골 풍경이 피글링 블랜드의 눈에 들어왔어요.

　길은 황무지를 가로질러 뻗어 있었어요. 그리고 아래쪽으로는 넓은 계곡이 펼쳐져 있었는데, 계곡으로는 강물이 달빛을 받아 반짝이는 빛을 내며 흐르고 있었고, 그 너머 안개 자욱한 먼 곳으로는 언덕들이 우뚝우뚝 솟아 있었어요.

　그는 나무로 지은 작은 오두막을 발견하고는 그곳으로 다가가 안으로 살금살금 들어가 보았어요. "닭장이면 어떡하지? 하지만 어쩌겠어?" 하고 피글링 블랜드는 중얼거렸어요. 그는 흠뻑 젖은 데다 온몸이 차갑게 굳어 있었으며 지칠 대로 지쳐 있었어요.

　"베이컨과 계란, 베이컨과 계란!" 하고 횃대 위에 앉아 있던 암탉이 꼬꼬댁거렸어요.

　"에잇, 에잇, 에잇! *꼬꼬댁 꼬꼬, 꼬꼬댁 꼬꼬,*" 하고 방해를 받은 어린 수탉이 꾸짖었어요. "시장으로, 시장으로! 흔들흔들, 한들한들!" 하고 그의 옆에 앉아 있던, 알을 품고 싶어하는 흰 암탉이 꼬꼬댁 말했어요. 피글링 블랜드는 매우

불안에 떨며 날이 밝으면 떠나야겠다고 단단히 마음먹었어요. 피글링과 암탉들은 일단은 잠이 들었죠.

그런데 한 시간도 채 못 되어 그들은 모두 잠에서 깨어났어요. 주인인 토머스 파이퍼슨 씨가 손전등과 바구니를 가지고 왔기 때문이에요. 아침에 시장으로 데려갈 닭 여섯 마리를 잡으러 말이죠.

그는 수탉 옆에 햇대를 틀고 앉아 있는 흰 암탉을 잡았어요. 그러고 나서 그의 눈길이 구석에 바짝 붙어 있는 피글링 블랜드에게 가 멎었어요. 그는 "안녕, 여

기 또 하나가 있군!" 하고 이상한 말을 했어요. 그리고는 피글링의 목덜미를 잡
아 올려 바구니 속에 넣었지요. 그 뒤로도 발로 차며 꼬꼬댁 소리 지르는 더러운
암탉 다섯 마리를 더 잡아서 피글링 블랜드의 머리 위로 던져 넣었어요.

　닭 여섯 마리와 아기 돼지 한 마리가 든 바구니는 결코 가볍지가 않았어요. 바
구니는 덜커덩거리며 불안정하게 언덕 아래로 끌려 내려갔어요. 피글링은 온몸
이 부서질 정도로 긁혔지만 용케도 허가증과 박하사탕을 옷 안쪽에 숨겼어요.

　마침내 바구니가 부엌바닥에 쿵 하
고 놓인 후 뚜껑이 열렸고 피글링은
밖으로 꺼내졌어요. 피글링은 눈을
깜빡이며 고개를 들고 위를 보았어
요. 불쾌할 정도로 못생긴 나이 많은
남자가 히죽이 웃고 있었어요.

　"이 녀석은 제 발로 굴러 들어왔
군, 어찌됐든." 하고 파이퍼슨 씨가
피글링의 호주머니들을 뒤집으며 말했어요. 그는 바구니를 구석으로 밀어놓고
그 위로 자루를 던져 암탉들을 잠잠하게 만들고는 불 위에 냄비를 올려놓고 신
발 끈을 풀렸어요.

　피글링 블랜드는 키가 낮은 의자를 앞으로 당겨놓고 의자 끄트머리에 앉아서
수줍게 손을 녹였어요. 파이퍼슨 씨는 신발 한 짝을 벗어 부엌 끝 아래쪽 벽에
던졌어요. 그러자 질식할 듯한 소리가 들렸지요. "조용히 해!" 하고 파이퍼슨 씨
가 말했어요.

피글링 블랜드는 손을 녹이며 그
를 쳐다보았어요.

　파이퍼슨 씨가 다른 쪽 신발을 벗
어 이번에도 벽에 던졌어요. 그러자
또 기묘한 소리가 났지요. "조용히
하지 못해?" 하고 파이퍼슨 씨가 소
리쳤어요. 피글링 블랜드는 의자 맨

끄트머리에 앉았어요.

파이퍼슨 씨가 찬장에서 곡물을 꺼내 죽을 끓였어요. 피글링이 보기에는 부엌 끝에 있는 그 무언가가 질식할 듯한 소리로 그 요리에 관심을 보이는 것 같았어요. 하지만 파이퍼슨 씨는 너무 배가 고파서 그 소리에 신경을 쓰지 않았죠.

파이퍼슨 씨는 죽을 세 접시에 나누어 담았어요. 자신이 먹을 것과 피글링을 위한 것과 그리고 — 피글링을 쏘아 본 후 — 실랑이를 하다가 가둬버린 세 번째 존재를 위해서.

피글링 블랜드는 조심스럽게 죽을 먹었어요.

식사를 마친 후 파이퍼슨 씨는 달력을 보더니 피글링의 옆구리를 만져봤어요.

하지만 베이컨을 절이기에는 이미 늦은 계절이었죠. 그는 식사를 대접한 걸 아까워했어요. 게다가 암탉들이 이미 피글링을 봐버렸기 때문에 어찌 할 수가 없었어요.

그는 얼마 안 남은 돼지 옆구리 살 베이컨을 보더니, 결단이 서지 않는 듯이 피글링을 바라보았어요. "양탄자 위에서 자도 좋아." 하고 피터 토머스 파이퍼슨 씨가 말했어요.

피글링 블랜드는 단잠을 잤어요. 아침 식사로 파이퍼슨 씨는 또 죽을 끓여 주었어요. 날씨가 점점 더 따뜻해지고 있었죠. 파이퍼슨 씨는 찬장에 곡물이 얼마나 남아 있는지를 살피더니 불만족스러운 표정이었어요. "떠날 건가?" 하고 그가 피글링 블랜드에게 물었어요.

피글링이 미처 대답하기도 전에 이웃 사람이 대문에서 휘파람을 불었어요. 파이퍼슨 씨와 암탉들을 태워다 주려는 것이었죠. 파이퍼슨 씨는 바구니를 가지고

급히 나가면서 피글링에게 문을 닫고 아무것도 건드리지 말라고 명했어요. 그러지 않으면 "돌아와서 껍질을 벗겨 버리겠다!"고 말했어요.

피글링은 자신도 태워 달라고 청하면 제시간에 시장에 도착할 수 있을 거라는 생각이 스쳤어요.

하지만 파이퍼슨 씨를 믿을 수가 없었지요.

한가하게 아침식사를 마친 후 피글링은 오두막을 둘러보았는데 모든 것이 잠겨 있었어요. 부엌 뒤편에 있는 양동이에는 감자 껍질이 들어 있었어요. 피글링

은 감자 껍질을 먹고 양동이에 물을 담아 죽그릇을 씻었어요. 설거지를 하면서
이런 노래를 불렀죠.

"피리쟁이 톰이 그렇게 소란을 피웠죠,
여자 아이들과 남자 아이들을 모두 소리쳐 불렀어요.
아이들은 그의 피리 소리를 들으려고 모두 달려 나갔어요.
언덕 너머 저 멀리 멀리!"

갑자기 질식할 듯한 작은 목소리가 맞장구를 쳤어요.

"언덕 너머 저 멀리.
바람이 내 상투를 날려 버리겠지."

피글링 블랜드는 닦던 접시를 내려놓고 귀를 기울였어요.

설거지를 멈추고 한참 동안 조용
히 있던 피글링은 발끝으로 살금살
금 걸어가 문 너머로 부엌 앞켠을
들여다보았어요. 거기엔 아무도 없
었죠.

또 한참을 숨죽이고 있다가 피글
링은 잠겨 있는 찬장으로 다가가 열
쇠구멍에 코를 대고 냄새를 맡았어
요. 아주 조용했죠.

이번에는 더 오랫동안을 숨죽이고 있다가 문 밑으로 박하사탕을 밀어 넣었어
요. 그러자 사탕이 잽싸게 안으로 빨려 들어갔어요.

그날 하루 새에 피글링은 가지고 있던 나머지 박하사탕 6개를 모두 밀어넣었
어요.

집에 돌아온 파이퍼슨 씨는 피글
링이 벽난로 앞에 앉아 있는 것을
보았어요. 그는 난로를 솔로 청소한
후 냄비를 올려놓고 물을 끓였어요.
피글링이 하루 내내 굶었거든요.

파이퍼슨 씨는 아주 상냥했어
요. 피글링의 등을 철썩 때리고는
죽을 많이 끓여 주었어요. 그리고는

곡물이 든 찬장을 잠그는 걸 잊어버렸어요. 아니, 찬장 문을 잠그긴 했어요. 그
런데 제대로 닫지 않고 잠겄지 뭐예요. 파이퍼슨 씨는 일찍 잠자리에 들면서 피
글링에게 어떤 일이 있어도 다음날 12시 전에는 깨우지 말라고 했어요.

피글링 블랜드는 난로 옆에 앉아 저녁을 먹었어요.

그 때 갑자기 그의 팔꿈치 옆에서 작은 목소리가 말했어요. "내 이름은 피그
위그야. 죽 좀 더 끓여, 응!"피글링 블랜드는 화들짝 놀라서 주위를 둘러보았
어요.

아주아주 사랑스러운 버크셔 출신의 작고 검은 돼지가 그의 옆에 미소를 지으며 서 있었어요. 반짝이는 작은 눈은 둥그렇게 불뚝 튀어나와 있었고 이중턱에 들창코를 가지고 있었어요. 그 돼지는 피글링의 접시를 가리켰어요. 그러자 피글링은 얼른 접시를 내밀고는 곡물이 보관된 찬장으로 달려갔어요.

"어떻게 해서 여기에 왔지?" 하고 피글링 블랜드가 물었어요.

"도둑질 당한거야." 하고 피그위그가 입안 가득 죽을 넣고 말했어요. 피글링은 아무런 양심의 가책도 없이 곡물을 훔쳤어요. "왜?" "베이컨, 햄으로 쓰려고." 하고 피그위그가 쾌활하게 대답했어요. "대체 도망가지 않고 뭐해?" 공포에 질린 피글링이 소리쳤어요.

"저녁 먹고 그러려고 해." 하고 피그위그가 단호하게 말했어요.

피글링 블랜드는 죽을 더 끓이고는

수줍게 피그위그를 지켜보았어요.

피그위그는 두 접시를 비우고는 일어서서 출발하려는 듯 주위를 둘러보았어요.

"어두워서 갈 수 없어." 하고 피글링 블랜드가 말했어요.

피그위그는 걱정스러운 표정을 지어 보였어요.

"환하면 길을 찾을 수 있어?" 피글링이 또 말했어요.

"내가 아는 건, 강 건너 언덕에서 보면 이 작은 흰 집이 바라다 보인다는 것이야. 넌 어디로 가니?"

"시장으로. 돼지 허가증이 두 장 있어. 널 다리까지 데려다 줄 수 있어, 네가 괜찮다면." 하고 낮은 의자 끄트머리에 앉아 있던 피글링이 당혹해하며 말했어요. 피그위그가 고마움을 표시하는 방식은 그런 식이어서 이것저것 정신없이 질문들을 퍼부어 대는 바람에 피글링 블랜드는 당혹스러웠지요.

피글링은 눈을 감고 자는 척 할 수밖에 없었어요. 그러자 피그위그도 잠잠하더니 잠시 후 박하사탕 냄새가 났어요.

"다 먹은 거 아니었어?" 피글링이 갑자기 깨어나며 물었어요.

"가장자리만 먹었어." 하고 피그위그가 난로 불빛에 호기심이 가득 찬 얼굴로 사탕들을 찬찬히 뜯어보며 대답했어요.

"먹지 않았으면 좋겠어. 천장을 통해 아저씨가 냄새를 맡을지도 몰라." 하고 피글링이 경고했어요.

피그위그는 끈적끈적한 박하사탕을 다시 주머니에 넣었어요. 그리고는 "노래 좀 불러봐." 하고 청했어요.

"미안해… 이가 아파서." 피글링이 당황하며 말했어요.

"그러면 내가 부를게." 하고 피그위그가 말했어요. "이디 티디티 불러도 돼? 가사를 다 기억하진 못하지만."

피글링 블랜드는 반대하지 않았어요. 그는 눈을 반쯤 감고 앉아 피그위그를 지켜보았어요.

피그위그는 고개를 흔들고 몸을 흔들며 손뼉을 쳐 박자를 맞추면서 작고 달콤한 꿀꿀거리는 목소리로 노래를 불렀어요.

"웃기는 늙은 엄마 돼지가
돼지우리에 살았어요,
아기 돼지들 세 마리와 함께,
(티 이디티 이디티) 흥, 흥, 흥!
아기 돼지들이 말했어요, 꿀, 꿀!"

피그위그는 서너 구절을 잘 불렀어요. 다만 매구절을 부를 때마다 고개가 점점 더 아래로 떨어졌고 반짝이는 작은 눈이 감겼지요.

"그 아기 돼지들은 병이 들고 야위었어요.
야위는 게 당연했죠,
흥, 흥, 흥! 하고 말할 수 없었으니까요!
꿀, 꿀, 꿀! 하고 말하지 않았으니까요!
왜 그런지 말할 수 없었어요-"

피그위그는 고개를 점점 더 아래로 떨구더니 작고 둥근 공처럼 몸을 웅크리고 양탄자 위에 곯아떨어졌어요.

피글링 블랜드는 발끝으로 살금살금 걸어가 의자 덮개로 덮어 주었어요.

피글링은 잠들기가 두려웠어요. 그래서 밤새도록 앉아서 귀뚜라미 우는 소리와 위층에서 파이퍼슨 씨가 코 고는 소리를 들으며 뜬눈으로 밤을 새웠지요.

아직 어둠이 채 가시지 않은 어스름한 이른 아침에 피글링은 자기의 작은 보따리를 꾸리고 피그위그를 깨웠어요. 피그위그는 흥분하면서도 반쯤은 두려워했어요. "아직 어둡잖아! 어떻게 길을 찾아?"

"수탉이 울었어. 암탉들이 나오기 전에 출발해야 해. 사람들이 와서 파이퍼슨 아저씨한테 소리칠지도 몰라."

피그위그는 다시 주저앉더니 울기 시작했어요.

"가자, 피그위그. 어둠에 익숙해지면 길이 보일 거야. 어서! 꼬꼬댁 소리가 들려!"

피글링은 태어나서 한 번도 암탉에게 평온하기를 바라며 "쉿!"하고 말해 본 적이 없었어요. 바구니 속에 든 닭들에게 말이죠.

피글링은 조용히 문을 열고 밖으로 나와 문을 닫았어요. 정원은 없었어요. 파이퍼슨 씨의 집 주변은 닭이나 오리들이 온통 할퀴고 파헤쳐 놓은 상태였지요.

그들은 손을 잡고 거친 들판을 지나 길로 빠져나왔어요.

그들이 황무지를 지날 때는 태양이 높이 솟아 눈부신 햇살이 언덕 꼭대기를 비추었어요. 햇살은 비탈진 언덕을 타고 내려가 평화로운 녹색의 계곡으로 스며 들었어요. 계곡에는 작고 하얀 오두막들이 정원과 과수원에 둘러싸여 있었어요.

"저건 웨스트몰랜드야!(영
국 지역명)" 하고 피그위그가
말했어요. 피그위그는 잡았
던 피글링의 손을 놓고 노래
를 부르며 춤을 추기 시작했
어요.

"톰, 톰, 백파이프 연주자 아들, 돼지를 훔쳐 달아났다네!
하지만 그가 연주할 줄 아는 곡은 '언덕 너머 저 멀리'뿐이라네!"

"어서와, 피그위그. 사람들이 깨어나기 전에 다리까지 가야 해."
"왜 시장에 가려는 거야, 피글링?" 하고 피그위그가 이내 물었어요.
"가고 싶지 않아. 난 감자를 재배하고 싶어."

"박하사탕 하나 먹을래?" 하고 피그위그가 물었어요. 피글링 블랜드는 뾰로통하게 거절했어요. "왜, 이가 시원찮아서 아픈 거야?" 하고 피그위그가 물었어요. 피글링 블랜드는 투덜투덜 꿀꿀댔어요.

피그위그는 혼자서 박하사탕을 먹으며 맞은편 길을 따라 걸었어요. "피그위그! 머리 숙이고 걸어, 저기 쟁기질하는 사람이 있어." 피그위그는 피글링 쪽으로 넘어왔어요. 그들은 서둘러서 언덕을 내려와 그 지방 경계지역으로 향했어요.

갑자기 피글링이 걸음을 멈추었어요. 바퀴소리가 들렸기 때문이에요.

아래쪽에서 상인의 마차가 천천히 터벅터벅 올라오고 있었어요. 고삐는 말 등 위에서 출렁거리고 있었고 식료품 상인은 신문을 읽고 있었어요.

"박하사탕을 입에서 빼, 피그위그. 뛰어야 할지도 모르니까. 한 마디도 하지 마. 나한테 맡겨. 다리가 보일 때까지!" 하고 가엾은 피글링은 거의 울듯이 말했어요. 그는 피그위그의 팔을 잡고 심하게 절뚝거리며 걷기 시작했어요.

말이 겁을 먹고 힝힝거리지 않았다면 식료품 상인은 신문에 정신이 팔려 그들을 그냥 지나쳤을 거예요. 상인은 샛길에 마차를 멈추어 세우고는 채찍을 내려놓았어요. "안녕? 너희들 어디 가는 거지?"

피글링 블랜드는 멀거니 그를
쳐다보았어요.

"귀 먹었니? 시장에 가는 거냐?" 피글링이 천천히 고개를 끄덕였어요.

"그럴 거라 생각했지. 그게 어제였었지. 허가증을 보여줄래?"

피글링은 상인이 모는 말의 오른쪽 뒷발에 돌멩이가 끼어 있는 것을 보았어요.

식료품 상인은 채찍을 가볍게 쳤어요. "서류는? 돼지 허가증 말이야?" 피글링은 여기저기 주머니를 더듬거리다 서류를 건네 주었어요. 식료품 상인은 서류를 읽었지만 여전히 미심쩍은 눈치였어요.

"이 돼지, 이 여자 숙녀는, 이름이 알렉산더인가?"

피그위그는 입을 열었다가 다시 닫았어요. 피글링은 천식 환자처럼 발작적으로 기침을 해댔어요.

식료품 상인은 신문에 난 광고란을 손가락으로 따라가며 훑었어요. "분실, 도난 또는 실종, 보상금 10실링." 그는 미심쩍은 눈으로 피그위그를 보았어요. 그리고는 마차에서 일어서서 휘파람을 불어 쟁기질하는 사람을 불렀어요.

"저기 가서 물어보고 올 테니 그 때까지 여기서 기다려." 하고 식료품 상인이 고삐를 바짝 쥐며 말했어요. 그는 돼지들이 약삭빠르다는 것을 알고 있었어요. 하지만 그렇게 심하게 다리를 저는 돼지는 절대로 도망갈 수 없지 않겠어요!

"아직 아니야, 피그위그, 그가 돌아볼 거야." 식료품 상인은 정말 그랬어요. 그는 돼지 두 마리가 길 한가운데 꼼짝 않고 서 있는 것을 보았지요. 그리고는

말 뒤꿈치를 살폈어요. 말도 역시 다리를 절고 있었죠. 돌멩이는 상인이 쟁기질 하는 사람에게 간 이후로도 한참 동안이나 박혀 있었어요.

"지금이야, 피그위그, 지금이야!" 하고 피글링 블랜드가 말했어요.

이 돼지들처럼 그렇게 빨리 달리는 돼지는 지금까지 없었을 거예요! 그들은 달리고 치닫고 맹렬히 질주하며, 다리로 향하는 길게 뻗은 하얀 언덕을 내달렸어요. 작고 통통한 피그위그의 속치마가 펄럭였고, 깡충깡충 뛰는 작은 발이 후다닥 후다닥 소리를 냈어요.

그들은 달리고 달리고 또 달려서 언덕을 내달려, 언덕 아래에 있는 자갈밭과 덤불숲 사이의 녹색 잔디가 깔린 평지를 지났어요.

그리고 강에 도착하여 다리에 이르렀어요. 그들은 손을 잡고 다리를 건넜지요.

그리고 피그위그와 피글링 블랜드는 춤을 추면서 언덕 너머 멀리 멀리 사라졌답니다.

끝.

20. 애플리 대플리 동요

Appley Dapply 's Nursery Rhymes

1917

이 이야기에 관하여

베아트릭스는 어려서부터 동요에 관심이 있었는데, 어린 시절 좋아했던 랜돌프 칼데콧 (Randolph Caldecott, 그림책의 노벨상이라 불리는 칼데콧상의 모델이자 당대 최고의 삽화가)에게 동요에 대한 영감을 받았다. 1902년에는 『피터 래빗 이야기』를 끝낸 후 그녀의 연인이자 편집자인 노먼 원에게 포터는 "칼데콧과는 다른 스타일의 동요 ─ 동물을 주제로 한 ─ 를 이따금씩 떠올려 보곤 해요."라고 말하기도 했다.

진작부터 몇몇 그림은 그려놓았지만, 다른 책들을 먼저 출간하는 바람에 보류되었던 『애플리 대플리 동요』는 1917년 새 책을 내자는 원 출판사의 요청에 따라 다시금 진행하게 된다. (이 시기 베아트릭스는 시력 저하와 소재 고갈로 인해 창작에 대한 열의가 떨어진 상태였다.) 여기에 담긴 삽화들은 그린 시기가 다른 것들이 있어 스타일이 다르기도 하다.

애플리 대플리
조그만 갈색 생쥐
찬장으로 가네
누군가의 집에 있는.

누군가의 찬장에는
맛좋은 것들이 다 있다네
케이크, 치즈, 잼, 비스킷,
생쥐들에게는 너무나도 유혹적인!

애플리 대플리
날카로운 작은 눈의
애플리 대플리
파이를 무척 좋아한다네!

그런데 코튼테일네
문을 두드리는 자는 누구일까?
톡톡, 토도독! 톡톡, 토도독!
전에도 들어본 소리인가?

코튼테일이 빼꼼히 내다보자
아무도 없었다네
하지만 당근 선물이
계단에 놓여 있었다네.

들어봐! 또 들려!
톡톡, 톡톡, 토도독!
톡톡, 토도독!
어머 —
작은 검정 토끼인 거 같아!

늙은 프릭클핀('가시핀'을 의미) 씨는
그의 가시핀을 꽂을
쿠션을 가져본 적이 없다네,
검은 코에
회색 수염을 가진 그는
길 맞은편에 있는 물푸레나무
그루터기에 산다네.

신발 속에 사는
할머니를 알고 있어?
아이들이 너무 많아서
쩔쩔매는 할머니 말야?

그 할머니는 작은
신발집에 살았던 거 같아 ─
그 작은 할머니는
물론 생쥐였지!

느림보 느림보
두더지 델벳!
검은 벨벳을 입은
작은 할아버지,
땅을 파헤치고 뒤진다네 —
느림보 델벳이 파놓은
흙더미를
직접 볼 수 있다네.

고운 갈색 냄비에 든
육수와 감자,
오븐에 요리하여
차려 놓는다네,
아주아주 뜨겁게!

옛날에 상냥한
기니피그[1]가 살았다네,
가발 모양으로
머리를 거꾸로 빗는 —

앙증맞은 넥타이를 매고 다녔다네
하늘처럼 파란색의 —

그리고 수염과 단추는
굉장히 컸다네.

끝.

---

1. 쥐와 비슷하나 주둥이와 꼬리가 짧고 귀는 둥글고 짧다.

21. 도시쥐 조니 이야기

The Tale of Johnny Town-Mouse

1918

이 이야기에 관하여

『도시쥐 조니 이야기』도 베아트릭스 포터 작품의 주요 배경이자 그녀가 마음의 안식을 얻었던 레이크 디스트릭트 지역을 배경으로 한다. 『이솝 우화』중 한 편인 「시골쥐와 도시 쥐」를 모티프로 한 이야기이다.

베아트릭스는 태어나서부터 젊은 시절까지는 대도시 런던에서, 그리고 1905년(39세)부터는 시골 지역인 레이크 디스트릭트로 이사해 결혼도 하고 여생을 보낸다. 인생의 반은 대도시에서, 반은 시골에서 보낸 그녀의 삶이 『도시쥐 조니 이야기』에 등장하는 도시쥐와 시골쥐 두 주인공의 상반된 모습을 표현할 수 있는 밑거름이 된 듯하다.

이야기의 끝에 나오는 베아트릭스 포터의 개입도 재미있다.

　도시쥐 조니는 찬장에서 태어났
어요. 티미 윌리는 정원에서 태어났
지요. 티미 윌리는 실수로 바구니에
들어갔다가 도시로 가게 된 작은 시
골쥐였어요. 정원사는 일주일에 한
번씩 마차로 야채를 도시로 보냈는
데, 커다란 바구니에 야채를 넣어
보냈어요.

　정원사는 그 바구니를 정원 문 옆에 두곤 했어요. 야채 배달부가 지나가면서
실을 수 있게 말이죠. 티미 윌리는 버드나무로 만든 그 바구니에 난 구멍을 통해
안으로 슬금슬금 기어들어가 완두콩을 먹은 뒤 곤히 잠이 들고 말았지요.

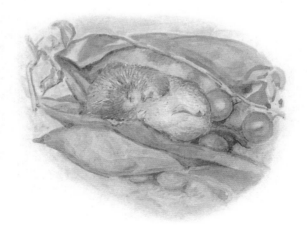

그러다 바구니가 마차로 들어올려
질 때 화들짝 놀라 잠이 깼어요. 곧이
어 마차가 덜거덕거리더니 달가닥 달
가닥하는 말발굽 소리가 들렸어요.
다른 짐들도 마차 안으로 던져졌지
요. 마차는 수 킬로미터를 달렸어요,
덜커덕, 덜커덕, 덜커덕! 티미 윌리는
마구 뒤섞여 뒤죽박죽이 된 야채들
틈에서 바들바들 떨었어요.

마침내 마차가 어느 집 앞에 멈추더
니 바구니가 내려져 옮겨진 다음 바닥
에 놓였어요. 요리사는 배달부에게 6
펜스 은화를 주었어요. 뒷문이 탕 하고
닫히고 마차가 덜커덩거리며 사라졌어
요. 하지만 주위는 잠잠해지지 않았어
요. 마치 수백 대의 마차들이 지나가는
듯 요란했지요. 개들이 짖어대고, 사내
아이들이 거리에서 휘파람을 불어대
고, 요리사는 큰 소리로 웃고, 식사 시
중을 드는 하녀는 계단을 오르내리고,
카나리아 새는 증기기관처럼 노래를
불러댔어요.

평생을 정원에서만 살아온 티미 윌리는 무서워서 죽을 것만 같았어요. 곧이어 요리사가 바구니 뚜껑을 열더니 야채를 꺼내기 시작했어요. 덜컥 겁이 난 티미 윌리는 후다닥 튀어나왔어요.

요리사는 의자 위로 후다닥 뛰어오르더니 소리쳤어요. "생쥐다! 생쥐! 고양이를 불러! 사라, 부지깽이를 가져와!"

티미 윌리는 사라가 부지깽이를 가지고 나타나기도 전에 바닥 벽을 따라 작은 구멍까지 내달린 다음 그 안으로 뛰어들었어요.

티미 윌리는 한 생쥐가 디너 파티를 하고 있는 한가운데로 추락해, 유리컵 세 개를 와장창 깨뜨렸어요.

"대체 이게 누구야?" 도시쥐 조니가 물었어요. 처음에는 놀라서 소리를 질렀던 도시쥐 조니는 곧 예의를 되찾았어요.

그는 아주 공손하게 티미 윌리를 그곳에 모인 생쥐 아홉 마리에게 소개했어요. 모두들 길다란 꼬리에 흰 넥타이를 매고 있었지요. 티미 윌리의 꼬리는 보잘것이 없었어요. 도시쥐 조니와 그의 친구들은 그것을 알아챘지만 모두 본데 있게 자란 터였기 때문에 약점에 대해 얘기하지 않았어요. 그 중 한 생쥐만이 티미 윌리에게 이륜마차를 타본 적이 있느냐고 물었어요.

식사로는 8가지 요리가 나왔어요. 양이 많진 않았지만 아주 품격이 있었지요. 요리는 하나 같이 티미 윌리가 먹어보지 못한 것들이었어요. 그래서 다른 때였다면 먹기가 두려웠을 거예요. 그렇지만 몹시 배가 고픈데다, 다른 쥐들 앞에서 예의범절을 지키고 싶었어요.

위층에서 계속되는 시끄러운 소리 때문에 티미 윌리는 신경이 곤두서서 그만 접시를 떨어뜨리고 말았어요. "신경 쓰지 마, 어차피 우리 것도 아니니까." 하고 조니가 말했어요.

"후식을 가지러 간 시중드는 아이들이 왜 안 돌아오지?"

참 이 점을 설명해야겠네요. 어린 두 생쥐가 다른 생쥐들의 시중을 들었는데, 그 생쥐들은 옥신각신하며 새 요리가 나올 때마다 위층에 있는 부엌을 들락거렸다는 점을 말이죠.

그 생쥐들은 여러 차례 찍찍 소리를 내며 웃으면서 굴러 떨어져 들어왔어요. 공포스럽게도 티미 윌리는 그 생쥐들이 고양이에게 쫓기고 있었다는 사실을 알게 되었어요. 티미 윌리의 식욕은 완전히 사라져 버렸고, 기절할 것만 같았죠. "젤리 좀 먹겠어?" 하고 도시쥐 조니가 물었어요. "싫어? 그럼 잘래? 아주 편안한 소파로 안내할게."

소파에는 구멍이 나 있었어요. 도시쥐 조니는 아주 솔직하게 가장 좋은 침대라고 권하면서 손님용이라고 말했어요. 하지만 소파에서는 고양이 냄새가 났어요. 티미 윌리는 차라리 난로망 밑에서 비참한 밤을 보냈어요.

다음날도 마찬가지였어요. 훌륭한 아침 식사가 나왔어요. 베이컨을 먹는 데 익숙한 생쥐들에게는 말이죠. 하지만 티미 윌리는 채소 뿌리와 샐러드를 먹고 살아왔어요. 도시쥐 조니와 그의 친구들은 마룻바닥 밑에서 돌아다니다가 밤이 되면 대담하게 온 집 안을 돌아다녔어요. 특히 한번은 사라가 차 쟁반을 가지고 아래층으로 굴러 떨어지는 바람에 아주 요란한 소리가 났어요. 그러자 고양이가 나올 수도 있음에도 불구하고 생쥐들은 빵 부스러기와 설탕과 잼 자국들을 그러모았어요.

티미 윌리는 따사로운 제방에 있는 평화로운 집이 그리웠어요. 여기 음식은 입맛에 맞지 않았고 시끄러운 소리 때문에 잠을 잘 수가 없었어요. 며칠도 지나지 않아 티미 윌리는 바싹 야위었어요. 도시쥐 조니가 알아보고 이유를 물을 정도로 말이죠. 그는 티미 윌리의 이야기를 귀 기울여 듣더니 정원에 대해 물었어요. "따분한 곳일 것 같은데? 비올 때는 뭘 하며 지내?"

"비가 오면 모래로 뒤덮인 나의 작은 굴에 앉아서 나의 가을 창고에서 옥수수와 씨앗들을 꺼내 껍질을 벗겨. 잔디밭에 있는 개똥지빠귀와 찌르레기를 내다보기도 하고 내 친구 울새를 바라보기도 해. 그리고 다시 해가 날 때, 네가 내 정원과 꽃들을 봐야 하는데. 장미와 패랭이꽃과 팬지꽃을 말이야. 새들과 벌들, 그리고 목초지의 양들 소리 외에는 아주 조용한 곳이야."

"또 고양이가 나타났어!" 하고 도시쥐 조니가 소리쳤어요. 지하 석탄고로 몸을 피한 후 도시쥐 조니가 다시 이야기를 꺼냈어요. "솔직히 좀 실망스러워. 우린 널 즐겁게 해주려고 애썼는데, 티미 윌리."

"오, 그래, 그래, 이보다 더 잘해 줄 순 없었어. 하지만 마음이 편치 않아." 하고 티미 윌리가 말했어요.

"그건 네 이빨과 위장이 우리 음식에 익숙하지 않아서 그럴 거야. 너는 다시 바구니를 이용해서 돌아가는 게 더 현명할 거 같아."

"어? 아!" 하고 티미 윌리는 말했어요.

"그런 줄 알았다면 지난주에 널 돌려보낼 수도 있었을 텐데." 하고 조니가 퉁명스럽게 말했어요. "일요일이면 바구니가 빈 채로 돌아간다는 걸 몰랐어?"

그래서 티미 윌리는 새로 만난 친구들에게 작별인사를 하고 케이크 부스러기와 시든 양배추 잎을 가지고 바구니에 숨었어요. 한참을 덜커덕거린 후 그는 그의 정원에 안전하게 내려졌어요.

일요일이면 가끔 티미 윌리는 문 옆에 놓인 바구니를 보러 간답니다. 하지만 다시 거기에 들어갈 만큼 어리석지는 않지요. 도시쥐 조니가 방문을 하겠다고 반쯤 약속을 했었지만 바구니에서는 아무도 나오지 않았어요.

겨울이 지나갔어요. 태양이 다시 나왔지요. 티미 윌리는 보금자리인 굴 옆에 앉아서 작은 털코트를 햇볕에 쬐며 제비꽃과 봄잔디 냄새를 맡았어요.

도시를 방문했던 기억은 거의 잊어버렸지요. 그런데 아주 깔끔하게 차려 입고 갈색 가죽 가방을 든 도시쥐 조니가 모래로 덮인 길을 따라 올라오고 있지 않겠어요!

티미 윌리는 두 팔을 벌려 그를 맞이했어요. "일년 중 가장 좋을 때 왔네. 함께 약초 푸딩을 먹으며 햇볕을 쬐자."

"흐음! 좀 눅눅한데." 하고 도시쥐 조니가 진흙이 묻을까 봐 꼬리를 겨드랑이로 가져가며 말했어요.

"저 끔찍한 소리는 뭐야?" 하고 그가 화들짝 놀랐어요.

"저거?" 하고 티미 윌리가 말했지요. "그냥 소야. 우유를 좀 달라고 해볼게. 소는 해를 끼치지 않아. 어쩌다 널 깔고 누울 수는 있지만. 우리 친구들은 다 잘 지내?"

조니의 설명은 조리가 있지도, 조리가 없지도 않았어요. 그는 그렇게 이른 봄에 왜 그가 방문을 했는지에 대해 설명했어요. 가족은 부활절을 맞이해서 바닷가로 가 버리고, 요리사는 생쥐들을 없애 버리라는 지시를 받고 식사와 방을 제공받는 조건으로 대청소를 하고 있다는 것이었어요. 그리고 새끼 고양이가 네 마리가 있고, 고양이가 카나리아 새를 죽였다는 거였죠.

"그런데 우리가 죽었대. 하지만 난 그렇게 철없지는 않아." 하고 도시쥐 조니가 말했어요. "저 끔찍한 소리는 뭐야?"

"저건 잔디 깎는 기계 소리야. 이따가 깎은 잔디를 가져다가 침대를 만들어 줄게. 시골에 눌러 사는 게 나을 거야, 조니."

"흐음. 다음 주 화요일까지 두고 봐야지. 그들이 바닷가에 가 있는 동안 바구니도 움직일 일이 없거든."

"너도 다시는 도시에 가서 살고 싶지 않을 거야." 하고 티미 윌리가 말했어요.

하지만 조니는 도시에서 살고 싶어했어요. 그는 바로 다음에 떠나는 야채 바구니를 이용해 돌아갔지요. 시골이 너무 조용하다지 뭐예요!

사람에 따라 각기 어울리는 장소가 있지요.

나로 말할 것 같으면, 나도 티미 윌리처럼 시골에서 사는 걸 더 좋아한답니다.

끝.

22. 세실리 파슬리 동요

Cecily Parsley's Nursery Rhymes

1922

이 이야기에 관하여

 베아트릭스 포터의 두 번째 동요집 『세실리 파슬리 동요』에 등장하는 기니피그는 거의 30년 전인 1893년 이웃집 기니피그를 빌려 삽화를 그려 놓았던 것이고, 끝부분에 나오는 "니니 내니 네티코트"의 원고 역시 1897년에 이미 써 두었던 것이다.

 1920년 가을, 베아트릭스는 그녀의 편집자 프루잉 원(Fruing Warne)에게 몇 해에 걸쳐 그녀가 모은 이 동요집 출간을 제안했지만, 프루잉은 이런 책이 얼마나 팔릴지 의문이었다. 이렇게 보류됐던 이 작품은 1921년 포터의 집에 방문한 사람이 이 작품에 대해 대단히 흥미롭다는 호평을 하고, 이에 힘을 얻은 포터는 다시금 동요집 작업을 시작했다. 프루잉은 포터에게 이 작품 외에는 받을 원고가 없다는 점을 깨닫고 1922년 크리스마스에 『세실리 파슬리 동요』를 신간 출시한다.

세실리 파슬리, 작은 우리에서 살았다네
신사들을 위해 근사한 맥주를 만들면서.

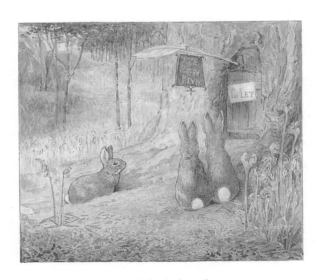

신사들이 매일매일 찾아오자
세실리 파슬리는 달아났다네.

거위, 거위, 숫거위,
어디를 헤매니?
위층으로 아래층으로
내 주인마님의 방으로!

이 돼지는 시장으로 가고
이 돼지는 집에 있었죠.

이 돼지는 고기를 먹고

이 돼지는 아무것도 없네요.

이 새끼 돼지는 울고 있네요.
꿀! 꿀! 꿀!
집을 찾을 수가 없어.

야옹이가 난롯가에 앉아 있네요.
얼마나 어여쁜지요?
작은 강아지가 걸어와서
말하네요. "아씨! 거기 있나요?

야옹이 주인아씨, 안녕하세요?
안녕하세요, 야옹이 주인아씨?"
"정말 고마워, 강아지야,
너처럼 잘 지내고 있어!"

눈먼 생쥐 세 마리, 눈먼 생쥐 세 마리,
어떻게 달리는지 보세요!
다 같이 농부의 아내를 쫓아가네요,
농부의 아내는 고기 써는 칼로 꼬리를 잘라 버렸어요,
이제껏 그런 걸 본 적이 있나요,
눈먼 생쥐 세 마리를!

멍, 멍, 멍!
네 주인은 누구지?
"내 주인은 톰 팅커,
멍, 멍, 멍!"

작은 정원이 있었다네
우리의 정원
날마다 물을 주었다네
우리가 심은 씨앗에.

우리는 작은 정원을 사랑하여
정성스레
가꾸었다네,
시든 잎이나
마른 꽃은 볼 수 없다네.

니니 내니
네티코트,
흰 속치마에
빨간 코를 가진 ―
오래오래 서 있을수록
키는 작아진다네.

끝.

23. 꼬마 돼지 로빈슨 이야기

The Tale of Little Pig Robinson

1930

이 이야기에 관하여

베아트릭스 포터는 17살 때 가족과 함께 해변 마을인 라임 레지스 지역에서 휴가를 보냈는데, 이 때 그려둔 마을의 풍경과 틴무스 항구 등의 그림들이 이 『꼬마 돼지 로빈슨 이야기』의 배경이 된다.

이 이야기는 영국과 미국에서 동시 출간했는데, 영국에서는 늘 하던 대로 '프레더릭 원' 출판사, 그리고 미국에서는 '데이비드 맥케이(David McKay)' 출판사를 통해 발행했다. 베아트릭스의 작품 중 출간은 1930년으로 가장 늦었지만, 실제로는 그녀가 초창기에 써 둔 작품 중 하나였다.

60대에 접어든 베아트릭스는 악화된 시력으로 인해 컬러 그림은 고사하고, 그림 그리는 일 자체가 쉽지 않은 상황 속에서도 작품을 완성했다.

제 1 장

어렸을 때 나는 휴가철이면 바닷가에 가곤 했어요. 우리는 항구와 고기잡이 배와 어부들이 있는 조그만 마을에 묵었어요. 어부들은 그물로 청어를 잡기 위 해 바다로 나갔지요. 고기잡이배가 다시 부두로 돌아올 때 보면 청어를 몇 마리 밖에 못 잡은 어부들이 있었어요. 그런가 하면, 부두에 다 내리지 못할 정도로 굉장히 많은 청어를 잡은 어부들도 있었지요. 그럴 때면 썰물 때에 말이 끄는 마 차가 물살이 얕은 곳까지 가서 무겁게 청어를 실은 고기잡이배를 맞이하곤 했어 요. 청어들은 삽으로 퍼서 뱃전에서 마차로 옮겨진 다음, 생선을 실어 나르는 특 별 열차가 기다리는 기차역으로 실려 갔어요.

어선이 청어를 많이 잡아 돌아올 때면 마을은 흥분에 휩싸였지요. 고양이들을 비롯하여 마을 사람들 절반이 부두로 달려 나갔어요.

그 중에는 고기잡이배를 마중 나가는 일을 한 번도 거른 적이 없는 수잔이라 고 불리는 하얀 고양이가 있었어요. 샘이라고 하는 늙은 어부의 아내가 기르는 고양이였지요. 샘의 아내는 이름이 벳시였어요. 벳시는 류머티즘을 앓고 있었는 데, 가족이라곤 수잔과 암탉 다섯 마리뿐이었어요. 벳시는 난롯가에 앉아 있었 어요. 등을 구부린 채. 벳시는 석탄을 지피고 냄비를 저을 때마다 "아야! 아야!" 라고 앓는 소리를 내곤 했지요. 수잔은 벳시 맞은편에 앉아 있었어요. 수잔은 벳 시가 참 안됐다고 생각했어 요. 자기가 석탄을 지피고 냄 비를 저을 줄 알면 좋겠다고 생각했지요. 샘이 고기잡이 를 나가 있을 때면 그들은 하 루 종일 난롯가에 앉아 있었 어요. 차와 우유를 마시면서.

"수잔." 하고 벳시가 말했

어요. "일어설 수가 없네. 대문으로 가서 주인님이 탄 배가 오는지 좀 봐."

수잔은 밖으로 나갔다가 돌아왔어요. 그렇게 서너 차례 정원을 들락거렸어요. 늦은 오후가 되자 마침내 바다 멀리서 다가오는 고기잡이배들의 돛들이 보였어요.

"항구로 가 봐. 가서 주인님한테 청어 여섯 마리를 달라고 해. 저녁식사로 청어 요리를 할 거니까. 내 바구니를 가져가렴, 수잔."

수잔은 바구니를 챙기고 벳시의 보닛 모자와 격자무늬의 작은 숄을 빌려 썼어요. 나는 수잔이 급히 항구로 달려가는 것을 보았지요.

다른 고양이들도 오두막집에서 뛰어나와 해안가로 뻗어 있는 가파른 거리를 내달렸어요. 그리고 오리들도. 그 오리들은 머리털이 빵모자 같이 생긴 아주 특이한 오리들이었던 게 기억나네요. 모두가 배를 맞으러 가느라 분주했어요. 거의 모두가. 단지 한 사람, 반대방향으로 가고 있는 사람이 있었는데, 그것은 바로 스텀피라는 개였어요. 그는 입에 종이 꾸러미를 물고 가고 있었지요.

개들 중에는 생선을 좋아하지 않는 개들도 있지요. 스텀피는 정육점에 가서 자신과 봅과 퍼시와 로즈 양이 먹을 양갈비살을 사오는 중이었어요. 스텀피는 덩치가 크고 진지하고 예의바른, 꼬리가 짧은 갈색 개였지요. 그는 사냥개인 봅과 고양이 퍼시와 집안일을 하는 로즈 양과 함께 살았어요. 스텀피의 주인은 아주 부유한 노신사였었지요. 그런데 그 노신사는 스텀피에게 돈을 남기고 죽었어요. 스텀피가 살아 있는 동안 일주일에 10실링씩 쓸 수 있는 돈을. 그래서 스텀피와 봅과 퍼시 고양이는 예쁜 작은 집에서 함께 살고 있는 것이었지요.

바구니를 든 수잔은 브로드 가(街) 모퉁이에서 스텀피와 마주쳤어요. 수잔은 한쪽 다리를 뒤로 살짝 빼고 인사를 했어요. 급히 배를 맞으러 가야 하지 않았다면 멈추어서 퍼시의 안부를 물었을 거예요. 퍼시는 다리를 절었어요. 우유 배달 마차 바퀴 밑에 끼는 바람에 발을 다쳤거든요.

스텀피는 곁눈질로 수잔을 보았어요. 그는 꼬리를 흔들었지만 멈춰서진 않았어요. 스텀피는 입에 문 양고기 꾸러미를 떨어뜨릴까봐 인사를 하거나 "안녕"이라고 말할 수가 없었어요. 그는 브로드 가에서 우드바인 레인 길로 들어섰어요. 바로 자기가 살고 있는 곳이었지요. 스텀피는 정문을 밀치고 들어가 집 안으로

사라졌어요. 얼마 후 요리하는 냄새가 풍겨 나왔어요. 스텀피와 봅과 로즈 양은 양고기를 맛있게 먹었을 거예요.

그런데 식사 시간에 퍼시가 보이지 않았어요. 퍼시는 창문으로 슬며시 빠져나와, 그 마을에 사는 다른 고양이들이 모두 그렇듯이, 고기잡이배를 맞으러 간 것이었지요.

수잔은 서둘러서 브로드 가를 지나 지름길을 통해서 가파른 계단 아래에 있는 항구를 향해 갔어요. 오리들은 영리하게도 해변을 따라 뻗어 있는 다른 길로 갔어요. 계단은 너무나 가파르고 미끄러워서 발을 단단히 딛고 설 수 있는 고양이가 아니고서는 그 누구도 걷기가 힘들었거든요.

수잔은 쉽고 빠르게 계단을 내려갔어요. 계단은 43개가 있었는데 다소 칙칙하고 끈적끈적했으며 높다란 집들 뒤로 뻗어 있었어요. 밧줄과 갑판의 방수제 냄새와 함께 왁자지껄한 소리가 아래쪽에서 들려왔어요. 계단 맨 아래에는 항만의 안쪽 항구 옆으로 부두와 승선장이 있었어요.

썰물 때여서 바닷물이 빠지고 없었으며 선박들은 더러운 진흙 위에 정박해 있었지요. 일부 배들은 부두 옆에, 또 일부 배는 방파제 옆에 닻을 내리고 있었어요.

계단 근처에서는 석탄을 실어 나르는 지저분한 두 척의 배에서 석탄이 내려지고 있었어요. 썬더랜드의 "마저리 도"라는 배와 카디프의 "제니 존스"라는 배였지요. 남자들이 손수레에 석탄을 가득 싣고 널빤지 위를 달려 다녔어요. 석탄을 담아 옮기는 삽들이 기중기에 매달려 해안에서 흔들거리다가 쿵, 덜컹 하는 요란한 소리와 함께 석탄을 비웠어요.

저만치 떨어진 부두에서는 "파운드 오브 캔들스"라고 불리는 또 다른 배가 여러 가지 화물들을 배에 싣고 있었어요. 짐꾸러미들, 포장된 상자들, 크고 작은 통들 등, 온갖 종류의 화물들이 화물칸에 차곡차곡 실리고 있었어요. 선원들과 부두 일꾼들은 소리를 쳤고 쇠사슬들이 덜커덩 철커덕 소리를 냈지요. 수잔은 바삐 움직이는 사람들 사이를 이리저리 피하며 빠져나갔어요. 부두에서 "파운드 오브 캔들스" 갑판으로 옮겨지고 있는 사과주 통이 공중에 매달려 깐닥거리고 있었어요. 배의 굵은 밧줄 위에 앉아 있는 노란 고양이도 그 통을 바라보고 있었어요.

밧줄은 도르래를 통과해 내려뜨려져 있었고, 사과주 통은 그 밧줄에 매달려 선원이 대기하고 있는 갑판으로 깐닥깐닥 내려갔어요. 그러자 갑판에 있던 선원이 소리쳤어요.

"조심해요! 머리 조심해요, 젊은 양반! 비켜요!"

"꿀, 꿀, 꿀!"하고 "파운드 오브 캔들스" 갑판 위를 날쌔게 돌아다니던 핑크색 새끼 돼지가 꿀꿀거렸어요.

굵은 밧줄 위에 앉아 있던 노란 고양이는 그 새끼돼지를 지켜보았지요. 그러다가 맞은편 부두에 있는 수잔을 발견하고는 윙크를 했어요.

수잔은 돼지가 배에 타고 있는 것을 보고 깜짝 놀랐어요. 하지만 서둘러야 했어요. 수잔은 석탄과 기중기와, 손수레를 모는 사람들과 시끄러운 소리와 여러 가지 냄새가 뒤섞인 사이를 누비듯이 뚫고서 부두를 따라 나아갔어요. 생선 경매를 하는 장소를 지나 생선 상자들과 생선을 선별하는 사람들과 아줌마들이 모여서 청어와 소금을 채워 넣고 있는 커다란 통들을 지나갔어요.

갈매기들이 급강하며 소리를 질러댔어요. 수백 개의 생선 상자들과 수 톤의 신선한 생선이 작은 증기선 화물실에 실리고 있었어요. 수잔은 사람들 사이를 빠져나온 것이 기뻤어요. 수잔은 항만 바깥쪽 항구의 해안으로 뻗어 있는 지름길 계단을 따라 내려갔어요. 오리들이 뒤이어 뒤뚱뒤뚱 꽥꽥거리고 도착했지요. 그리고 늙은 샘의 배인 "벳시 티민스"가 청어잡이 배들 중 마지막으로 청어를 잔뜩 싣고 방파제를 돌아 도착하여 뭉툭한 뱃머리를 자갈 깔린 해변으로 들이밀었어요.

샘은 기분이 아주 좋아 보였어요. 청어를 엄청 많이 잡았거든요. 샘과 그의 동료와 두 청년이 그의 배에서 청어를 마차로 내리기 시작했어요.

바닷물이 너무 빠져서 고깃배가 부두까지 들어올 수 없었던 것이지요. 배는 청어로 가득 차 있었어요.

하지만 고기를 많이 잡든 그렇지 않든 간에 샘은 수잔에게 청어를 한줌 가득 던져주지 않은 적이 없었어요.

"옛다, 나이 든 두 여자의 뜨거운 저녁식사용이다! 받아라, 수잔! 진심이야! 이건 네게 주는 부러진 생선이다! 자, 벳시에게 주는 생선도 받아라!"

오리들은 물을 첨벙거리며 고르륵 고르륵 소리를 냈고, 갈매기들은 소리를 지르며 급강하했어요. 수잔은 청어가 든 바구니를 들고 계단을 올라가 뒷길을 통해서 집으로 돌아갔어요.

　늙은 벳시는 자신과 수잔을 위해 청어 두 마리를, 그리고 샘이 돌아오면 저녁 식사로 먹을 수 있도록 샘을 위해 두 마리를 요리했어요. 그리고는 류머티즘을 진정시키기 위해 플란넬 속치마에 뜨거운 병을 감싸서 잠자리에 들었어요.

　샘은 저녁식사를 한 후 난롯가에 앉아 담배를 피웠어요. 그리고는 잠자리에 들었지요. 하지만 수잔은 생각에 잠겨 오랫동안 난롯가에 앉아 있었어요. 그녀는 여러 가지 것들에 대해 생각했지요. 물고기, 오리, 다리를 절뚝거리는 퍼시, 양갈비살을 먹는 개들, 그리고 배 위에 앉아 있던 노란 고양이와 돼지에 대해서. 수잔은 "파운드 오브 캔들스"라는 배 위에서 돼지를 본 것이 참으로 이상했어요. 생쥐들이 찬장문 틈새로 빼꼼히 내다보았어요. 재가 난로 부근으로 떨어져 내렸죠. 수잔은 순하게 가르랑거리며 잠 속으로 빠져들어 물고기와 돼지들에 대한 꿈을 꾸었어요. 수잔은 돼지가 배를 타고 있는 것을 이해할 수가 없었어요. 하지만 나는 그 돼지에 대해 모든 걸 알고 있답니다!

제 2 장

　올빼미와 퍼시 고양이와 그들의 아름다운 황록색 배에 대한 노래를 기억하고 있죠? 그들이 어떻게 해서 꿀과 많은 돈을 5파운드짜리 지폐에 싸서 가져왔는지 말이에요?

　　　　　그들은 항해를 했다네, 일 년 하고도 하루 동안
　　　　　봉 나무가 자라는 땅으로
　　　　　그런데 그곳 숲에 아기 돼지가 서 있었네
　　　　　코끝에 고리를 달고서 — 코에,
　　　　　코끝에 고리를 달고서.

이제 그 돼지에 대해 이야기할게요. 왜 그 돼지가 봉 나무가 자라는 땅에 가서 살게 되었는지.

그 돼지는 어렸을 때 데번 주(州)에서 살았어요. 포콤 양돈장이라고 하는 농장에서 도카스 이모와 포카스 이모와 함께. 그들이 사는 아늑한 초가집은 데번 주의 가파른 빨간색 길 맨 위쪽에 자리하고 있는 과수원에 있었어요.

그곳 흙은 빨갛고 풀은 녹색이었지요. 그리고 저 멀리 아래쪽으로는 빨간 절벽이 보였고 선명한 파란색의 바다가 힐끗 보였어요. 하얀 돛대를 단 배들이 스타이머스 항구를 향해 바다를 항해하곤 하였지요.

데번 주에 있는 농장 이름들은 하나같이 아주 이상하다는 말을 종종 했었지요? 포콤 양돈장을 보았다면 그곳에 사는 사람들 역시 아주 기이하다는 생각이 들 거예요. 도카스 이모는 암탉을 돌보는 일을 하는 통통한 얼룩 돼지였어요. 그리고 포카스 이모는 세탁을 담당하는, 몸집이 큰 명랑한 흑돼지였지요. 이 이야기 속에서는 그들에 대한 이야기를 많이 듣지는 못할 거예요. 그들은 평탄하고 살림이 넉넉한 생활을 했지요. 그러다 죽어서 베이컨으로 만들어졌어요. 하지만 그들의 조카인 로빈슨은 돼지로서는 겪기 어려운 아주 특이한 모험을 했어요.

꼬마 돼지 로빈슨은 매력적인 아기 돼지였어요. 작고 푸른 눈에 통통한 볼과 이중턱과 진짜 은으로 된 고리가 끼어 있는 들창코를 가진, 연분홍빛이 도는 흰색 돼지였어요. 한쪽 눈은 감고 다른 쪽 눈은 실눈을 하고 옆으로 비스듬히 보면 자신의 코에 낀 고리를 볼 수가 있었지요.

로빈슨은 늘 만족스럽고 행복했어요. 하루 종일 농장을 뛰어다니며 혼자서 꿀꿀거리며 "꿀, 꿀, 꿀!" 하고 작은 노래를 불렀어요. 로빈슨이 집을 떠난 후 이모들은 그 작은 노래들이 몹시 그리웠지요.

누가 말을 붙여오면 로빈슨은 "꿀? 꿀? 꿀?" 하고 대답했어요. "꿀? 꿀? 꿀?" 하고 고개를 한 쪽으로 기울인 채 한쪽 눈을 치켜뜨고 들었지요.

로빈슨의 늙은 이모들은 로빈슨을 먹여 주고 어루만져 줬으며 로빈슨이 늘 뛰어다니게 만들었지요.

"로빈슨! 로빈슨!" 하고 도카스 이모가 불렀어요. "빨리 와 봐! 암탉이 꼬꼬댁거려. 가서 알을 가져오렴. 이번에는 깨뜨리지 말고!"

"위, 위, 위!" 하고 로빈슨이 프랑스 아이처럼 대답했어요.[1]

"로빈슨! 로빈슨! 빨래집게를 떨어뜨렸어, 와서 좀 집어줘!" 빨래를 말리는 잔디밭에서 포카스 이모가 불렀어요 (포카스 이모는 너무 뚱뚱해서 허리를 구부리고 뭘 집지를 못했지요.)

"꿀, 꿀, 꿀!" 하고 로빈슨이 대답했어요.

이모들은 둘 다 엄청 통통했어요. 인근의 스타이머스 지역에 있는 출입구들은 하나 같이 좁았어요. 포콤 양돈장에서 시작되는 오솔길은 여러 들판을 지나 뻗어 있는데, 키가 작은 푸른 풀밭과 데이지 꽃들 사이로 난, 통행이 잦은 빨간색 길이에요. 그런데 오솔길이 하나의 들판에서 다른 들판으로 이어지는 산울타리에는 어김없이 출입구가 있었어요.

"내가 너무 뚱뚱한 게 아니야. 출입구가 너무 좁은 것이라구." 하고 도카스 이모가 포카스 이모에게 말했어요. "내가 같이 가지 않았더라면 너는 그 출입구를 비집고 통과할 수 있었겠어?"

"*아니*, 지난 2년 동안 통과할 수 없었어." 하고 포카스 이모가 대답했어요. "하필 시장이 서기 바로 전날 배달부가 당나귀 마차를 몰고 가다 마차가 뒤집어질 게 뭐람. 짜증나, 정말 짜증난다니까. 게다가 계란이 12개에 겨우 2실링 2펜스라니! 들판을 가로질러 가지 않고 길로 우회해서 걸어가면 얼마나 멀까?"

"가는 데만 6킬로미터야." 하고 포카스 이모가 한숨을 쉬었어요. "게다가 비

---

1. 작가는 돼지 소리를 'Wee' 라고 표현했는데, 이는 프랑스어로 '예'라는 뜻의 '위(oui)'와 같은 발음임을 활용한 언어유희.

누를 거의 다 썼는데. 어떻게 쇼핑을 하지? 당나귀가 그러는데 마차를 고치려면 1주일은 걸린다는데."

"식사를 하지 않으면 넌 출입구를 비집고 통과할 수 있지 않을까?"

"아니, 못해. 옴짝달싹할 수 없이 끼어 버릴 거야. 언니도 그럴 테고." 하고 포카스 이모가 말했어요.

"혹시 이러면 어떨까." 하고 도카스 이모가 말을 꺼냈어요. "오솔길을 따라 스타이머스까지 가도록 로빈슨을 시키면 말이야?" 하고 포카스 이모가 되받아 말했어요.

"꿀, 꿀, 꿀!" 하고 로빈슨이 대답했어요.

"몸집에 비해 판단력이 있긴 하지만 혼자 보내기엔 불안해."

"꿀, 꿀, 꿀!" 하고 로빈슨이 응했어요.

"하지만 달리 방법이 없잖아." 하고 도카스 이모가 말했어요.

그래서 로빈슨은 마지막 남은 비누 조각과 함께 빨래통에 넣어졌어요. 그리고는 북북 문질러 씻긴 다음 물기를 말리고 새로 산 거울처럼 윤기 나게 닦였어요. 그리고는 작은 파란색 면 드레스와 속바지가 입혀지고, 커다란 시장바구니를 들고 스타이머스로 가서 시장을 봐 오라는 지시를 받았어요.

바구니 안에는 계란 24개, 수선화 한 다발, 봄에 수확한 꽃양배추 두 송이가 들어 있었어요. 그리고 로빈슨이 식사로 먹을 잼을 바른 샌드위치도 들어 있었지요. 계란과 꽃과 야채를 팔아서 다른 여러 가지 물건들을 사와야 했어요.

"스타이머스에 가면 몸조심해야 한다, 로빈슨. 화약, 배의 요리사들, 가구 운반차, 소시지, 신발, 배, 접착제를 조심하거라. 파란색 가방, 비누, 꿰맴질용 털실을 잊지 말고. 또 뭐가 있었지?" 하고 도카스 이모가 말했어요.

"꿰맴질용 털실, 비누, 파란색 가방, 빵 만들 때 쓸 이스트, 그리고 또 뭐가 있었지?" 포카스 이모가 말했어요.

"꿀, 꿀, 꿀!" 하고 로빈슨이 대답했어요.

"파란색 가방, 비누, 이스트, 꿰맴질용 털실, 양배추 씨, 다섯 가지잖아. 여섯 가지가 되어야 하는데. 기억해 보면, 로빈슨의 손수건 귀퉁이에 매듭을 묶는 횟

수보다 두 가지가 더 많았으니까 네 가지보다 두 가지가 더 많았는데. 살 게 여섯 가지였어. 그러니까 …"

"알았다!" 하고 포카스 이모가 말했어요. "차(茶)였어. 차, 파란색 가방, 비누, 폐맴질용 털실, 이스트, 양배추 씨. 멈비 아저씨네 가게에서 거의 다 살 수 있을 거야, 로빈슨. 배달부에 대해 설명해 주렴. 멈비 아저씨한테 다음 주에 우리가 세탁물과 야채를 더 가져다줄 거라고 말해."

"꿀, 꿀, 꿀!" 하고 로빈슨은 대답하고는 커다란 바구니를 들고 출발했어요.

도카스 이모와 포카스 이모는 현관에 서 있었어요. 그들은 로빈슨이 들판을 내려가 첫 번째 출입구를 통과하여 안전하게 시야에서 사라지는 것을 지켜보았지요. 다시 집안일을 시작한 이모들은 서로에게 툴툴거리고 퉁명스럽게 굴었어요. 로빈슨을 보낸 것 때문에 마음이 편치가 않았거든요.

"보내지 말 걸 그랬어. 너와 네 짜증나는 파란색 가방 때문이야!" 하고 도카스 이모가 말했어요.

"파란색 가방 때문이라고! 언니가 쓸 꿰맴질용 털실과 계란 때문이라고!" 포카스 이모가 투덜댔어요. "아, 그 짜증나는 배달부와 그의 당나귀 마차! 장날까지 못 참고 도랑에서 넘어질 게 뭐람?"

제 3 장

들판을 따라 걸었음에도 불구하고 스타이머스까지는 멀었어요. 하지만 오솔길은 줄곧 내리막이어서 로빈슨은 즐거웠어요. 로빈슨은 맑은 아침 기운에 기분이 좋아 짧은 노래를 불렀어요. "꿀, 꿀, 꿀!" 하고 소리 내어 웃었지요. 하늘 높은 곳에서 종달새들도 노래했어요.

그리고 그보다 더 높은 곳에서, 그러니까 파란 하늘 저 높은 곳에서는 커다란 흰 갈매기들이 커다란 원을 그리며 날고 있었어요. 갈매기들의 쉰 목소리가 저먼 하늘 위로부터 땅으로 은은하게 들려왔어요. 으스대는 떼까마귀들과 생기 넘치는 갈까마귀들은 목초지의 데이지 꽃과 미나리아재비들 사이로 거들먹거리며 돌아다니고 있었어요. 새끼 양들은 뛰어다니며 매애매애 소리를 냈으며 어미 양들은 로빈슨을 돌아보았어요.

"스타이머스에서는 몸 조심 해, 새끼 돼지야." 하고 어미 양이 말했어요.

로빈슨은 계속해서 빨리 걸었어요. 숨이 차고 후끈후끈 더워질 때까지. 커다란 들판을 다섯 개 지나고 다섯 개의 출입구를 지났어요. 계단이 있는 출입구, 사다리로 된 출입구, 나무 기둥으로 된 출입구들을. 어떤 출입구는 무거운 바구니를 들고 통과하기에 매우 힘들었지요. 뒤를 돌아보자 포콤 양돈장이 있는 농장은 이제 더 이상 보이지 않았어요.

멀리 앞쪽 농지와 절벽 너머로 — 절대로 그보다 더 가깝지는 않았어요 — 검푸른 바다가 벽처럼 시야에 들어왔어요.

로빈슨은 울타리 옆 햇살이 좋은 아늑한 곳에 잠시 쉬려고 앉았어요. 머리 위에서는 노란색의 갯버들 꽃송이들이 만발해 있었어요. 제방에는 셀 수 없이 많은 앵초들이 자라고 있었고, 이끼와 잔디와 열기를 내뿜는 촉촉한 빨간 흙내음이 후끈했어요.

"지금 식사를 하면 가지고 다닐 필요가 없겠지. 꿀, 꿀, 꿀!" 하고 로빈슨이 중얼거렸어요.

걸은 터라 몹시 배가 고파서 잼을 바른 샌드위치는 물론이고 계란까지 먹어 치우고 싶었어요. 하지만 그는 매우 본데 있게 자랐기 때문에 그러지 않았지요.

"날씨 때문에 계란 24개가 썩겠는걸." 하고 로빈슨은 말했어요.

로빈슨은 앵초 한 다발을 꺾어 도카스 이모가 견본으로 준 꿰맴질용 털실로 묶었어요.

"시장에서 이 앵초를 팔아 나 자신을 위해 써야지. 그리고 페니 동전으로 사탕을 사야지. 동전이 얼마가 있더라?" 하고 로빈슨은 중얼거리며 주머니 속을 더듬거렸어요. "도카스 이모가 준 1페니, 포카스 이모가 준 1페니, 그리고 나를 위해 쓸 앵초 값으로 받을 1페니 — 오, 꿀, 꿀, 꿀! 길을 따라 누가 빠른 걸음으로 걸어오고 있네. 이러다 시장에 늦겠다!"

로빈슨은 벌떡 일어나 아주 좁은 출입문으로 바구니를 밀어넣었어요. 그곳은 오솔길이 도로로 이어지는 곳이었어요. 말을 탄 사람이 보였어요. 늙은 페퍼릴 씨가 흰 다리를 가진 적갈색 말을 타고 다가왔어요. 그의 키 큰 그레이하운드 개 두 마리가 앞서서 달려왔지요. 개들은 자신들이 지나온 들판들을 출입문 가로막대기들 사이로 내다보았어요. 개들이 로빈슨에게 뛰어왔어요. 아주 크고 우호

적이었지요. 개들은 로빈슨의 얼굴을 핥더니 바구니 속에 뭐가 들어 있느냐고 물었어요. 그 때 페퍼릴 씨가 개들을 불렀어요.

"이리와, 파이럿! 이리와, 포스트보이! 이리 오렴!" 그는 계란을 사고 싶어하지 않았어요.

길은 최근에 뾰족뾰족한 새 부싯돌들을 깔아놓은 상태였어요. 페퍼릴 씨는 적갈색 말을 풀밭 가장자리를 따라 걷게 하면서 로빈슨에게 말을 붙여 왔어요. 그는 붉은 얼굴에 흰 구레나룻을 기른 쾌활한 늙은 신사였는데 매우 상냥했어요. 스타이머스와 포콤 양돈장 사이에 있는 녹색의 들판과 붉은색 경작지가 모두 페퍼릴 씨 소유였지요.

"안녕, 안녕! 어디 가니, 로빈슨 꼬마 돼지야?"

"네, 페퍼릴 님. 시장에 간답니다. 꿀, 꿀, 꿀!" 하고 로빈슨이 말했어요.

"아니, 혼자서? 도카스 양과 포카스 양은 어디 있는데? 아픈 건 아니겠지?"

로빈슨은 좁은 출입구에 대해 설명했어요.

"저런, 저런! 너무 살이 쪘구나, 살이 쪘어? 그래서 혼자서 가는구나? 왜 네 이모들은 심부름하는 개를 기르지 않지?"

로빈슨은 페퍼릴 씨가 묻는 모든 질문에 매우 현명하고 적절하게 대답했어요. 그가 아주 똑똑하다는 것을 보여 주었으며, 어린 돼지치고는 야채에 대해 꽤 많은 지식을 가지고 있음을 보여 주었어요. 로빈슨은 거의 말 밑으로 들어가다시피 하며 윤이 나는 적갈색 털과 넓은 흰색의 뱃대끈과 페퍼릴 씨의 각반과 갈색 가죽 장화를 쳐다보며 빠른 걸음으로 걸었어요.

페퍼릴 씨는 로빈슨이 마음에 들었어요. 그는 로빈슨에게 1페니를 주었어요. 부싯돌이 깔린 길 끝에 이르자 그는 고삐를 쥐고 발 뒤꿈치로 말을 살짝 쳤어요.

"자, 좋은 하루 되거라, 꼬마 돼지야. 이모들에게도 안부 전하고. 스타이머스에 가면 몸조심하거라."

그는 휘파람을 불어 개들을 불러들이고는 빠른 걸음으로 사라져 갔어요.

로빈슨은 계속 길을 갔어요. 야위고 더러운 돼지들 일곱 마리가 사는 과수원을 지났지요. 그 돼지들은 코에 은 코걸이를 달고 있지 않았어요! 개울에서는 작은 물고기들이 느릿느릿 살랑이는 물살을 가르며 균형을 유지하면서 헤엄치고 있었고, 하얀 오리들이 둥둥 떠 다니는 물미나리아재비들 사이에서 물장구를 치고 있었어요. 로빈슨은 난간 너머로 그러한 풍경을 보려고 걸음을 멈추지도 않은 채 스타이포드 다리를 건넜어요. 그리고 도카스 이모가 곡식에 대해 방앗간 주인에게 전달하라고 한 말을 전하기 위해 스타이포드 방앗간에 들렀어요. 방앗간 주인 아저씨의 아내는 그에게 사과 한 개를 주었지요.

방앗간 너머에 있는 집에는 늘 짖어대는 커다란 개 한 마리가 있었어요. 하지만 집시라고 하는 그 커다란 개는 로빈슨을 보고는 웃으며 꼬리를 흔들어댈 뿐이었지요.

여러 대의 마차와 수레들이 로빈슨을 지나쳐 갔어요. 먼저, 마차를 타고 가던 늙은 두 농부가 몸을 돌려 로빈슨을 보았어요. 그들은 거위 두 마리와 감자 한 포대, 그리고 양배추를 싣고 가고 있었는데 마차 뒷좌석에 앉아 있었지요. 그 다음에는 나이 많은 아줌마가 당나귀 수레를 타고 지나갔어요. 암탉 일곱 마리와, 길다란 분홍색 풀더미를 사과 상자들 밑에 싣고 가고 있었지요. 그 다음에는 통

통통 달그락 달그락 요란하게 깡통 소리를 내며 로빈슨의 사촌인 꼬마 톰 피그가 흰 털이 섞인 붉은 조랑말이 모는 우유 배달용 소형차를 타고 지나갔어요.

같은 방향이면 로빈슨을 태워 주었을 것이지만, 그는 반대 방향으로 가고 있었어요. 사실, 흰 털이 섞인 그 붉은 조랑말은 집을 향해 가고 있었거든요.

"이 꼬마 돼지가 시장에 갔었지!" 하고 톰 피그가 명랑하게 소리치면서 길 위에 서 있는 로빈슨을 뒤로 하고 먼지 구름을 일으키며 덜커덕거리며 사라져 갔어요.

로빈슨은 길을 계속 걸었어요. 얼마 후 맞은편 울타리에 또 다른 출구가 나왔어요. 그곳으로부터 시작되는 오솔길은 다시 들판을 따라 이어졌어요. 로빈슨은

출구로 바구니를 밀어넣었어요. 그는 처음으로 불안해졌어요. 이 들판에는 암소들이 있었어요. 데번 지역의 몸집이 큰 매끈한 암소들이었어요. 그 지역의 흙처럼 검붉은 색이었지요. 이 무리의 지도자는 뿔 끝에 황동 구슬이 꿰어져 있는 포악한 늙은 암소였어요. 그 암소는 로빈슨이 마음에 들지 않아 노려보았어요. 로빈슨은 옆걸음으로 목초지를 지나서 먼 쪽의 출입구를 최대한 빨리 통과하였어요. 이번에는 새로 생긴 오솔길

이 초록색의 어린 밀이 자라는 밭 가장자리를 따라 뻗어 있었어요. 누군가가 탕 하고 총을 쏘는 바람에 로빈슨은 화들짝 놀랐어요. 그 바람에 바구니에 든 도카스 이모의 계란 하나가 깨지고 말았지요.

떼까마귀와 갈까마귀 떼들이 까악까악 하고 소리치며 밀밭에서 날아올랐어요. 거기에 다른 소리들도 섞여 들려왔어요. 들판 가장자리에 빙 둘러 서 있는 느릅나무들 사이로 보이기 시작한 스타이머스 마을의 소리였어요. 기차역에서 아득히 들려오는 벅적거리는 소리, 경적 소리, 트럭들이 쿵 하고 부딪치는 소리, 작업장에서 들려오는 요란한 소리, 먼 마을의 활기찬 소리, 항구로 들어서는 증기선의 경적 소리 등. 머리 위 하늘 높은 곳에서는 갈매기들이 쉰 목소리로 울어 댔고, 젊고 늙은 떼까마귀들은 느릅나무 위쪽 숲에서 까악까악 하며 티격태격 다투었어요.

마지막 들판을 지나온 로빈슨은, 걸어서 또는 마차를 타고 스타이머스 시장으로 향하는 시골 사람들의 무리 속에 끼었어요.

제 4 장

스타이머스는 피그스타이 강 입구에 자리 잡고 있는 매우 작은 마을이에요. 느린 물살이 붉은 색의 높은 언덕으로 둘러싸인 움푹 들어간 만(灣)으로 조용히 흘러드는 곳이지요. 마을 그 자체는 언덕 아래 바닷물이 흐르는 유역으로 경사 지듯 아래로 쏠려 있는 듯이 보여서 모든 것이 바다를 향해 미끄러져 내려와 스타이머스 항구로 빨려 들어가는 듯하지요. 부두들과 방파제로 둘러싸인 항구로 말이죠.

항구도시들이 대개 그렇듯이 그 마을 외곽은 어수선하답니다. 마을의 서쪽 진입로에 있는 제멋대로 뻗은 교외 지역에는 주로 염소들, 그리고 고철, 넝마, 밧줄, 고기잡이 그물을 취급하는 사람들이 살고 있지요. 그곳에는 밧줄을 만드는 작업장들이 길게 늘어서 있으며, 해초들과 소라고동 껍질과 죽은 게들이 어질러져 있고, 조약돌 깔린 제방 위의 흔들리는 줄에서는 세탁물들이 펄럭이지요. 깔끔한 녹색의 풀밭 위에 걸려 있는 포카스 이모의 빨랫줄과는 아주 다르죠.

또 작은 망원경과 방수모와 양파[2]를 파는 선박용품 가게도 있답니다. 냄새가 진동하고 초소와 같이 생긴, 특이한 높은 창고도 있는데, 그곳에서는 청어잡이용 그물을 걸어 말리고 있지요. 또한 지저분한 집 안에서는 시끄러운 말소리가 새어 나온답니다. 마치 가구 운반차량을 맞이하는 곳 같았지요. 로빈슨은 길 가운데를 따라 걸었어요. 술집에서 누군가가 창문을 통해 "이리 와봐, 뚱보 돼지야!"라고 그에게 소리쳤어요. 로빈슨은 급히 그곳을 빠져나왔어요.

스타이머스 도시 자체는 깨끗하고 쾌적하며 그림같이 아름답고 예절이 바른 곳이었어요. (항구는 그렇지 않지만요.) 하지만 아주 가파른 내리막길이었지요. 로빈슨이 도카스 이모의 계란 하나를 힐 스트리트 꼭대기에서 굴렸다면, 계란은 밑바닥까지 줄곧 굴러 내려갔을 거예요. 문 앞 계단이나 사람들의 발 밑에 깔려 깨지지 않았다면 말이죠. 거리는 장날처럼 사람

들로 북적였어요. 사실, 보도를 걸어다니면 사람들에게 떠밀려 다니지 않을 수가 없었어요.

로빈슨이 마주치는 나이 든 아줌마들은 하나같이 로빈슨이 들고 있는 것과 같이 큰 바구니를 하나씩 들고 가고 있는 듯했어요. 도로는 생선을 실은 수레들,

2. 18, 19세기에 양파는 음식의 맛을 내기 위한 재료로 쓰이기도 하였지만, 장기간 항해할 때 비타민 부족으로 생기는 괴혈병을 예방하기 위한 음식으로도 사용되었다. 이러한 이유 때문에 선박용품과 함께 판매되었다.

사과 수레들, 그릇과 철물을 파는 가판대들, 조랑말이 끄는 수레에 탄 수탉과 암탉들, 짐바구니를 나르는 당나귀들, 건초를 마차 가득 싣고 가는 농부들로 북적였어요. 부두에서 올라오는 석탄 운반차의 행렬 또한 끊이지를 않았지요. 시골에서 자란 로빈슨은 그러한 소음 때문에 정신이 없고 두렵기만 했어요.

로빈슨은 아주 침착하게 걸어서 포 스트리트 거리에 도착했어요. 소몰이꾼의 개 한 마리가 스텀피와 다른 개들의 도움을 받아 수송아지 세 마리를 마당으로 몰아넣으려고 애쓰고 있었어요. 로빈슨과 아스파라거스 바구니를 든 다른 꼬마 돼지 두 마리는 후다닥 골목길로 피해 요란하게 개들이 짖어대는 소리가 사라질 때까지 문간에 숨어 있었어요.

용기를 내어 다시 포 스트리트 거리로 나온 로빈슨은 봄철 브로콜리로 높이 쌓인 짐바구니들을 싣고 가고 있는 당나귀 꼬리 뒤를 바짝 따라가기로 작정했어요. 어떤 길로 가야 시장으로 갈 수 있는지를 어렵지 않게 추측할 수 있었어요. 하지만 이처럼 이러저러한 일로 지체했기 때문에 교회 종이 벌써 11시를 친 것은 놀랄 일이 아니었어요. 시장은 10시에 열렸지만 아직도 물건을 사거나 사고 싶어하는 사람들이 많았어요.

시장은 넓고 바람이 잘 통했으며 빛이 환하고 생기가 넘치는 곳으로 지붕이 유리로 덮여 있었어요. 사람들이 붐볐지만 자갈로 포장된 혼잡하고 시끄러운 바깥 거리에 비해 안전하고 쾌적했지요. 어떤 경우에도 거기에서는 마차에 치일 위험이 없었어요. 커다랗게 소리치는 목소리들이 들렸어요. 시장 사람들은 물건을 사라고 외치고, 손님들은 팔꿈치로 밀치며 가판대 주위로 몰려들었어요. 유제품, 채소, 생선, 조개가 판판한 좌판에 진열되어 있었어요.

로빈슨은 염소 내니 네티고트가 고둥을 팔고 있는 좌판대 끄트머리 쪽에서 서서 물건을 팔 만한 장소를 발견했어요.

"고둥이요, 고둥! 고둥이요, 고둥, 고둥! 매애, 매애!"하고 내니가 소리쳤어요.

내니가 팔고 있는 물건은 고둥뿐이었어요. 그래서 로빈슨이 옆에서 계란과 앵초를 팔아도 질투를 하지 않았어요. 그녀는 로빈슨이 가지고 있는 꽃양배추가 무엇인지도 몰랐지요. 로빈슨은 사려 깊게 꽃양배추를 바구니에 넣어 좌판대 밑에 두었어요. 그리고는 좌판 뒤에 있는 빈 상자 위에 올라서서 매우 당당하고 힘차게 노래하듯 외쳤어요.

"계란이요, 갓 낳은 계란! 갓 낳은 신선한 계란이요! 계란과 수선화 살 사람 있어요?"

"내가 살게요."하고 뭉툭한 꼬리를 가진 커다란 갈색 개가 말했어요. "12개 사겠소. 로즈 아가씨 주인님이 내게 시장에 가서 계란과 버터를 사오라고 했거든."

"미안하지만 버터는 없어요, 스텀피 씨. 하지만 아름다운 꽃양배추는 있답니다."하고 로빈슨이 조심스레 내니 네티고트를 돌아보면서 바구니를 들어올리며 말했어요. 꽃양배추가 눈에 띄었다면 내니는 야금야금 뜯어 먹었을지도 모르지요. 하지만 내니는 빵모자를 쓴 오리 손님에게 팔 고둥의 무게를 컵으로 재느라고 바빴어요. "참으로 어여쁜 갈색 계란이네요, 깨진 하나만 빼고는. 맞은편 좌판대에서 흰 야옹이가 버터를 팔 거예요. 꽃양배추가 아름답군요."

"꽃양배추는 내가 살게, 애야, 들창코에게 신의 축복이 있길. 정원에서 직접 길렀대?"하고 벳시 할머니가 부산하게 앞으로 나서며 말했어요. 류머티즘은 많이 나아져 있었어요. 벳시는 수잔에게 집을 맡기고 나온 것이었죠. "아냐, 애야, 계란은 필요 없어. 나도 암탉을 키우거든. 꽃양배추와 꽃병에 꽂을 수선화 한 다발 주렴."하고 벳시가 말했어요.

"꿀, 꿀, 꿀!"하고 로빈슨이 대답했죠.

"여기요, 퍼킨스 부인, 여기 와 보세요! 좌판대 사이에 끼어 있는 이 꼬마 돼지 좀 보세요!"

"글쎄, 그게 무슨 말이에요!" 하고 퍼킨스 부인이 사람들 사이를 헤치고 나오며 소리쳤어요. 그 뒤를 어린 두 소녀가 따라왔죠. "못 보던 돼지네! 애야, 이것들이 이제 갓 낳은 신선한 계란이라고? 계란 품평회에서 1등상을 받기도 했던 와이언도트 닭의 계란이 팡 하고 깨져서 판사가 입는 검정 실크 옷을 더럽혔던 것처럼, 이 계란이 팡 터져 버려서 나의 이 귀한 외출복을 망치는 건 아니겠지? 커피색을 칠한 오리알은 아니겠지?[3] 또 뭔가 속임수가 있을 지도! 갓 낳았다고, 확실하니? 한 개만 깨졌을 뿐이라고? 정말 정직하다고 믿어 줄게. 계란 프라이를 할 수 있을 정도로 멀쩡하다고 말야. 계란 12개와 꽃양배추를 주려므나. 사라 폴리야! 꼬마 돼지의 은으로 된 코걸이 좀 보렴."

사라 폴리와 그녀의 작은 여자 친구가 키득키득 웃음을 터뜨리자 로빈슨은 얼굴을 붉혔어요. 로빈슨은 너무 당황하여 어떤 숙녀가 마지막 남은 꽃양배추를 사고 싶어하는 것도 몰랐어요. 그 숙녀가 로빈슨을 손으로 칠 때까지 말이죠. 이제 모두 팔리고 남은 것은 앵초 한 다발뿐이었어요. 한동안 키득거리며 속삭이던 두 여자 아이가 다시 와서 그 앵초를 샀어요. 그들은 페니 동전과 함께 박하사탕을 로빈슨에게 주었어요. 로빈슨은 그것을 받았고요. 하지만 별 관심 없이 다른 데 정신이 팔린 채로 사탕을 받았지요.

그런데 문제가 생겼어요. 앵초 다발을 팔자마자 로빈슨은 도카스 이모의 꿰맴질용 실 견본도 팔아 버린 사실을 깨달았어요. 돌려 달라고 부탁을 해야 할까 망설였어요. 하지만 퍼킨스 부인과 사라 폴리와 그녀의 여자 친구는 이미 사라지고 없었어요.

---

3. 오리알은 대부분 흰색인데 달걀은 진갈색인 것도 있다. 퍼킨스 부인은 오리알을 갈색으로 색을 입혀 달걀로 둔갑시켜 파는 것이 아닌지를 의심하는 것.

물건을 다 판 로빈슨은 박하사탕을 빨며 시장터를 나왔어요. 아직도 시장터로 몰려드는 사람들이 많았지요. 밖으로 나와 계단을 오르던 로빈슨의 바구니가 뒤에서 밀치고 올라오던 늙수그레한 양의 솔에 걸리고 말았어요. 로빈슨이 바구니를 빼내려고 애쓰고 있을 때 스텀피가 나타났어요. 스텀피는 이제 막 시장보기를 끝낸 참이었지요. 그의 바구니는 시장에서 산 물건들로 가득하여 묵직했어요. 스텀피는 책임감 있고, 믿음직하며 친절한 개였어요. 누구에게나 기쁜 마음으로 친절을 베풀었지요.

로빈슨이 멈비 아저씨네 가게로 가는 길을 묻자 스텀피가 말했어요. "브로드거리로 해서 집으로 갈 거니까, 날 따라와. 길을 가르쳐 줄게."

"꿀, 꿀, 꿀! 오, 고마워, 스텀피."하고 로빈슨이 말했어요.

제 5 장

나이 든 멈비 아저씨는 안경을 낀 데다 귀가 먹은 할아버지였어요. 잡화점을 운영하고 있었지요. 그는 상상할 수 있는 거의 모든 것을 팔았어요. 햄만 빼고요. 도카스 이모는 이 점을 마음에 들어 했지요. 스타이머스에서는 유일하게 이 가게에만 가늘고 창백한 색깔의 혐오스러운 날것 소시지가 담긴 커다란 접시가 판매대에 진열되어 있지 않았고, 천장에는 롤 베이컨이 대롱대롱 매달려 있지 않았거든요.

"뭐가 즐겁겠어."하고 도카스 이모는 흥분해서 말했어요. "가게에 들어설 때 햄이 머리를 치면 뭐가 즐겁겠어? 사랑하는 육촌의 몸으로 만들어진 햄이 말이야?"

그래서 이모들은 설탕과 차, 파란색 가방, 비누, 프라이팬, 성냥, 머그 잔을 살 때면 멈비 아저씨네 가게에서 샀어요.

멈비 아저씨네 가게에서는 이런 모든 물건들은 물론이고 그 밖의 다른 물건도

팔았거든요. 가게에 없는 물건은
주문해서 구해다주곤 했어요. 하
지만 이스트는 매우 신선해야 했
기 때문에 팔지 않았어요. 멈비 아
저씨는 로빈슨에게 이스트를 사려
면 빵가게에 가 보라고 했어요. 또
양배추 씨를 사기에는 때가 늦었
다고도 말해 주었지요. 올해는 야
채 씨를 이미 모두 뿌렸다고 했어
요. 아저씨네 가게에서는 꿰맴질
용 털실은 팔았어요. 그런데 로빈
슨은 어떤 색깔을 사야 하는지 잊
어버렸지 뭐예요.

　로빈슨은 정말 기분 좋게 끈적
끈적한 엿 여섯 개를 자기 돈으로 사고는 멈비 아저씨가 도카스 이모와 포카스
이모한테 전하라고 하는 말을 귀 기울여 들었어요. 당나귀 마차가 수리가 되지
않으면 다음 주에 어떻게 양배추를 보내야 하는지, 왜 주전자가 아직까지 수리
가 되지 않았는지, 그리고 새로 특허 받은 상자 모양의 다리미를 포카스 이모에
게 추천하고 싶다는 말을.

　로빈슨은 "꿀, 꿀, 꿀?" 하고 말하며 귀 기울여 들었어요.

　판매대 뒤의 의자에 서 있던 꼬마 개 팁킨스는 파란색 종이 가방에 식료품을
넣어 묶고 있다가 로빈슨에게 이렇게 속삭였어요. "이번 봄에 포콤 양돈장 헛간
에 쥐가 있었어? 토요일 오후에 로빈슨은 뭘 하며 지낼까?"

　"꿀, 꿀, 꿀!" 하고 로빈슨은 대답했어요.

　로빈슨은 무겁게 짐을 들고 멈비 아저씨네 가게에서 나왔어요. 엿이 위안이
되었어요. 하지만 꿰맴질용 실과 이스트와 양배추 씨가 문제였어요. 걱정스럽게
주위를 둘러보다가 벳시 할머니를 또 만났어요. 벳시 할머니가 소리쳤어요. "꼬

마 돼지에게 축복을! 아직까지 집에 안 간 거냐? 스타이머스에 오래 있다가는 소매치기 당할라!"

로빈슨은 꿰맴질용 실을 구하기가 어렵다고 설명했어요.

친절한 벳시 할머니는 언제라도 도울 준비가 되어 있었죠.

"아, 아까 그 작은 앵초 꽃다발을 묶었던 실을 보았지. 내가 샘에게 마지막으로 짜주었던 양말과 같은 푸른빛 회색이었지. 털실 가게로 같이 가자꾸나. 플리시 플록⁴네 털실 가게로. 내가 색깔을 기억하고 있어, 그럼!" 하고 벳시가 말했어요.

플록 아줌마는 아까 로빈슨과 부딪쳤던 양이었어요. 플록 아줌마는 순무 세 개를 산 후 가게를 잠궈 놓은 동안 손님들이 가 버릴까봐 시장에서 곧장 집으로 왔던 거예요.

그런데 그게 가게라니! 온통 뒤죽박죽이지 않겠어요! 온갖 색깔의 털실들, 두꺼운 털실, 얇은 털실, 가는 털실, 양탄자용 털실, 온통 뒤죽박죽인 꾸러미들, 발디딜 곳조차 없었어요. 플록 아줌마가 헷갈려서 물건을 찾는 것이 너무 느리자 벳시는 안달했어요.

"아니, 실내화용 털실이 아니야, *꿰맴질용* 실이라구, 플리시. 꿰맴질용 실 말야. 내가 샘 양말을 짤 때 샀던 것과 같은 색 말이야. 저런, 아니, 뜨개질 바늘은 아니구! 꿰맴질용 실이라니까."

"매애, 매애! 흰색이요 아니면 검은색이요, 에? 세 가닥으로 된 실이었죠?"

"오, 저런, *회색* 털실 말이야, 혼색실 말고."

"알아요. 어딘가에 있는데." 하고 플리시 플록이 실타래들과 실꾸러미들을 마구 뒤적이면서 힘없이 말했어요. "심 램이 오늘 아침에 유햄프턴 양털을 가져왔어요. 그래서 가게가 정신없이 어수선해요."

털실을 찾는 데 30분이나 걸렸어요. 벳시가 함께 있지 않았더라면 로빈슨은 결코 털실을 구하지 못했을 거예요.

---

4. 플리시 플록은 '폭신폭신한 양털'이란 뜻.

"늦었네, 난 집에 가야겠다." 하고 벳시가 말했어요. "오늘은 샘이 육지로 돌아와 저녁식사를 한단다. 내 충고를 받아들인다면 그 커다랗고 무거운 바구니를 방울새 자매에게 맡기고 빨리 물건들을 구하렴. 포콤 양돈장까지 가려면 오르막길을 한참 올라가야 하니까."

벳시의 충고를 따라서 로빈슨은 방울새 자매한테 갔어요. 도중에 빵집을 들렀지요. 이스트를 잊지 않고 있었거든요.

그런데 불행히도 적당한 빵가게가 아니었어요. 근사한 빵 냄새와 함께 페이스트리 빵이 창문에 진열되어 있었어요. 하지만 그곳은 식당이었어요.

로빈슨이 반회전문을 밀치고 열자 앞치마를 두르고 흰색 사각 모자를 쓴 한 남자가 돌아보며 말했어요. "안녕! 뒷다리로 걸어다니는 돼지고기 파이이신가?" 그러자 식탁에 앉아 있던 네 남자가 무례하게 웃음을 터뜨렸어요.

로빈슨은 급히 가게를 나왔어요. 다른 빵가게에 가기가 두려웠지요. 로빈슨이 생각에 잠겨 포 스트리트 거리에 있는 다른 가게 창문을 들여다보고 있을 때 스텀피가 또 그를 발견했어요. 스텀피는 물건을 산 바구니를 집에 두고 또 다른 심부름을 하러 나온 것이었어요. 그는 로빈슨의 바구니를 입에 물고 매우 안전한 빵 가게로 안내했어요. 스텀피가 자신이 먹을 개 먹이용 비스킷을 사던 곳이었죠. 그곳에서 로빈슨은 마침내 도카스 이모가 주문한 이스트를 샀어요.

그들은 양배추 씨를 구하러 다녔지만 구할 수가 없었어요. 다만, 부두에 있는 작은 가게에서 살 수 있을 거란 말을 들었지요. 그 가게는 할미새 부부가 운영하는 가게였어요.

"유감이지만 함께 갈 수 없어." 하고 스텀피가 말했어요. "로즈 아가씨가 발목을 삐었거든. 그래서 날더러 우표 열두 장을 사오라고 시켰어. 우편물이 수거되기 전에 가져다줘야 해. 이 무거운 바구니를 가지고 계단을 오르내리지 말고 방울새 자매한테 맡겨."

로빈슨은 스텀피에게 매우 고마워했어요. 두 명의 방울새 자매는 차와 커피를 파는 가게를 운영하고 있었어요. 도카스 이모와 말수가 적은 시장 사람들이 즐겨 드나드는 곳이었지요. 가게문 위의 간판에는 "만족스러운 검은머리 방울새"라 불리는 통통하고 작은 녹색의 새가 그려져 있었어요. "만족스러운 검은머리 방울새"는 커피 가게 이름이기도 했지요. 그들은 배달부의 당나귀가 토요일이면 세탁물을 가지고 스타이머스에 올 때 쉴 수 있는 마구간도 가지고 있었어요.

로빈슨이 매우 피곤해 보였기 때문에 언니 방울새가 차 한 잔을 내주었어요. 하지만 두 방울새 자매는 로빈슨에게 빨리 마시라고 말했어요.

"꿀, 꿀, 꿀! 켁 켁!" 하고 로빈슨이 코를 데이면서 말했어요.

방울새 자매는 도카스 이모를 존경했지만 로빈슨이 혼자 시장을 보는 것에 대해서는 못마땅해했어요. 시장바구니가 로빈슨이 들고 가기에는 너무나도 무겁다는 것이었지요.

"우리 둘이 함께 힘을 합쳐도 못 들겠는걸." 하고 언니 방울새가 작은 발톱을 들어 보이며 말했어요. "양배추 씨를 구해서 빨리 돌아와. 심 램의 조랑말 마차가 아직 우리 마구간에서 대기하고 있어. 그가 출발하기 전에 돌아오면 널 태워 줄 거야. 어떻게 해서라도 의자 밑에 네 바구니를 놓을 공간을 마련해 줄 거야. 포콤 양돈장을 지나가거든. 빨리 갔다 와!"

"꿀, 꿀, 꿀!" 하고 로빈슨이 대답했어요.

"대체 무슨 생각으로 그 애를 혼자 보낸 거야? 어두워지기 전에는 집에 돌아가지 못할 거야." 하고 언니 방울새가 말했어요. "빨리 마구간으로 가봐, 클라라. 심 램의 조랑말한테 출발하기 전에 그 애의 바구니를 꼭 싣고 가라고 전해."

동생 방울새는 마당을 가로질러 날아갔어요. 그들은 차통에 차는 물론이고 각설탕과 엉겅퀴 씨앗도 보관하고 있는 부지런하고 명랑한 작은 숙녀 새들이었지요. 식탁과 도자기 그릇들은 티끌 하나 없이 깨끗했어요.

제 6 장

스타이머스는 여관들로 넘쳐난답니다. 너무 넘쳐나지요. 농부들은 대개 "검은 황소"나 "말과 편자공" 여관에 그들의 말을 재우지요. "돼지와 휘파람"이란 여관을 이용하는 시장 사람들은 그보다 적었답니다.[5]

포 스트리트 거리 모퉁이에는 "왕관과 닻"이라는 또 다른 여관이 있었어요. 선원들이 자주 이용하는 것이었지요. 몇몇 선원들이 주머니에 손을 꽂고 문간에서 서성거리고 있었어요. 파란색 셔츠를 입은 한 선원이 로빈슨을 뚫어지게 바라보면서 어슬렁어슬렁 길을 건넜어요.

그 선원이 이렇게 말했어요. "이봐, 꼬마 돼지! 코담배 좋아하나?"

로빈슨에게 결점이 있었다면 "아니요"라고 말을 하지 못한다는 점이었어요. 계란을 훔치는 고슴도치한테조차 말이에요. 사실, 로빈슨은 코담배나 입담배를 피우면 속이 메스꺼웠어요. 하지만 로빈슨은 "감사하지만 괜찮아요, 아저씨."라고 말하고 곧장 일을 보러 가는 대신에 한쪽 눈을 반쯤 감고 고개를 한쪽으로 떨어뜨린 채 발을 질질 끌고 가서 꿀꿀거렸어요.

---

5. "검은 황소", "말과 편자공","돼지와 휘파람"은 모두 여관 이름이다.

선원은 뿔로 된 코담배 상자를 꺼내 로빈슨에게 조금 집어 주었어요. 로빈슨은 도카스 이모에게 줄 생각으로 작은 종이에 코담배를 말았지요. 그리고는 그에게 지지 않고 예의를 지키려고 엿을 주었어요.

로빈슨은 코담배를 좋아하지 않았지만, 새로 알게 된 그 선원은 엿을 마다하지 않았어요. 선원은 한입 가득 엿을 먹었어요. 그리고는 로빈슨의 귀를 잡아당기며 칭찬을 하고는 턱이 다섯 개가 되었다고 말했어요.[6] 그는 양배추 씨앗 가게로 데려다 주겠다고 약속했지요. 그리고 바나바스 부처[7] 선장이 지휘하는 "파운드 오브 캔들스"라고 하는 생강 무역선으로 안내하는 영광을 달라고 마지막으로 부탁했어요.

로빈슨은 그 이름이 마음에 들지 않았어요. 수지[8]와 돼지비계로 만든 기름과 베이컨 요리를 떠올리게 했거든요. 하지만 수줍게 웃으며 발끝으로 걸으면서 그러자고 했지요. 로빈슨이 이걸 알았더라면 … 그 선원이 배의 요리사라는 걸 말예요!

그들이 하이 스트리트 거리를 벗어나 항구로 이어지는 가파른 좁은 길로 들어섰을 때 늙은 멈비 아저씨가 그의 가게 문에서 걱정스레 소리쳤어요. "로빈슨! 로빈슨!"

하지만 마차들 소리가 너무도 시끄러웠어요. 그리고 그 순간 한 손님이 가게로 들어서자 정신이

---

6. 한입 가득 엿을 머금은 입 모양을 비유한 것.
7. 선장 이름인 부처(butcher)는 '정육점 주인'이란 뜻. 돼지인 로빈슨의 입장에서 '부처'라는 이름이 마음에 들 리 없다.
8. 짐승에서 짜낸 기름.

다른 데 팔려 선원의 의심스러운 행동에 대해 잊어버리고 말았죠. 그렇지 않았더라면 가족에 대한 염려로 틀림없이 그의 개 팁킨스를 시켜 로빈슨을 데려오라고 했을 거예요. 그래서 로빈슨이 행방불명되었을 때 경찰에 도움이 되는 정보를 준 사람은 그가 처음이었지요. 하지만 그 때는 너무 늦어버린 때였어요.

로빈슨과 그의 새로운 친구는 항구 아래쪽으로 향하는 길다란 층계를 내려갔어요. 아주아주 높고 가파르고 미끄러운 계단을. 꼬마 돼지 로빈슨은 계단에서 계단으로 깡충깡충 뛰어야 했어요. 그래서 친절한 선원은 그를 붙잡아 주었어요. 그들은 손을 잡고 부두를 따라 걸었어요. 그들의 모습은 사람들에게 큰 흥미를 불러일으켰어요.

로빈슨은 매우 관심 있게 주위를 둘러보았어요. 예전에 당나귀 마차를 타고 스타이머스에 왔을 때 그 계단 너머를 살짝 보았었지요. 하지만 그 계단 아래로 내려갈 엄두는 내지 못했어요. 선원들이 거칠기도 하고 배 주위에는 으르렁거리는 작은 테리어 개들이 보초를 서는 경우가 많았으니까요.

항구에는 여느 때처럼 아주 많은 배들이 있었어요. 계단 위쪽 시장 광장처럼 시끄럽고 북적거렸어요. 세 개의 돛을 단, "골디락스"라고 하는 커다란 배에서 오렌지 화물이 내려지고 있었어요. 부두 저만치에 있는, 브리스틀의 연안을 향해하는 "꼬마 보 피프"라고 불리는, 작은 쌍돛대 범선에는 유햄프턴과 램월씨의 양에서 나온 양털 화물이 실리고 있었어요.

늙은 심 램이 양의 목에 다는 방울과 동그랗게 말린 커다란 뿔을 가지고 통로에 서서 화물 수를 세고 있었어요. 기중기가 빙 돌아서 도르래를 통과하는 밧줄소리와 함께 양털 짐짝을 배의 짐칸에 내려놓을 때마다 심 램은 늙은 고개를 끄덕이고 "짤랑 짤랑 쨍" 하는 방울소리를 내면서 거칠게 매애 소리를 냈어요.

그는 로빈슨의 얼굴을 알고 있는 사람이었기 때문에 로빈슨을 보았더라면 주의하라고 일러줬을 거예요.

도로로 마차를 몰고 갈 때 포콤 양돈장을 종종 지나친 적이 있었거든요. 하지만 시력을 잃은 그의 한쪽 눈은 부두를 향해 있었어요. 그는 양털 짐짝이 서른다섯 개가 배에 실렸는지, 아니면 서른네 개만이 실린 것인지에 대해 배의 사무장과 의견이 엇갈려 몹시 당황하고 허둥댄 적이 있었어요.

그래서 그는 쓸모 있는 한쪽 눈으로는 주의 깊게 양털을 주시하면서 금이 새겨진 막대기에 표시를 하며 수를 세고 있었어요. 짐짝 하나 더, 막대기에 표시 하나 더, 서른다섯, 서른여섯, 서른일곱 하면서 말이죠. 마지막에 숫자가 맞아떨어지길 바랐지요.

짧게 꼬리를 자른 양치기 개인 티머시 지프 또한 로빈슨을 알고 있었어요. 하지만 그 개는, "마저리 도" 석탄선 개인 에어데일 테리어 개와 "골디락스" 배의 개인 스페인 산 개 사이에 벌어진 싸움을 감독하느라 정신이 없었어요. 그 두 개가 이빨을 드러내고 으르렁거리며 뒤얽혀서 마침내 부두 가장자리를 구르다가 물속으로 빠진 것을 아무도 알아채지 못했지요. 로빈슨은 선원에게 바싹 붙어서 그의 손을 꼭 잡았어요.

"파운드 오브 캔들스"호는 대형 범선임을 알 수 있었어요. 새로 페인트칠을 하고 로빈슨이 의미를 알 수 없는 깃발들로 장식이 되어 있었어요. 그 배는 부두 외곽에 정박해 있었지요. 바닷물이 빠른 기세로 밀려들어 배 측면에 부딪치며 찰싹거렸고, 배를 부두에 묶어 놓은 굵은 밧줄들을 팽팽하게 잡아당겼어요.

선원들은 바나바스 부처 선장의 지휘를 받으며 물건을 배에 싣고 밧줄로 고정하는 작업을 하고 있었어요. 선장은 귀에 거슬리는 목소리를 가진 피부가 갈색인 바닷사람이었어요. 그는 쿵쾅거리고 다니면서 투덜댔어요. 부두에서도 그의 말이 간간이 들렸지요. 그는 "해마(海馬)"라는 예인선에 대해서 얘기하고 있었어요. 그리고 밀물이 가장 높은 한사리와 그 원인이 되는 북동풍에 대해서, 그

리고 빵 가게 주인과 "11시 정각에 배에 실어야 할" 신선한 채소에 대해서 얘기했어요. "또한 한 덩어리 …"라는 말과 함께 갑자기 그의 말이 끊겼어요. 그의 눈이 요리사와 로빈슨을 발견한 거죠.

로빈슨과 요리사는 삐걱거리는 널빤지를 지나 배에 올라탔어요. 로빈슨이 갑판에 내려섰을 때 그를 맞은 것은 검은 구두약으로 부츠를 닦고 있는 커다란 노란 고양이였어요.

고양이는 소스라치게 놀라며 구두 닦는 솔을 떨어뜨렸어요. 그리고는 로빈슨에게 눈을 깜빡이면서 이상한 표정을 지어 보였어요. 로빈슨은 고양이가 그처럼 행동하는 것을 본 적이 없었지요. 그래서 고양이가 아픈 것이냐고 물었어요. 그러자 요리사는 부츠 한 짝을 고양이에게 던졌고 고양이는 밧줄들이 있는 곳으로 뛰어들었어요. 하지만 요리사는 로빈슨에게는 아주 다정하게 선실로 데려가서 머핀과 크럼핏 빵[9]을 대접해 주었어요.

로빈슨이 머핀을 얼마나 많이 먹었는지는 모르겠어요. 잠에 곯아떨어질 때까지 계속 먹어댔으니까요. 로빈슨은 앉아 있던 의자가 휘청거려 식탁 아래로 굴러 떨어질 때까지 잠을 잤어요.

선실 바닥의 한쪽 면이 천장 쪽으로 들어올려지며 흔들렸고 천장의 다른 측면은 바닥 쪽을 향해 아래로 흔들렸어요. 그릇들이 여기저기서 춤을 추었지요. 고함치는 소리, 쿵쾅거리는 소리, 쇠줄들이 철커덕 철커덕 부딪치는 소리, 그 밖의

---

9. 버터와 함께 먹는 영국 음식

기분 나쁜 소리들이 들려왔어요.

　로빈슨은 뭔가에 부딪힌 듯한 느낌을 받으며 벌떡 일어났어요. 그는 서둘러서 사다리 같은 계단을 기어올라 갑판으로 갔어요. 그리고는 공포에 질려 비명을 지르고 질러댔어요! 배는 온통 거대한 녹색의 물결로 둘러싸여 있었어요. 부두 위의 집들은 인형의 집들처럼 조그맣게 보였어요. 그리고 빨간 절벽과 녹색 풀밭 위로 펼쳐진 높다란 언덕 위로 보이는 포콤 양돈장 농장은 우표만큼 작게 보였어요. 과수원에 있는 작은 하얀 조각은 포카스 이모가 새하얗게 말리려고 풀밭 위에 펼쳐 놓은 세탁물이었지요. 바로 손이 닿을 듯한 가까이에 "해마"라는 검은색 예인선이 연기를 내뿜으며 위아래로 앞뒤로 요동치며 흔들리고 있었어요. "파운드 오브 캔들스"호에서 이제 막 풀려나온 견인용 밧줄을 감고 있는 중이었지요.

　바나바스 선장은 범선 뱃머리에 서 있었어요. 그는 예인선 선장에게 고함을 치고 소리를 질렀어요. 선원들도 소리치며 열심히 닻을 끌어올렸어요. 배는 물결을 가르면서 빠른 속도로 나아갔어요. 바다 냄새가 확 풍겨왔지요.

　로빈슨은 어떻게 하고 있었을까요. 그는 정신 나간 사람처럼 날카로운 비명을 질러대며 법석을 떨며 갑판을 빙빙 돌았어요. 갑판이 한쪽으로 심하게 기울어져 있어서 한두 번 미끄러져 넘어지기도 했지요. 하지만 그래도 계속 달리고 달렸어요. 그의 비명 소리가 점점 노래로 잦아들었어요. 하지만 그는 여전히 달리기를 멈추지 않았어요. 그의 노래는 이러했지요.

가엾은 로빈슨 크루소 돼지!
오, 도대체 어떻게 그런 일을 할 수가 있었을까?
그들은 그를 배에 태웠다네, 끔찍한 배에.
오, 가엾은 로빈슨 크루소 돼지!

선원들은 눈물이 나도록 웃어댔어요. 하지만 로빈슨이 똑같은 노래를 50번 정도 불러대며 선원들 다리 사이로 달려 다니다가 몇몇 선원들을 넘어뜨리자 선원들은 화가 나기 시작했어요. 그 배의 요리사조차도 로빈슨에게 더 이상 공손하지 않았어요. 그와는 반대로 로빈슨에게 매우 무례하게 굴었어요. 당장 그 콧노래를 멈추지 않으면 돼지고기로 만들어 버리겠다고 으름장을 놓았지요.

그러자 로빈슨은 기절해서 "파운드 오브 캔들스"호 갑판에 납작 쓰러지고 말았어요.

제 7 장

로빈슨이 배에서 한순간이라도 학대를 받은 적이 있다고 추측해서는 안돼요. 그와는 정반대였으니까요. 그는 포콤 양돈장에서 지낼 때보다도 "파운드 오브 캔들스"호에서 더 잘 먹고 더 많은 사랑을 받았어요. 그래서 며칠 동안은 (특히 배멀미를 했을 때는) 친절한 이모들한테 가려고 안달을 했지만 그 이후부터는 매우 만족스럽고 행복했어요. 그는 자신의 "바다의 다리"[10]라고 하는 것을 갖게 되었어요. 그리하여 갑판 위를 날쌔게 돌아다녔지요. 너무 뚱뚱하고 게을러서 재빠르게 움직일 수 없게 될 때까지는 말이죠.

요리사는 지치지 않고 로빈슨에게 죽을 끓여 주었어요. 한 자루 가득 곡물과 한 자루 가득 감자는 특히 그를 위해서, 그리고 그를 기쁘게 하기 위해서 제공된

---

10. 배 갑판에서 넘어지지 않고 안정감 있게 걸어다니는 것.

듯했어요. 로빈슨은 원하는 만큼 실컷 먹었어요. 배불리 먹고 따뜻한 갑판 바닥에 누워 있으면 아주 흐뭇했지요. 배가 남쪽으로 계속 항해하여 따뜻한 지역으로 다가감에 따라 그는 더욱더 게을러졌어요.

항해사는 그를 귀여워했으며 승무원들은 그에게 음식을 한 입씩 주었지요. 그리고 요리사는 그의 등을 문질러 주며 옆구리를 긁어 주었어요. 누워서 너무 뒹굴뒹굴했기 때문에 살이 쪄서 옆구리를 긁어도 간지럽지 않았거든요. 그를 농담 정도로 가볍게 대하지 않은 사람은 노란 수고양이와 성격이 심술궂은 바나바스 부처 선장뿐이었어요.

고양이의 태도가 로빈슨은 당혹스러웠어요. 고양이는 끊이지 않는 옥수수 죽에 대해 드러내놓고 못마땅해했어요. 그리고 탐욕을 부리는 것은 부도덕하며 지나친 탐닉이 재앙을 불러온다는 아리송한 말을 했어요. 하지만 그 재앙이 어떤 것인지에 대해서는 설명해 주지 않았어요. 고양이가 노란 죽이나 감자를 싫어했기 때문에 로빈슨은 그의 경고가 편견에서 나온 것일 거라고 생각했어요. 하지만 고양이가 불친절한 것은 아니었어요. 애절하게 경고를 하는 태도였지요.

고양이는 사랑에 배신을 당한 적이 있었어요. 그의 침울하고 어두운 인생관은 일부 올빼미와 헤어진 것 때문이기도 했어요. 라플란드의 새하얀 흰올빼미인 그 다정한 암올빼미는 북쪽으로 가는 고래잡이배를 타고 그린란드를 향해 가 버렸지 뭐예요. "파운드 오브 캔들스"호는 열대 바다를 향해 가고 있는데 말이죠.

그래서 그 고양이는 자신의 의무를 게을리했고 요리사와는 사이가 최악이었어요. 부츠를 닦거나 선장의 수발을 드는 대신에 밤낮 없이 굵은 밧줄 위에 앉아서 세레나데를 불렀어요.

그러다 가끔씩 갑판에 내려와 로빈슨에게 충고를 했어요.

왜 그렇게 많이 먹어대지 말아야 하는지에 대해서는 분명하게 말해 주지 않았어요. 하지만 (로빈슨은 절대로 기억할 수가 없는) 알 수 없는 날짜에 대해 자주 언급했어요. 매년 특별한 진수성찬을 차려 축하하는 부처 선장의 생일 날짜에 대해서 말이죠.

"그날을 위해서 사과를 아껴두는 거야. 양파는 다 해치웠어. 따뜻해서 싹이 나서 말이야. 바나바스 선장이 요리사에게 하는 말을 들었는데 소스용 사과가 있는 한 양파는 없어도 문제 없대."

로빈슨은 귀 기울여 듣지 않았어요. 사실 그와 고양이는 뱃전에 나란히 앉아 은빛 물고기 떼를 바라보고 있었어요. 배는 쥐죽은 듯이 고요했어요. 요리사가 갑판 위를 산책하다가 고양이가 바라보고 있는 것이 신선한 생선이라는 것을 알자 기뻐서 소리를 질렀어요. 곧이어 선원들 절반이 나와서 낚시를 했어요. 그들은 낚싯줄에 진홍색 털실이나 비스킷을 미끼로 끼웠어요. 그리고 배의 갑판장은 번쩍이는 단추를 미끼삼아 많은 고기를 낚았어요.

그런데 단추 낚시의 가장 큰 단점은 물고기들을 갑판으로 끌어올리는 동안에 많은 물고기들이 다시 바다로 떨어져 버린다는 점이었어요. 그래서 부처 선장은 선원들이 작은 보트를 바다에 띄우는 것을 허락했어요. 보트는 "닻 기둥"이라 불리는 쇠 장치에서 내려져 유리 같은 바다 위로 띄워졌어요.

다섯 명의 선원들이 보트에 탔지요. 고양이도 뛰어들었어요. 그들은 몇 시간 동안 낚시를 했어요. 바람 한 점 불지 않았지요.

고양이가 없는 사이에 로빈슨은 따스한 갑판 위에서 평화롭게 잠이 들었어요. 얼마 후에 그는 낚시를 나가지 않은 항해사와 요리사의 목소리에 잠이 깨었어요. 항해사가 이렇게 말했지요. "일사병 걸린 돼지 허리살은 먹고 싶지 않아, 요리사. 흔들어 깨워, 아니면 범포를 덮어 주든가. 나도 농장에서 자랐어. 돼지들은 뜨거운 햇살 아래 자게 해서는 절대 안 돼지."

"왜죠?" 하고 요리사가 물었어요.

"일사병 때문이지." 하고 항해사가 말했어요. "햇볕을 쬐면 피부가 타서 벗겨지고, 그러면 돼지 껍질 모양이 엉망이 되거든."

바로 그 때 다소 무겁고 더러운 범포가 로빈슨 몸 위로 던져졌어요. 로빈슨은 갑작스럽게 꿀꿀거리며 몸부림치며 발로 범포를 걷어찼어요.

"당신이 하는 말을 들었을까요, 항해사님?" 하고 요리사가 낮은 목소리로 물었어요.

"알 수 없지. 상관없어. 배에서 도망칠 수는 없을 테니까." 하고 항해사가 담뱃대에 불을 붙이며 대답했어요.

"식욕을 망칠 수도 있어요. 아주 잘 먹고 있는데 말예요." 요리사가 말했어요.

곧이어 바나바스 부처 선장의 목소리가 들렸어요. 그는 아래 선실에서 낮잠을 자고 갑판으로 나온 참이었어요.

"큰돛대 꼭대기의 망대로 올라가서 망원경을 통해 수평선의 위도와 경도를 확인해. 항해용 지도와 나침반에 의하면 지금쯤 우리는 다도해 가운데에 있어야 해." 하고 부처 선장의 목소리가 말했어요.

그 소리는 먹먹하게 들리긴 했지만 범포를 통해 로빈슨의 귀에까지 들렸어요. 그의 목소리는 위압적이었어요. 듣는 사람이 아무도 없는 데서는 선장에게 가끔 대드는 항해사에게는 그렇게 위압적으로 들리지 않았지만 말이죠.

"발가락 티눈이 몹시 아파서요." 하고 항해사가 말했어요.

"고양이를 올려 보내." 하고 부처 선장이 짧게 명령했어요.

"고양이는 보트 낚시하러 나갔는데요."

"그럼 데려 와." 하고 바나바스 선장이 버럭 화를 내며 말했어요. "그 놈의 고양이는 2주일 동안 내 부츠도 닦지 않았어." 선장은 아래로 내려갔어요. 발판 사다리를 내려가 그의 선실로 갔지요. 선실에서 그는 다도해를 찾아 위도와 경도를 알아내는 작업을 다시 했지요.

"다음 주 목요일 전에 저놈의 성질을 고쳤으면 좋겠구먼. 그렇지 않으면 돼지고기 구이를 즐길 수 없을 텐데!" 하고 항해사가 요리사에게 말했어요.

그들은 어떤 고기를 잡았는지 보려고 갑판 끝으로 천천히 걸어갔어요. 고기잡이 보트가 돌아오고 있었거든요.

날씨가 매우 고요했기 때문에 보트는 "파운드 오브 캔들스"호의 배 끝쪽에 있는 창문 아래쪽에 묶어 유리 같은 바다 위에 밤새 떠워 놓았지요.

고양이는 망원경과 함께 돛대로 올려 보내졌어요. 그리고 그곳에서 한참을 있었지요. 돛대에서 내려온 고양이는 아무것도 보이지 않는다고 거짓 보고를 했어요. 그날 밤, 바다가 아주 잔잔했기 때문에 "파운드 오브 캔들스"호에서는 특별히 보초를 서거나 망을 보는 사람을 배치하지 않았지요. 누군가 망을 봤다면 고양이가 봤을 거예요. 배에 있는 나머지 사람들은 모두 카드놀이를 했지요.

고양이나 로빈슨은 제외하고요. 고양이는 범포 밑에서 무언가 약하게 움직이는 것을 알아차렸어요. 그리고는 그 밑에서 벌벌 떨며 눈물을 줄줄 흘리고 있는 로빈슨을 발견했지요. 로빈슨은 돼지고기에 대한 대화를 엿들었던 거예요.

"내가 몇 번이나 암시를 줬잖아." 하고 고양이가 로빈슨에게 말했어요. "그들

이 뭣 때문에 널 살찌웠겠어? 이제 꽤액 꽤액 비명 지르지 마, 이 꼬마 바보야! 잘 듣고 울지 않는다면 코담배 피우는 것처럼 쉬운 일이야. 어느 정도는 노를 저을 줄 알잖아."(로빈슨은 가끔 낚시를 하러 나가서 게를 몇 마리 잡아온 적이 있었어요.) "멀리까지 노를 젓지 않아도 돼. 아까 돛대 꼭대기 망대에 올라갔을 때 북동쪽 방향의 섬에 있는 봉 나무 꼭대기가 보였었어. 다도해의 해협은 "파운드 오브 캔들스"호가 지나가기에는 너무 얕아. 나머지 보트들은 모두 구멍을 내서 가라앉힐게. 자, 어서 내 말대로 해!" 하고 고양이가 말했어요.

고양이는 일부는 사심 없는 우정에서, 일부는 요리사와 바나바스 부처 선장에 대한 원한에서 로빈슨을 도와주었어요. 여러 가지 필요한 물건들을 챙기는 일을 도와주었지요. 신발, 접착제, 칼, 안락의자, 낚시 도구, 밀짚모자, 톱, 파리잡이 끈끈이, 감자 냄비, 망원경, 주전자, 나침반, 망치, 밀가루 한 통, 식사 추가분, 물 한 통, 텀블러, 찻주전자, 못, 들통, 드라이버 등.

"그걸 보니 생각나네." 하고 고양이가 말했어요. 그러고 나서 그가 한 일은 송곳을 가지고 갑판을 돌아가서 "파운드 오브 캔들스"호에 실려 있는 보트 세 척에 커다란 구멍을 낸 것이었어요.

바로 이때 아래쪽에서 불길한 소리가 들리기 시작했어요. 카드 패가 좋지 않은 선원들이 카드놀이에 싫증이 나기 시작한 것이었죠. 그래서 고양이는 급히 로빈슨에게 작별인사를 하고는 로빈슨을 뱃전 너머로 밀쳤어요. 로빈슨은 밧줄을 타고 보트로 미끄러져 내려갔어요. 고양이는 위쪽 밧줄을 풀어 그에게 던졌어요. 그러고 나서 굵은 밧줄 위로 올라가 망을 보다가 잠든 척했지요. 로빈슨은 휘청거리다가 노를 잡고 앉았어요.

다리가 짧아서 노를 저을 수가 없었지요. 선실에 있던 바나바스 선장은 카드 돌리는 것을 멈추고 손에 카드 한 장을 쥔 채 귀를 기울였어요 (그 틈에 요리사는 카드 밑을 슬쩍 보았죠). 그리고는 카드들을 바닥에 찰싹 내리쳤어요. 그 소리에 고요한 바다 위를 젓는 노젓는 소리가 묻혀 버렸지요.

카드놀이가 한 판 더 끝난 뒤 두 선원이 선실을 나와 갑판으로 갔어요. 그들은 저 멀리 바다에 커다란 검은 딱정벌레 같은 물체가 떠 있는 것을 발견했지요. 그 중 한 선원은 뒷다리로 수영하는 거대한 바퀴벌레라고 말했어요. 다른 선원은 돌고래라고 말했지요. 두 선원은 좀 큰 소리로 다투었어요. 요리사가 패를 돌린 후 한 번도 으뜸패를 손에 넣은 적이 없는 바나바스 선장, 그 바나바스 선장이 갑판으로 나와 말했어요. "내 망원경을 가져와 봐."

망원경은 사라지고 없었어요. 마찬가지로 신발, 접착제, 나침반, 감자 냄비, 밀짚모자, 망치, 못, 들통, 드라이버, 그리고 안락의자도 없었어요.

"작은 보트를 가져와서 무엇인지 알아봐." 하고 부처 선장이 명령했어요.

"그거 좋지요, 하지만 돌고래가 아닐까요?" 하고 항해사가 반항적으로 말했어요.

"이런, 큰일 났어요. 보트가 없어졌어요!" 하고 한 선원이 소리쳤어요.

"다른 보트를 가져와, 나머지 보트 세 척을 모두 가져오라고. 그 돼지와 고양이 짓이야!" 하고 선장이 고함을 쳤어요.

"아니에요, 선장님. 고양이는 저 위 밧줄에서 잠들어 있어요."

"짜증나는 고양이 같으니라구! 돼지를 데려와! 사과 소스가 소용없게 되겠군!" 하고 요리사가 날뛰며 칼과 포크를 휘두르면서 소리를 질렀어요.

닻 기둥이 흔들리면서 보트들이 휙, 철벅 소리와 함께 바다에 내려졌어요. 선원들이 모두 허둥지둥 보트에 올라타 미친 듯이 노를 저었어요. 그리고 그들 대부분은 "파운드 오브 캔들스"로 미친 듯이 노를 저어 돌아온 것을 기뻐했어요. 고양이 덕분에 보트들이 모두 심하게 물이 샜거든요.

제 8 장

로빈슨은 노를 저어 "파운드 오브 캔들스"호로부터 멀어져 갔어요. 그는 쉬지 않고 노를 힘껏 잡아당겼어요. 노는 그에게 아주 무거웠지요. 해가 졌지만, 내가 알기로는, 열대 지방에서는 — 난 열대지방에 가 본 적은 없어요 — 반짝이는 빛이 바다를 비추지요. 로빈슨이 노를 들어올리자 반짝이는 물이 노의 날에서 다이아몬드처럼 방울방울 떨어졌어요. 곧이어 수평선 위로 달이 떠오르기 시작했어요. 커다란 은쟁반을 반으로 잘라놓은 모양이었어요.

로빈슨은 노에 기대고 멀리 보이는 배를 바라보았어요. 달빛을 받으며 아무런 요동도 없이 잔물결 하나 없는 바다 위에 떠 있는 배를요. 바로 이 순간이었어요. 그러니까 그가 400미터 정도 떨어진 곳에 있었을 때였지요. 두 선원이 갑판 위로 나와 그의 보트를 헤엄치는 딱정벌레라고 생각했어요.

로빈슨은 너무 멀리 떨어져 있어서 "파운드 오브 캔들스"에서 일어난 대소동을 볼 수도 들을 수도 없었어요.

하지만 세 척의 보트가 뒤쫓아 오기 시작한 것을 곧 알 수 있었지요.

로빈슨은 자기도 모르게 꽤액꽤액 비명을 지르기 시작하며 미친 듯이 노를 저었어요. 하지만 그가 지쳐서 나가떨어지기 전에 보트들은 뱃머리를 돌려 돌아 갔어요. 그 때서야 로빈슨은 고양이가 송곳으로 했던 일을 기억해 내고는 보트 들이 물이 샌다는 사실을 알았어요. 남은 밤 동안 그는 느긋하게 천천히 노를 저 었지요. 그는 잠을 자고 싶지가 않았어요. 공기는 쾌적하고 시원했어요. 다음날 은 더웠지만 로빈슨은 범포를 덮고 곤히 잤어요. 텐트를 급히 치고 싶을 때 쓰라 고 고양이가 사려 깊게 실어 준 범포였어요.

배는 시야에서 점점 더 희미해져 갔어요. 바다는 실제로 평평하지 않다는 걸 알잖아요. 먼저, 선체가 보이지 않더니 그 다음에는 갑판이 보이지 않았어요. 그 리고는 돛대의 일부만 보일 뿐 아무것도 보이지 않았어요.

로빈슨은 배를 기준으로 하여 진로를 잡아 왔었어요. 방향을 가늠할 수 있는 배가 시야에서 사라지자 그는 나침반을 참고하려고 고개를 돌렸어요. 그 때 쿵 쿵 하면서 보트가 모래톱에 부딪쳤어요. 하지만 다행히도 보트가 모래톱에 박히 진 않았어요.

로빈슨은 노 하나를 뒤로 저으면서 보트 에서 일어서서 주위를 둘러보았어요. 그런데 그가 본 것은 다름 아닌 봉 나무 꼭대기가 아니겠어요!

반시간 동안 노를 젓자 널따랗고 비옥한 섬의 해변 이 나타났어요. 로빈슨은 가장 당당한 태도로 육지로 오르기가 편리한 아늑한 만 (灣)으로 들어섰어요. 푹푹 찌는 물이 은빛 수로로 흘 러드는 곳이었어요. 해안은 굴로 뒤덮여 있었어요. 신맛이 나는 사탕들이 나무에서 자랐어요.

고구마 종류인 얌은 아주 풍부하여 요리가 될 준비가 되어 있었어요. 빵나무에서는 아이스 케이크와 머핀이 자라고 있어 구워질 준비가 되어 있었죠. 그래서 돼지들이 죽이 없어서 탄식할 일이 없었어요. 머리 위로는 봉 나무들이 높이 솟아 있었어요.

그 섬에 대해 더 자세히 알고 싶다면 "로빈슨 크루소"를 읽어 보세요. 봉 나무가 자라는 섬은 크루소가 도착한 섬과 아주 닮았거든요. 그곳의 결점을 제외하고는 말이죠. 실은 나도 그 섬에 가 본 적이 없기 때문에 18개월 후에 그곳에 가서 달콤한 신혼여행을 하고 돌아온 올빼미와 야옹이가 전해준 얘기를 듣고 말하는 거예요. 그들은 그곳 날씨에 대해서 열심히 얘기해 주었어요. 다만, 올빼미가 지내기에는 날씨가 너무 따뜻하다고 했지요.

후에 로빈슨을 스텀피와 꼬마 개 팁킨스가 방문했어요. 그들은 로빈슨이 아주 만족스럽게, 그리고 아주 건강하게 잘 지내고 있는 모습을 보았지요. 로빈슨은 스타이머스로 돌아갈 생각이 전혀 없었어요. 내가 알기로는 로빈슨은 아직도 그곳에 살고 있을 거예요. 그는 날이 갈수록 점점 더 살이 찌고 찌고 또 쪘어요. 배의 요리사는 그를 끝내 찾지 못했지요.

끝.

작가의 미출간 작품들

Other Works

　여기 수록한 베아트릭스 포터의 다른 네 작품은 정식 출간된 적은 없다. 그린 시기도 제 각기 다르지만, 베아트릭스의 더 다양한 화법을 감상할 수 있고, 예술가로서의 면모를 볼 수 있어 흥미롭다. 『꼬마 생쥐 세 마리』와 『토끼들의 크리스마스 파티』에서는 정밀한 가는 선을 사용하고, 털이나 야채의 질감을 표현하기 위해 극히 작은 붓을 사용하여 구도에 많은 신경을 쓴 다채롭고 세밀한 화법을 감상할 수 있다.

　자신이 직접 쓴 이야기를 담은 책들을 출판하면서부터 베아트릭스의 화풍은 훨씬 더 자 유롭고 유려해졌다. 이 외에도 작가로 활동하는 동안에 그녀는 수많은 작품을 썼으며, 미처 구체화시킬 시간이 없었던 많은 아이디어들을 남겨 두었다.

1. 꼬마 생쥐 세 마리

Three Little Mice

베아트릭스 포터는 1890년대 초에 "꼬마 생쥐 세 마리가 앉아서 물레를 돌렸다네"라는 전래 동요를 바탕으로 여기 담긴 삽화들을 그렸다. 베아트릭스는 나중에 이 동요를 그녀의 세 번째 책 『글로스터의 재봉사』에 삽입했는데, 심킨이 바느질하는 생쥐들을 엿보는 장면을 묘사하기 위해 고양이가 창문으로 들여다보는 장면 하나를 다시 그려 넣었다. 빛과 질감의 섬세한 효과를 훌륭하게 묘사한, 여기에 삽입된 여섯 장의 그림은 베아트릭스 포터의 가장 훌륭한 작품들에 속하는 것으로 평가받고 있다.

꼬마 생쥐 세 마리가
앉아서 물레를 돌렸어요.

야옹이가 지나가다
들여다보았지요.

"뭘 하나요,
꼬마 신사님들?"

"신사들을 위한
코트를 만들지."

"제가 들어가서
실 자르는 일을 할까요?"

"오, 아녜요! 야옹이 양.
우리 머리를
잘라먹으려구요!"

2. 교활한 늙은 고양이

The Sly Old Cat

　베아트릭스 포터는 『교활한 늙은 고양이』를 1906년 담당 편집자의 딸, 넬리 원을 위해 썼다. 그렇지만 이 작품은 『사납고 못된 토끼 이야기』와 『모펫 양 이야기』와 동일하게, 책을 펴면 종이가 주욱 연결되어 마치 병풍처럼 길게 늘어지는 방식으로 만들려고 했다가 서점들의 반대로 인해 출간이 무산되었다.

　베아트릭스는 끝내 이 작품에 색을 입히는 작업을 마무리짓진 못했으나, 그녀가 세상을 떠난 후 늦게서야 지금 이 모습으로 정식 출간되었다.

이 고양이는 교활한 늙은 고양이,
쥐에게 다과회를 열어 주었죠.

이 쥐는 가장 좋은 옷을 입고
계단을 내려오는 쥐에요.
그들은 부엌에서 차를 마셨죠.

"안녕하세요, 쥐님?
이 의자에 앉으시겠어요?" 하고
고양이가 말했죠.

"내 빵과 버터를 먼저 먹을게요."하고
고양이가 말했어요."그러면 당신은
남은 부스러기를 드세요, 쥐님!"

"손님을 이렇게 대하다니
참으로 무례하군!"하고 쥐는 중얼거렸죠.

"이제 내 차를 따를게요."하고 고양이가 말했죠.
"그러면 당신은 우유 단지에 남은
우유 방울을 핥아드세요, 쥐님.
그러고 나서 난 후식을 먹을게요!"
하고 고양이가 말했어요.

"후식으로 날 잡아 먹겠군.
오지 말았어야 하는데!"하고
가엾은 쥐 선생이 말했죠.

고양이는 우유 단지를 뒤집어 엎었어요.
욕심 많은 늙은 고양이 같으니라고! 쥐가 먹을 건
한 방울도 남기고 싶지 않았던 거죠.

하지만 쥐는 식탁으로 뛰어 올라가
단지를 토닥거렸죠. 그러자 우유 단지가
고양이 머리 위로 쑤욱 박혀 버렸어요!

고양이는 단지에 머리가 처박힌 채
부엌에서 난리법석을 피우며
이리 쿵 저리 쿵 부딪쳤어요.

쥐는 식탁에 앉아
머그 잔으로 차를 마셨답니다.

그리고는 머핀을 종이봉지에
싸서 유유히 사라졌어요.

그리고 단숨에 머핀 하나를
해치웠지요. 이것이 쥐에 관한
마지막 이야기예요.

그리고 고양이는 식탁 다리에 대고
단지를 깼답니다. 이것이 고양이에 관한
마지막 이야기예요.

3. 여우와 황새

The Fox and the Stork

『여우와 황새』는 이솝 우화를 바탕으로 썼다. (제목과 줄거리가 동일하다.) 이 이야기를 받아본 당시 베아트릭스의 담당 편집자 프루잉 원은 이 내용이 독창적이지 못하다고 판단했다. "이건 베아트릭스 포터가 아니라 이솝이에요." 그래서 삽화는 모두 완성했으나 결국 출간되진 못했다.

이 이야기에 나오는 여우 토드는 본편 『토드 아저씨 이야기』에 먼저 등장했다.

"폐하," 하고 여우 토드 아저씨가 황새 왕에게 말했어요. "저에게 함께 차를 마실 수 있는 영광을 주시겠습니까?" 황새 왕은 고개를 숙여 대답했어요. 황새는 여우인 토드 아저씨와 함께 집으로 향했어요. 황새 왕은 성큼성큼 걷고 토드 아저씨는 빠른 속도로 걸었지요.

토드 아저씨는 인색한 사람이에요. 그는 초대를 해놓고는 황새 왕의 몸집을 생각하자 즉시 후회가 되었어요. 그래서 계획을 세웠지요. 그는 황새에게 이렇게 말했어요. "손님을 초대할 때면 저는 빅슨 증조할머니의 더비 차 세트를 사용한답니다." 그는 납작한 접시 두 개에 차를 따랐어요.

황새 왕은 뾰족한 부리 끝을 접시에 담갔어요. 하지만 한 방울도 마실 수가 없었지요. 이윽고 황새는 인사를 하고 떠났어요. 토드 아저씨는 나머지 차를 혼자서 핥아 먹었답니다.

째째하게 행동한 것이 양심에 걸렸기 때문에 토드 아저씨는 황새 왕으로부터 함께 점심을 하자는 초대를 받고 깜짝 놀랐어요. 신경이 과민한 댕기물떼새가 초대장을 가져다주었지요.

황새 왕의 집은 오래된 높다란 저택 위로 우뚝 솟아 있는 굴뚝 꼭대기에 있었어요.

토드 아저씨는 날개가 없어서 하늘높이 날아 지붕으로 올라갈 수 없었기 때문에 황새 왕이 마당으로 내려와서 그를 맞이하여 안으로 안내했어요. 그리고 나선형 계단을 따라 올라갔지요.

다락에 도착하자 기분 좋은 죽 냄새가 풍겨 왔어요. 죽은 주둥이가 좁은 물병 두 개에 차려졌어요.

황새 왕은 길다란 부리를 물병 속에 깊이 집어넣고 죽을 쭉 빨아먹었어요. 토드 아저씨는 입술을 핥으며 냄새만 맡을 뿐이었죠.

곧이어 토드 아저씨가 일어서며 "좋은 하루 되세요!"라고 말했어요.

황새 왕은 빈 물병에서 부리를 꺼냈어요. 그는 말이 없는 늙은 새였지요. 그가 한 말은 "눈에는 눈, 이에는 이!"란 말이 전부였어요.

4. 토끼들의 크리스마스 파티

The Rabbits' Christmas Party

『토끼들의 크리스마스 파티』에는 토끼들을 통해 영국에서 전통적으로 크리스마스를 어떻게 보내는지를 묘사하고 있다. 그림 하나하나가 섬세하고 아름다워 베아트릭스 포터의 뛰어난 미적 감각을 한껏 느낄 수 있다. 베아트릭스의 그림을 사랑하는 모든 이들에게 여기 담긴 6장의 그림들은 값진 보물일 것이다.

손님들이 도착하네요.

저녁식사가 차려졌어요.

춤이 시작되네요.

장님놀이를 하고

(한 아이가 수건으로 눈을 가리고
주위에 있는 한 명을 붙잡아 누군
지 알아맞히는 놀이)

난로 주위에서
사과를 구워 먹고 나니

집에 갈 시간이에요.

끝.

베아트릭스 포터가 그린 수채화.
『피글링 블랜드 이야기』의 부엌 배경으로 나온다.

역자 해설

오랜만에 마음의 여유를 챙겨 차를 두고 버스를 타기로 하고 길을 나선다. 버스를 타면 더 멀리 볼 수 있고, 옆으로 지나가는 풍경을 돌아볼 여유가 생기고, 낯설지만 누군가 동행이 있어서 좋다. 부슬부슬 내리는 봄비를 맞으며 함박 웃고 서 있는 벚꽃들이 차창 밖으로 스쳐 지나간다. 그 나무들 밑둥 어디에선가 파란 재킷을 입은 피터 래빗이 호기심에 찬 표정으로 두리번거리며 나타날 것만 같다.

베아트릭스 포터의 작품들과 함께한 지난 몇 달 동안, 참으로 행복한 시간이었다. 호기심과 섬세한 관찰력과 뛰어난 상상력으로 가득 찬 그녀의 작가적 에너지에 대한 부러움과 질투의 시간이기도 했다. 베아트릭스 포터는 살아생전에도 엄청난 인기를 누렸지만 백여 년의 시간이 지난 지금에도 그 인기는 그칠 줄을 모르고 더욱더 확산되는 것 같다. 시간이 흐를수록 텍스트를 넘어서서, 작품에 등장하는 캐릭터가 새겨진 학용품, 쿠키, 그릇, 이불 등등, 다양한 상품들을 통해 더욱더 일상의 삶 속 깊숙이 파급되고 있기 때문이다.

베아트릭스 포터는 산업 혁명을 통해 영국의 경제발전이 절정기에 달했던 빅토리아 시대에 태어났다. 그녀의 집안은 조상 대대로 직물업으로 재산을 일군 런던의 부유한 집안이었으며 아버지는 — 실제 변론 활동보다는 당대의 저명한 인사들과의 사교활동에 주력했지만 — 변호사였고, 어머니는, 빅토리아 시대의 전통적 여성상이 그렇듯이, 가정에 충실한 어머니이자 내조자였다.

당시의 전통적 여성상이란 가사일에 충실하고 가정을 충실히 돌보는 내조자이자 동반자였다. 결혼은 대부분의 여성들에게 있어서 삶의 최종적인 목표였으며 여성들은 아버지나 남편에게 의존적이었다. 여성에 대한 교육 역시 자신의 능력을 계발할 수 있는 전문적인 교육보다는 단순한 교양을 쌓는 데 그쳤다. 여성작가 해리엇 마티노(Harriet Martineau)

가 1823년 '여성교육에 관하여'라는 기고글에서 밝혔듯이, 빅토리아 시대 여성들은 "견고한 지식은 여성이라는 성에 적합하지 않다"는 가르침을 받았으며, 가벼운 교양을 쌓는 데 주력하도록 교육을 받았다. 당시의 귀족들은, 여자들은 학교교육을 받을 필요가 없다고 생각했다. 그러므로 중산계층 독신 여성이 할 수 있는 일이란 재봉사나 가정교사밖에 없었으며, 남녀가 일할 수 있는 분야 또한 차별적이어서 여성이 진출할 수 있는 분야란 문학, 예술과 같은 분야뿐이었다.

베아트릭스 포터는 이러한 사회적 분위기 속에서 자랐다. 빅토리아 시대 전통에 따라 베아트릭스 역시 학교교육보다는 자신의 놀이방에서 18세까지 유모나 가정교사에게 교육을 받으며 자랐다.

이처럼 외부와의 단절된 외로운 유년시절에서 그녀에게 유일한 친구는 남동생 버트램과 놀이방에서 키우던 애완동물들뿐이었다. 그녀는 이러한 애완동물들에 대해 관심이 많았으며 그것들을 관찰하고 스케치하는데 열중했다. 아마도 이처럼 그림에 흥미를 가졌던 것은 미술에 조예가 깊었던 아버지의 영향 때문이었을 것이다. 9세 때 그린 애벌레 그림을 보면 세밀한 선을 사용하여 애벌레의 털이나 나뭇잎의 질감을 표현한 것이나, 구도와 물감의 사용 능력에 있어서 이미 상당한 경지에 이르렀음을 볼 수 있다. 동식물에 대한 이러한 그녀의 관심과 관찰 경험은 후에 학회에 논문을 발표할 만큼 박물학자로서의 전문적 학식을 쌓는 데 기초가 되었다.

베아트릭스는 화가이자 작가로서 뿐만 아니라 일찍이 사업적 마인드도 가지고 있었던 것 같다. 그녀는 1890년, 자신이 그린 토끼 그림 6점을 당시 카드회사였던 '힐데샤이머 앤 포크너'에 팔아 크리스마스 카드로 제작하였다. 영국에서 크리스마스 카드를 상업적으로 제작하

베아트릭스의 크리스마스 카드 중 하나.

기 시작한 것은 1846년의 일이었는데, 1890년대에는 사람처럼 옷을 입힌 동물들을 담은 크리스마스 카드가 인기를 끌었다고 한다.

카드 판매에 성공을 거둔 베아트릭스는 이에 용기를 얻어 책으로 출판할 생각을 한다. 1900년대에는 작은 그림책이 유행했기 때문에 베아트릭스는 피터 래빗 이야기를 작은 그림책으로 출판할 수 있을 거라 생각한다. 하지만 출판사들로부터 수없이 거절을 당한다. 그러던 중 1902년, 프레더릭 원(Frederick Warne) 출판사에서 『피터 래빗 이야기』가 출판되어 대중적인 성공을 거두면서부터 동화작가이자 삽화가로서의 길을 걷게 된다. 서른여섯의 나이에 정식으로 작가로서의 첫발을 내딛게 된 것이다.

그녀는 살아생전에 23편의 동화를 출판하였는데, 출판된 책 이외에도 작가로 활동하는 동안에 수많은 작품을 썼으며 미완성의 작품들과 미처 작품화하지 못한 수많은 아이디어에 대한 흔적들이 남아 있다.

베아트릭스의 작품세계에 등장하는 동물들은 모두 의인화되어 있다. 동물들은 모두 이름을 가지고 있으며 옷을 입고 두 발로 걸어다니고 사람들처럼 말을 한다. 푸른색 재킷을 입은 피터, 솔을 두르고 보닛 모자를 쓴 리비, 황금색 바탕에 검은색 무늬가 있는 조끼를 입은 아이작 뉴턴 경, 방수 외투를 입고 장화를 신은 제레미 아저씨, 모자를 쓴 오리 제미마 등. 동물들에게 부여된 이와 같은 인간과 유사한 모습은 독자들에게 친근감을 주며, 동시에 등장인물들이 동물적 본능이 아니라 인간적 특성에 따라 행동하는 것을 자연스럽게 보이도록 만든다.

베아트릭스의 작품 속에서는 인간 세계에서처럼 엄마 동물들이 한결같이 아기 동물들에게 위험에 대해 경고하고 얌전히 행동하도록 주의를 주며 아기 동물들을 모범적인 사회인으로 길들이려 애쓴다. 도카스 이모는 로빈슨에게 "화약, 배의 요리사들, 가구 운반차, 소시지, 신발, 배를 조심"하라고 하면서 세상에 있을 수 있는 위험에 대해 경고를 하고, 엄마 토끼는 아기 토끼들에게 맥그레거 아저씨네 정원에 가지 말라고 주의를 주고, 타비타 아줌마는 모펫과 미튼스에게 깨끗한 긴 앞치마를 입히고 깃장식을 해주고, 톰에게는 불편하지만 우아한 옷을 입히면서 아이들에게 옷을 더럽히지 말고 뒷다리로만 걸어다닐 것을 요구한다.

하지만 아기 동물들은 엄마 동물들의 이러한 경고나 주의를 귀담아 듣지 않고 늘 거기에서 벗어나려 한다. 그래서 피터 래빗은 맥그레거 아저씨네 정원으로 달려가고, 톰 키튼은 찬장 속

베아트릭스는 어렸을 때의 병으로 머리숱이 적어 모자를 애용했다.

에서 도망쳐 나와 굴뚝으로 올라가고, 로빈슨은 이모의 경고를 잊어버리고 배의 요리사를 따라나선다.

그리하여 피터 래빗은 맥그레거 아저씨에게 쫓겨 다니다 혼이 나서 2주 만에 두 개나 재킷을 잃어버리고 결국 앓아눕게 되고, 톰 키튼은 쥐들에게 붙잡혀 푸딩이 될 뻔하며, 로빈슨은 배의 요리사에게 붙들려 돼지고기가 될 뻔한다.

이러한 스토리 설정은 빅토리아 시대 사람들의 아이들에 대한 관념을 반영하고 있는 듯하다. 그들은 아이들이란 타고난 본성이 짓궂고 반항적이기 때문에 복종적이고 얌전한 시민으로 길들여야 한다고 생각했다. 베아트릭스가 작품에서 묘사한, 엄마 동물들이 아기 동물들에게 옷을 입히는 것이라든지, 경고나 주의를 주는 것들은 모두 복종적이고 얌전한 시민으로 길들이는 과정을 상징한다고 볼 수 있다. 그러나 이러한 길들이기 과정은 아기 동물들에게는 본성을 거스르는 일일 뿐이다. 작품에서 묘사하듯이 그들에게 입혀지는 옷이란 사회적 시각에서 볼 때 "우아"하긴 하지만 아기동물들에게는 "불편"할 뿐이다. 모펫과 미튼스는 거추장스러운 옷을 입고 뒷다리로 걷느라고 휘청거리며 정원 길을 따라 내려가다 긴 앞치마에 걸려 코를 박고 넘어지고 만다. 톰 키튼은 바지를 입고 뒷발로 걸어야 했기 때문에 뛸 수가 없다. 그래서 아기 동물들은 이러한 굴레에서 늘 벗어나려 애쓰며 본성으로 돌아가 『톰 키튼 이야기』에 나오는 새끼고양이들처럼 "홀라당 벗은 몸으로 담장 위"를 뛰어다니려 한다. 이처럼 철없는 새끼 고양이들의 모습은 타비타 트윗칫 아줌마의 시각에서 보면 "엉망진창"이고 친구들이 보면 안 되는 "창피"한 광경이지만, 새끼 고양이들은 천진한 자신들의 본성에 따라 행동함으로써 자유를 느낀다.

어쩌면 이러한 아기 동물들의 행동은 베아트릭스 포터 자신의 열망을 드러낸 것인지도 모른다. 베아트릭스 포터는 여성으로서 억압적 삶을 강요받는 빅토리아 시대의 사회적 상황 속에서 살았다. 자신의 본성에 충실하고 자신이 원하는 삶을 소신 있게 살기보다는 모든 면에서 여성이라는 성에 따른 사회적 제약과 구속이 뒤따르는 삶을 살아야 했다. 그녀는 어릴 때부터 외부와 단절된 삶을 살면서 느낀 외로움과 우울증을 사적인 글에서 묘사하고 있는데, 어쩌면 이러한 아기동물들의 행동을 통해 사회적 제약으로부터 벗어나고자 했던 자신의 열망을 표현한 것인지도 모른다. 꼬마 돼지 로빈슨이 위험과 구속과 제약들로 가득 찬 사회를 떠나 본성에 충실하게 살 수 있는 봉 나무가 자라는 땅으로 갔듯이, 베아트릭스 포터는 모든 제약을 벗어난 자유로운 삶을 위해 말년에 더 이상 작품을 쓰지 않고 사회와 멀어져 농장 생활 속에 파묻혀 살지 않았을까?

이 외에도 베아트릭스 포터의 작품에는 아이들을 위한 동화의 세계를 넘어서서 현실 세계에 존재하는 어른들의 세계 또한 묘사되어 있다. 우선, 그녀의 작품 속에 등장하는 동물들은 인간들의 세계 속에서 발견할 수 있는 다양한 군상들을 보여준다. 천진한 아기 동물들, 결벽증 있는 티틀마우스 아줌마, 성실하지만 찢어지게 가난한 글로스터의 재봉사, 멍청하기 짝이 없는 오리 제미마, 음흉한 여우 신사, 불로소득으로 살아가는 올빼미 브라운 할아버지, 도토리를 줍기 위해 매번 올빼미 브라운 할아버지에게 뇌물을 가져다 바치는 다람쥐들, 다른 가게가 없어지자 물건 값을 반 페니씩 올려 받는 약삭빠른 타비타 트윗칫 등. 인간세계와 닮은 이러한 인물들이 존재하는 사회 속에서는 실제 인간세계에서와 같은 냉혹한 현실적인 일들이 벌어진다. 『글로스터의 재봉사』에서 은혜를 갚는 쥐들의 예를 통해 보여주듯이, 착하고 성실하면 보상을 받기도 하지만 반드시 그렇지만은 않은 것이 현실이다. 대책 없이 착하기만 하면 진저와 피클이 결국 파산하는 것처럼. 또한 오리 제미마처럼 멍청하면 약삭빠른 이들에게 당하기 마련이고, 뇌물을 바치지 않고 어른에게 버릇없이 굴다가 꼬리가 두 동강이 난 다람쥐 넛킨처럼 사회적 관습을 따르지 않으면 대가를 치르게 된다.

베아트릭스는 이러한 이야기들을 자신이 사랑하고 아끼던 시골 레이크 디스트릭트 지역을 무대로 펼쳐나간다. 그녀는 오늘날까지 변함이 없는 그곳의 아름답고 전원적인 풍경들을 삽화 속에, 그리고 묘사를 통해 고스란히 보여 주고 있는데, 작품 속의 그림과 묘사를

아끼던 콜리 종 개 '켑'과 함께 있는 베아트릭스.

실제와 비교해 보는 것도 작품을 읽는 재미를 더해준다.

한 가지 재미있는 에피소드는, 오늘날 『해리 포터』 시리즈로 세계적인 베스트셀러 작가가 된 영국의 '조앤 K. 롤링'은 주인공 '해리 포터'의 이름을 자신이 좋아하고 존경했던 작가 '베아트릭스 포터'의 이름에서 땄다고 한다.

피터 래빗 시리즈는 주로 아이들을 대상으로 쓰여진 작품이지만 작품을 번역하는 데 있어서는 좀 더 폭넓은 독자층을 염두에 두었다. 원작이 담고 있는 문체를 최대한 고려하여 언어적 리듬을 살리고 의성어, 의태어를 충실히 옮기면서도 너무 유아적인 문체의 사용은 피하였다. 번역가로서 애정을 가지고 있고, 또한 높이 평가하고 있는 이 작품들을 좀 더 많은 독자들이 향유할 수 있기를 바라는 마음에서이다.

2015년 6월
서초동에서
번역가 윤후남

피터 래빗 시리즈 전집

1판 1쇄 발행 2015년 7월 13일
1판 10쇄 발행 2023년 10월 20일

발행인 박명곤 **CEO** 박지성 **CFO** 김영은
기획편집 채대광, 김준원, 박일귀, 이승미, 이은빈, 강민형, 이상지, 이지은
디자인 구경표, 구혜민, 임지선
마케팅 임우열, 김은지, 이호, 최고은
펴낸곳 (주)현대지성
출판등록 제406-2014-000124호
전화 070-7791-2136 **팩스** 0303-3444-2136
주소 서울시 강서구 마곡중앙6로 40, 장흥빌딩 10층
홈페이지 www.hdjisung.com **이메일** support@hdjisung.com
제작처 영신사

© 현대지성 2015

"Curious and Creative people make Inspiring Contents"
현대지성은 여러분의 의견 하나하나를 소중히 받고 있습니다.
원고 투고, 오탈자 제보, 제휴 제안은 support@hdjisung.com으로 보내 주세요.

현대지성 홈페이지

현대지성 클래식 살펴보기